SAWYER BENNETT

TACKER

ARIZONA VENGEANCE

Sawyer Bennett
Arizona Vengeance Teil 5: Tacker

Aus dem Amerikanischen ins Deutsche übertragen
von Joy Fraser

© 2019 by Sawyer Bennett unter dem Originaltitel
„Tacker (Arizona Vengeance, Book #5)"
© 2022 der deutschsprachigen Ausgabe und Über-
setzung by Plaisir d'Amour Verlag, D-64678 Lin-
denfels
www.plaisirdamour.de
info@plaisirdamourbooks.com
© Covergestaltung: Sabrina Dahlenburg
(www.art-for-your-book.de)
© Coverfoto: Shutterstock.com
ISBN Print: 978-3-86495-546-4
ISBN eBook: 978-3-86495-547-1

Vorwort

Liebe Leserinnen und Leser,

Tackers Geschichte wird von den Fans der Serie *Arizona Vengeance* sehnsüchtig erwartet. Sollte dies für dich der erste Band sein, keine Sorge. Tacker kann auch unabhängig von der Serie einzeln gelesen werden; der Band ist in sich abgeschlossen und ganz allein eine gefühlvolle und sexy Geschichte.

Allen treuen Fans, die nach dem Band geschrien haben, möchte ich sagen, dass Tackers Story am Ende von Dax' weitergeht und sich nur ein paar Tage überlappt. Freut euch! Euch steht eine emotionale Achterbahnfahrt bevor, wofür ich mich wie immer nicht entschuldigen möchte. #sorrynotsorry.

Ich liebe euch alle!
Sawyer

KAPITEL 1

Tacker

„D rei drei Dezember", spreche ich ins Headset. „Ich habe Probleme mit der Höhenanzeige und würde gern etwas steigen."
Ich werfe einen Seitenblick auf MJ. Wie oft hat sie schon neben mir auf dem Co-Piloten-Sitz meiner Cessna 335 gesessen und voller Freude aus dem Fenster geblickt? Sie liebt das Fliegen genauso sehr wie ich und ist stets zufrieden damit, mir die Kontrolle zu überlassen. Trotz ihrer Liebe zum Fliegen hatte sie noch nie den Wunsch, Pilotin zu sein.

Noch nie zuvor habe ich gesehen, dass sie Angst hat, was meine Anspannung sprunghaft steigert. Sie sieht mich nicht einmal an, verengt die Augen und sieht starr nach vorn, in dem verzweifelten Versuch, den Horizont auszumachen.

Der Funk knackt und der Fluglotse antwortet: „In zwei Meilen können Sie steigen. Haben Sie das verstanden?"

„Roger", sage ich und halte die Höhe. Wir befinden uns in knapp achthundert Metern Höhe und fliegen durch Nebel dick wie Suppe. Die Höhenanzeige ist das wichtigste Instrument und zeigt meine Position in Relation zum Horizont an, doch sie spinnt. Ohne klaren Himmel kann ich den verfickten Horizont nicht sehen und laufe Gefahr, die Orientierung zu verlieren. Daher habe ich darum gebeten, höher steigen zu dürfen, um aus der Scheiße rauszukommen.

Um in Sicherheit zu sein.

Ich gehe nicht das Risiko ein, das Steuer loszulassen, um tröstend MJs Hand zu drücken. „Hey, wirst du mich einen kurzen Blick auf das Hochzeitskleid werfen lassen?"

Der Grund dieses Fluges von Dallas nach Houston ist ihre letzte Anprobe des Hochzeitskleides. In nur zwei Wochen werden wir heiraten.

MJ ist die Abkürzung von Melody Jane. So nenne ich sie, seit ich sie in Dallas kennengelernt habe.

Sie nimmt den Blick von der Nebelwand und sieht mich kurz an. „Das kannst du komplett vergessen."

Ich traue mich nicht, hinzusehen, erkenne nur aus dem Augenwinkel ihr Kopfschütteln und muss grinsen. Ich liebe ihren Widerspruchsgeist, selbst im Angesicht echter Gefahr.

„Cessna 121 Papa Papa", sagt der Fluglotse. „Machen Sie eine langsame Linkskurve nach Südosten und steigen Sie dann auf zweitausend Meter. Dort sollten Sie eine Sichtweite von elf Kilometern haben, aber leichten Regen."

„Roger." Ich schaue auf die Höhenanzeige. Die Linie des angezeigten Horizonts ist waagerecht, was bedeutet, dass ich wie ein Pfeil auf Kurs bin. Ich hoffe und bete, dass die Anzeige stimmt, denn momentan bin ich auf sie angewiesen.

Jetzt schaue ich kurz zu MJ, die meinen Blick zögerlich erwidert. Diese Linkskurve hängt voll davon ab, dass mich die Höhenanzeige durch den Nebel leitet.

„Ich liebe dich", sage ich. Nicht, um mich zu verabschieden. Nur als Rückversicherung.

Panik erdrückt mich und ich kann nicht mehr atmen. Nass geschwitzt wache ich aus dem Albtraum auf. Mein Mund ist weit offen, doch kein Schrei kommt heraus. Beim Absturz habe ich nicht geschrien, aber MJ. Er war ohrenbetäubend laut und von schierem Horror erfüllt. Selbst jetzt kann ich den Schrei noch hören, obwohl der Traum gar nicht so weit ging.

Manchmal durchlebe ich den gesamten Absturz erneut.

Und manchmal erlebe ich nur MJs letzte Lebensminuten in einer fortwährenden Schleife. Sie war nicht sofort tot. Beide waren wir in dem Wrack eingeklemmt, und ich musste zusehen, wie sie langsam und qualvoll starb. Das ist der schlimmste Albtraum, den ich immer wieder durchleiden muss.

Ich reibe mir übers Gesicht und frage mich, wie spät es ist. Ich habe keinen Wecker auf dem Nachttisch und trage meine Uhr beim Schlafen nicht. Das Handy lädt auf dem Schrank des Waschbeckens im Bad. In meinem Schlafzimmer befindet sich nur eine Luftmatratze mit einem Spannbetttuch, einer Decke aus Fleece und zwei Kissen. Gemessen an dem bläulichen Schein, der durch das Rollo scheint, ist es kurz vor Sonnenaufgang. Ich bin erschöpft. Wenn ich mich wieder hinlege, kann ich vielleicht wieder einschlafen. Allerdings behagt mir der Gedanke nicht, den Absturz noch einmal erleben zu müssen, und so stehe ich auf, wobei ich wegen dem Gips um mein linkes Handgelenk vorsichtig bin. Dank meiner Idiotie, vor zwei Wochen betrunken Auto gefahren zu sein, habe ich mir eine Fraktur zugezogen. Den Gips muss ich noch weitere zwei Wochen tragen, doch vielleicht kann ich den Arzt überreden, ihn mir vorher schon abzunehmen.

Ich gehe über den Flur in das kleine Bad. Dieser Apartmentkomplex ist der letzte Schrott. Nachdem ich in das Team der Vengeance gekommen war, habe ich im September das kleine Einzimmerapartment in Phoenix gemietet.

Ich war nicht gerade ein begehrter Spieler, da ich wegen des Flugzeugabsturzes fast die komplette zweite Hälfte der letzten Saison aussetzen musste. Jedoch nicht wegen meiner Verletzungen. Abgesehen von ein paar tiefen Schnittwunden war ich weitgehend unverletzt. Doch ich hatte keinen Kampfgeist mehr in mir und blieb bei den Dallas Mustangs auf der Verletztenliste.

Es war nicht überraschend, dass man mich beim Expansion Draft angeboten hat. Ich war ein zu großes Risiko, allerdings anscheinend nicht für die Vengeance. Sie wollten mich im Team haben, also dachte ich: Was soll's. Warum nicht? Zumindest ist es eine Ablenkung von meinen inneren Dämonen. Ich stellte fest, dass ich MJ und ihren Tod aus dem Kopf verbannen kann, wenn ich auf dem Eis bin.

Sobald ich vom Eis komme, beherrscht sie sofort

wieder meine Gedanken.

Ich mache mein Geschäft im Bad, wasche mir die Hände und nehme das Handy vom Ladegerät. Dann gehe ich in die Küche und mache Kaffee. Während er brüht, nehme ich die einzige Tasse aus dem Schrank, die ich besitze. Sie trägt das Logo der Arizona Vengeance. Ich habe sie im Fanartikelladen im Stadion erstanden, als ich hergezogen bin. Mehr Trinkgefäße habe ich nicht, abgesehen vom Leergut der Wasserflaschen.

Das Handy verrät mir, dass es sechs Uhr fünfundvierzig ist, und ich frage mich, ob ich wirklich zu meinem Termin gehen soll. Es ist noch genug Zeit. Zehn Minuten für Duschen und Anziehen. Fünfundzwanzig Minuten für die Fahrt mit einem Uber zum Stadion, da mir der Führerschein wegen Alkohol am Steuer entzogen wurde. Und fünf Minuten standardmäßiges Warten vor dem Büro, bis mir eine Audienz bei Christian Rutherford gewährt wird.

Er ist der Manager der Arizona Vengeance und erwartet heute eine Antwort von mir.

Auf welche Frage? Ob ich weiterhin im Team bleiben will.

Sein Angebot, mich weiterhin als Spieler zu behalten, hat er nicht ohne eine Menge Überlegungen gemacht. Er traf sich mit Coach Perron und Dominik Carlson, dem Besitzer des Teams. Sie wägten meine Nützlichkeit gegen den dunklen Schatten ab, den ich mit meinen Mätzchen auf das gesamte Team geworfen habe.

Sie sind nicht ohne Mitgefühl, was wahrscheinlich bei einem Mann wie mir völlig unangebracht ist. Dennoch haben sie mir ein Angebot gemacht und ich habe darüber nachgedacht. Letzte Woche hatte ich ein Gespräch mit Christian. Seine Bedingungen sind einfach und nicht verhandelbar.

Erstens muss ich hunderttausend Dollar Strafe wegen Trunkenheit am Steuer zahlen. Damit möchte er die Botschaft aussenden, dass ein solches Verhalten weder toleriert noch verziehen wird.

Bei dieser Strafe werde ich es mir wirklich zweimal überlegen, noch einmal so etwas Bescheuertes zu tun.

Die zweite Bedingung ist keine große Sache. Ich darf keinen Alkohol mehr trinken. Keinen einzigen Tropfen. Sollte es einen Beweis geben, dass ich die Regel breche, werde ich sofort entlassen und mein Vertrag aufgelöst. Das macht mir nichts aus. Ich habe nicht vor, wieder zu trinken, denn das war noch nie mein Ding. MJ trank auch nicht, sodass ich es ebenfalls nicht tat. Es hatte nichts mit religiösen, spirituellen oder gesundheitlichen Gründen zu tun. Sondern wir mochten beide nicht, wie man sich danach fühlt. Und nach meinem harten Kontakt mit der Betonmauer, sowie mit fast einer ganzen Flasche Jack Daniel's, habe ich mir sowieso geschworen, nie wieder einen Tropfen Alkohol zu trinken.

Die dritte Bedingung ist, eine Art psychologische Trauerbewältigungstherapie zu machen. Das ist spezifiziert worden. Für den Rest der Saison muss ich mindestens zweimal pro Woche eine Therapie machen, und dafür stellte man mir sogar eine Liste mit Therapeuten zur Verfügung. Ich musste eine Einverständniserklärung unterschreiben, dass der Psychologe meine Fortschritte ans Management weiterleiten darf. Falls ich nicht kooperiere, darf man mich sofort aus dem Team entlassen und den Vertrag kündigen. Sollte ich auch nur eine Sitzung unentschuldigt auslassen, werde ich rausgeschmissen. Sollte ich emotional keine Fortschritte machen, werde ich ebenfalls entlassen.

Das Ganze ist sehr streng und genau definiert; beinahe so, als ob man will, dass ich versage. Doch ich weiß, dass es nicht so gemeint ist.

Ein großer Teil von mir würde am liebsten *Fickt euch* zum Management sagen. Diese Bedingungen zu erfüllen, wird nicht leicht werden. Sie bedeuten, dass ich mich meinen Dämonen stellen muss. Was heißt, dass ich MJ loslassen muss. Egal, wie verflucht schmerzhaft es ist, mich daran zu erinnern, wie sie neben mir gestorben ist, sind es doch meine letzten Erinnerungen an sie. Ich weiß nicht, ob ich das schaffe.

Ich habe viel nachgedacht. Zu dem einzigen Gott gebetet, den ich kenne und bisher nicht oft bemüht habe. Ich habe in meiner Seele nach der richtigen Antwort gesucht, aber keine Klarheit gefunden.

Es scheint keine zu geben, außer …

Wenn ich das Team verlasse, ist meine Eishockeykarriere beendet. Aber diese ist das Einzige auf der Welt, das mich wenigstens noch ein bisschen glücklich macht. Vielleicht ist glücklich nicht das richtige Wort, aber zumindest gibt mir der Sport eine Auszeit vom Schmerz.

Und das bedeutet mir viel.

Ich schaue aufs Handy. Sechs Uhr einundfünfzig. Immer noch Zeit, es mir anders zu überlegen, doch mir ist klar, dass die Uhr tickt und mich der Entscheidung immer näher bringt. Einer, die einen großen Einfluss auf meine Zukunft haben wird.

Keine leichte Sache.

KAPITEL 2

Tacker

Das war bestimmt die schlimmste Stunde meines Lebens, und ich habe schon viele schlimme Momente erlebt.

Ich lasse die Tür des Therapeuten hinter mir zuschwingen und schaue noch einmal auf sein Namensschild.

Gordon Dumfries III. Doktor der Psychologie, zugelassener klinischer Sozialarbeiter – kurz: PsyD, MA, LCSW-C

Guter Gott, bei all diesen wichtig erscheinenden Abkürzungen sollte man meinen, dass der Mann etwas von Menschen versteht. Zwanzig Minuten lobte er sich selbst und erklärte mir die Buchstaben hinter seinem Namen. Dann erzählte er mir fünfzehn Minuten, wie wichtig es sei, mich zu öffnen und mich dem Schmerz zu stellen, und dass das am besten mit vielen Tränen ginge und dem Schreddern meiner Seele.

Oder so ähnlich.

Die letzten fünfundzwanzig Minuten starrten wir einander an, denn ich machte es ihm nicht leicht. Er war gezwungen, mir gezielte Fragen zu stellen, um etwas aus mir herauszubekommen. Am Ende schüttelte er enttäuscht den Kopf und sagte, dass er das nächste Mal mehr von mir erwarte.

Das glaubst aber auch nur du, Dr. Dummfick, dass es ein nächstes Mal geben wird.

Ja, mir ist bewusst, dass meine Karriere von meiner Therapie abhängt.

Vor zwei Tagen, und direkt nach einem weiteren Albtraum, saß ich vor dem Teammanager Christian Rutherford und dem Teambesitzer Dominik Carlson und sagte ihnen, dass ich im Team bleiben möchte. Ich akzeptierte alle Bedingungen.

Das mit dem Alkohol war leicht. Der Autounfall durch Alkohol am Steuer resultierte daraus, dass MJ an dem Tag Geburtstag hatte. Da hatte ich einen echten Tiefpunkt.

Doch das war nicht mein erster Ärger mit dem Team. Im November wurde ich gesperrt und bekam eine dicke Strafe aufgebrummt, weil ich gegenüber einem gegnerischen Spieler brutal geworden war.

Kurz gesagt, ich bin dem Management ein Dorn im Auge, und mein hervorragender Durchschnitt von 1,32 Punkten pro Spiel, der mich an die Spitze der Liga bringt, kann mich auch nicht mehr retten.

Der andere Teil des Ultimatums ist also die Therapie. Etwas, das ich erfolgreich gemieden habe, seit dem für MJ tödlichen Absturz vor fünfzehn Monaten. Ich hasse die Vorstellung, zu einem Seelenklempner zu müssen, aber noch etwas anderes beeinflusste meine Entscheidung, im Team zu bleiben.

Gestern kamen meine Teamkameraden Bishop und Dax in mein schäbiges Apartment und baten mich, nicht aufzugeben. Nun ja, Dax bat mich. Bishop war nicht so freundlich, und mir wurde klar, dass er am Ende seiner Geduld mit mir ist. Er sagte, ich solle endlich meinen Kopf aus dem Arsch ziehen und wieder ein anständiger Profispieler sein sowie im Team ein echter Kamerad. Früher konnte ich das alles. Bei den Dallas Mustangs stand ich allen Jungs nah.

Obwohl Bishop kein Blatt vor den Mund genommen hat, drang er zu mir durch.

Also hatte ich die besten Absichten, als ich in Dumfries Praxis ging, und mich seine lange Berufsbezeichnung sogar beeindruckte. Bis ich merkte, was für ein Dummschwätzer er ist, und dass ich mir lieber mit einem Schraubenzieher ins Ohr stechen würde, als ihm noch länger zuzuhören. Als die Sitzung um war, wollte er einen neuen Termin vereinbaren, doch ich sagte, dass ich ihn anrufe, wenn ich meinen Spielplan habe.

Ich habe nicht vor, ihn anzurufen.

Ich gehe aus dem Gebäude und öffne die Uber-App, um mir einen Fahrer zu bestellen. Scheiße, dass ich keinen Führerschein mehr habe, aber das ist der Preis, den ich zahlen muss. Glücklicherweise empfahl mir Dominik Carlson einen guten Anwalt, der nun versucht, die Strafe zu mildern. Eventuell verdonnert man mich nur zu einem Fahrtest oder so etwas. Das würde ich liebend gern machen. Ich hasse es, ständig auf Fahrer angewiesen zu sein.

Dominik ist nicht wie andere Besitzer. Er interessiert sich für seine Spieler. Er hat sich bereits für einige von uns hilfreich eingesetzt, da bin ich wohl keine Ausnahme. Zusätzlich zu seiner Empfehlung eines Anwalts und mir eine zweite Chance im Team zu geben, nahm er mich nach dem Meeting am Montag zur Seite und drückte mir seine Visitenkarte in die Hand.

„Hier ist meine private Handynummer. Die gebe ich nicht jedem, aber ich befehle dir, sie zu benutzen, wenn du in irgendeiner Weise Hilfe brauchst. Ich will, dass du es schaffst, Tacker. Und ich will, dass das Team erfolgreich ist."

Das war alles, und jetzt weiß ich ohne Zweifel, dass ich seine Hilfe brauche.

Während ich auf das Uber warte, hole ich die Visitenkarte aus meinem Geldbeutel und sehe sie an, überlege, ob es klug ist, ihn anzurufen.

Ich könnte mich zusammenreißen und einen neuen Termin mit Dr. Dummfick machen. Zweimal die Woche könnte ich es ertragen. Ich könnte ihn ausblenden, wenn er mir auf den Sack geht, und sogar ein paar Tränen faken, um ihn zu beschwichtigen.

Aber Mist, nein, das will ich nicht. Wenn ich schon meine Dämonen konfrontiere und versuche, die Schuldgefühle loszuwerden, dann soll es auch zu Resultaten führen. Und die bekomme ich auf keinen Fall durch diesen Idioten.

„Ach, scheiß drauf." Ich wähle Carlsons Nummer.

Ich erwarte, auf seiner Voicemail zu landen, und werde ihm eine kurze, nette Nachricht hinterlassen. Dann kann er mich, wann immer es ihm passt, zurückrufen.

Ich bin überrascht, als er nach dem zweiten Klingeln abnimmt, und noch erstaunter, dass er mich mit Namen anspricht. „Tacker, was kann ich für dich tun?"

Ich bin nicht sicher, ob ich beeindruckt sein soll, dass er meine Nummer in seinem Handy gespeichert hat, oder es unheimlich finden soll. Er muss sich meine Nummer extra besorgt haben. Wahrscheinlich hat er seine Sekretärin damit beauftragt, sie sich von der Personalabteilung geben zu lassen. Was wohl bedeutet, dass er davon ausgegangen ist, dass ich ihn anrufen würde. Was auch bedeutet, dass er einfühlsamer ist, als ich dachte, und das ist definitiv irgendwie unheimlich. Aber egal.

„Ich kann mit dem empfohlenen Therapeuten nicht weitermachen", sage ich direkt. „Ich hatte gerade die erste Sitzung und es war eine Katastrophe."

„Wieso?"

Er akzeptiert nicht so einfach meine Aussage. Mal sehen ... Wie drücke ich mich am besten aus, um nicht wie ein unterbelichteter Idiot zu klingen? „Er ist ein Arsch. Er will mit mir Händchen halten, während ich mich ausheule."

Dominik schnaubt, ist jedoch nicht so leicht zu beeinflussen. „Nun ja, ich glaube, so funktionieren Therapien nun mal."

„Aber nicht bei mir", murmele ich.

„Okay, dann such dir einen anderen von der Liste aus. Da müssten mehrere Namen stehen."

„Nichts für ungut", sage ich und reibe mir den Nacken. „Aber ich glaube, wer auch immer die Liste zusammengestellt hat, hat bestimmt noch mehr dieser Affen ausgesucht."

„Aber ich kann dich von dieser Bedingung nicht befreien", antwortet er steif.

„Das will ich auch gar nicht." Ich seufze und lasse den Blick über den Parkplatz schweifen. „Ich brauche einen, der …" Ich habe keine Ahnung, wen ich brauche, jedenfalls nicht so einen wie den, den ich gerade verlassen habe.

„Ich glaube, ich weiß, was du brauchst", sagt Dominik.

Ich zucke zusammen. Woher will er das wissen, wenn ich es nicht mal selbst weiß?

„Ich schicke dir die Infos. Es heißt Shërim Ranch und liegt außerhalb von Phoenix."

„Eine Ranch?", frage ich verwirrt.

Er geht nicht darauf ein. „Frage nach Nora Wayne. Sie wird alles arrangieren."

„Was ist das denn genau?"

„Viel Glück", sagt er und legt auf.

Mein Handy brummt. Dominik hat mir die Infos geschickt. Es ist ein Link. Ich öffne ihn, und die Webseite der Shërim Ranch geht auf. Die Titelzeile zeigt Pferde, die durch die Wüste von Arizona galoppieren. Ich lese den obersten Text.

Auf der Shërim Ranch bieten wir Pferdetherapie für Menschen mit physischen, psychischen und emotionalen Bedürfnissen an.

Pferdetherapie? Was zum Geier ist das denn?

Ein Hupen lenkt mich ab. Das Uber ist da und der Fahrer sieht mich ungeduldig an. Ich schaue ihn grimmig an, gehe hinüber und öffne die hintere Tür. Als ich Platz genommen habe, sage ich: „Ich muss woanders hin, als das Ziel, das ich ursprünglich eingetragen habe."

„Dann müssen Sie das in der App ändern", antwortet der Halbstarke, ohne mich anzusehen.

„Soll das ein Witz sein?"

Er dreht sich halb um, sieht mich an und weitet die Augen. Er erkennt mich. „Heilige Scheiße! Sie sind Tacker Hall."

„Kannst du mich jetzt woanders hinbringen, ohne dass ich vorher durch Reifen springen muss?"

„Na klar, Mr. Hall." Er wendet sich wieder der Straße zu. „Wohin wollen Sie?"

„Zur Shërim Ranch", murmele ich. Ich rufe die Wegbeschreibung auf der Webseite auf. „Ich sage dir, wo es langgeht."

Ich mache es mir bequem. Die Ranch ist angeblich vierzig Minuten entfernt, und ich frage mich, wo mich Dominik Carlson da reingeritten hat.

***

Okay, ich gebe zu, ich bin fasziniert.

Das habe ich mir jedenfalls nicht vorgestellt, als mir eine Therapie verordnet wurde. Irgendwie ist es beruhigend, denn der Gedanke, auf einer Couch zu liegen und einem völlig Fremden mein Herz auszuschütten, erschreckt mich.

Auf der Fahrt habe ich die Ranch gegoogelt. Sie gehört einer Nora Wayne, an die ich mich laut Dominik wenden soll. Sie ist eine geprüfte Therapeutin und hat an der Universität von Colorado studiert. Sie hat die Ranch vor drei Jahren gekauft und diese dient mehreren Zwecken. Um die Historie der Ranch zu erhalten, werden dort immer noch Pferde gezüchtet und verkauft und es werden Reitkurse angeboten. Der Hauptzweck ist jedoch das Heilen. Was auch immer das für den Einzelnen bedeuten mag. Der Name Shërim bedeutet Heilung oder Erholung auf Albanisch. Der Kurzbiografie von Nora Wayne entnehme ich, dass sie dort geboren wurde und als junges Mädchen in die Vereinigten Staaten kam.

Es wird ein Camp angeboten, in dem Kinder aus Familien mit niedrigem Einkommen reiten lernen und sich um die Pferde kümmern können. Nora Wayne arbeitet mit der Jugendstrafbehörde zusammen und bietet an, dass die Kinder in manchen Fällen ihre Strafe auf der Ranch abarbeiten können, anstatt eingesperrt zu werden.

Außerdem bietet sie Therapiesitzungen an, mit oder ohne die Hilfe von Pferden. Oh, und sie bietet noch anderen Hippie-Scheiß an, wie Yoga und Meditationen, was mich definitiv nicht interessiert.

Der Uber-Fahrer fährt einen langen Feldweg auf das Ranchhaus zu. Es ist um die zweihundertfünfzig Quadratmeter groß, ebenerdig, mit Stuck verziert und hat rote Schindeln auf dem Dach. Links steht eine graue verwitterte Scheune oder ein Stall und es gibt drei eingezäunte Bereiche. Hinter dem Haus erstreckt sich eine Weide mit hauptsächlich braunem Gras, doch in der Ferne wird es grün, wo Bäume beginnen. Drei Pferde grasen auf der Weide.

Außerdem steht hier ein weißer Metallcontainer, wie man ihn auf Baustellen sieht. Er ruht auf Holzblöcken und hölzerne Stufen führen zur Tür.

Eine Frau und ein Teenager befinden sich auf der Koppel links von der Scheune. Sie hält ein braunweißes Pferd am Zaumzeug. Der Junge betrachtet das Pferd mit zweifelndem Ausdruck. Ein älterer Mann hat die Arme auf den Holzzaun gelegt und schaut zu.

Ich reiche dem Uber-Fahrer hundert Dollar, steige aus und winke kurz ab, als er sich überschwänglich bedankt. Unsicher, an wen ich mich wenden soll, gehe ich zu den Leuten, die ich sehe.

Ich nehme an, die Frau auf der Koppel ist Nora Wayne, könnte aber auch falschliegen. Sie ist groß und kurvig und wie in die staubige, verblasste Jeans gegossen, die sie mit abgetragenen Cowboystiefeln trägt. Es ist schön draußen, die Temperatur liegt etwas über zwanzig Grad, was im Februar in Arizona normal ist. Die Frau trägt ein blaues T-Shirt mit V-Ausschnitt und hat ein kariertes Flanellhemd um die Hüften gebunden. Außerdem trägt sie einen beigen Cowboyhut, der nicht viel von ihrem Gesicht sehen lässt, außer von der Nase abwärts. Auf dem Rücken hängt ein dunkler geflochtener Zopf.

Das Pferd zuckt leicht zusammen und macht einen halben Schritt zur Seite. Schnell hat sie es wieder unter Kontrolle, doch der Junge weitet die Augen und springt zurück.

Ich lehne mich auf der gegenüberliegenden Seite des älteren Mannes an den Zaun und warte, bis die Frau fertig ist.

KAPITEL 3

Nora

Das Pferd weicht erneut nach links aus, aber ich halte die Stute fest. Ein paar sanfte Worte und sie beruhigt sich.

„Er mag mich nicht", knurrt Terrance und tritt zurück.

„Sie", korrigiere ich ihn.

„*Sie* mag mich nicht", wiederholt der Sechzehnjährige. Ängstlich weicht er weiter zurück.

„Also, das wissen wir nicht mit Sicherheit, oder? Es ist nicht fair, zu beurteilen, was jemand denkt, nur anhand einer kleinen Bewegung. Eines Ausdrucks. Eines Geräuschs."

Terrance starrt mich an. Es ist seine erste Therapiestunde mit mir, und er vertraut mir genauso wenig wie Starlight, meiner schönen, gutmütigen Stute. Mit der freien Hand kraule ich sie unter dem Kinn.

„Was, wenn eben eine Pferdebremse Starlight in den Hintern gestochen hat?", frage ich und lächele ermutigend. „Und sie sich deshalb bewegt hat?"

Ich lasse den Blick über die kleine Koppel schweifen. Raul hat einen Fuß auf das untere Brett des Zauns gestellt und stützt sich mit einem Arm auf das oberste. Sein alter Strohhut beschattet sein wettergegerbtes faltiges Gesicht, während er mir bei der Arbeit zusieht.

Ich sehe Terrance an und warte, bis er meinen

Blick erwidert. „Die Wahrheit ist, dass Starlight dich genauso wenig kennt wie du sie. Aber das werden wir ändern. Komm etwas näher."

Terrance ist ein Stadtkind aus einem armen, instabilen Umfeld. Er kam heute an und markiert den Starken mit mieser Laune. Er wurde in der Highschool erwischt, als er Graffiti an die Turnhalle sprühte. Sein zweiter krimineller Akt. Anstatt in die Jugendhaft schickte man ihn zu mir.

Und das ist wunderbar. Ich arbeite gern mit Kindern, die Potenzial haben, und Richterin Beasley schickt mir diejenigen, von denen sie glaubt, dass ihnen die Pferdetherapie helfen könnte, anstatt sie einsitzen zu lassen. Kinder, die eingesperrt werden, gehen im System öfter verloren, als dass es ihnen weiterhilft, und die Rückfallquote ist sehr hoch.

„Wenn du nervös bist", sage ich sanft, „merkt sie das und wird auch nervös. Am besten trittst du ihr also selbstsicher entgegen. Hebe den Kopf. Nimm die Schultern zurück. Zeige ihr, dass du ein Freund bist und sie kennenlernen möchtest, indem du lächelst. Sie spürt das und wird entsprechend reagieren."

Terrance weiß nicht, dass das der reinste Horse-Shit ist – ohne doppeldeutig sein zu wollen. Starlight ist ein freundliches, sanftes Pferd, das jeden liebt. Doch ich möchte Terrance ein paar Lebensweisheiten unterjubeln, und Selbstvertrauen ist etwas Wichtiges. Menschen anzulächeln, ebenfalls.

Terrance gehorcht und tritt näher. Er schluckt

schwer und findet das große Pferd neben mir offensichtlich bedrohlich. Doch er besitzt auch eine gesunde Portion Ego mit seinen sechzehn Jahren, also hebt er das Kinn und nimmt die Schultern zurück.

„So kannst du sie streicheln. Über die Nase." Ich demonstriere es ihm.

Der Junge zögert. Seine Adidas-Sneakers wirbeln Staub auf, als er nervös tänzelt.

„Schon gut", beruhige ich ihn. „Sie ist freundlich zu dir, versprochen."

Terrance sieht mich misstrauisch an, was mir im Herzen wehtut. Was er durchgemacht hat, sorgt dafür, dass er niemandem vertraut. Dass er seinen Selbstwert anzweifelt. Ich hoffe, dass es am Ende der Therapie nicht mehr so sein wird. Es ist immer wieder erstaunlich, was etwas Selbstvertrauen in einem Kind verändern kann. Wie aufbauend das wirkt. Wie es ihm die Kraft geben kann, Nein zu schlechten Entscheidungen zu sagen.

„Ich weiß, dass du mir noch nicht vertrauen kannst, Terrance. Ich verspreche dir zwar, dass dir hier nichts passiert, aber du kennst mich noch nicht. Also verstehe ich das. Die einzige Möglichkeit, diese erste Aufgabe zu meistern und das Tier anzufassen, ist, tief in dir den Mut zu finden, es zu tun. Ich glaube, dass du das kannst."

Man sieht ihm den Konflikt an. Seine Teenagerarroganz hilft ihm jetzt, denn er streckt die Hand aus. Obwohl er nicht näher getreten ist, kann er Starlights weiche Nase berühren. Ich kann ein Lä-

cheln nicht verbergen, als er langsam auf und ab
streichelt.

Terrance seufzt leise, als ob das zarte Fell der Stute eine angenehme Überraschung darstellt. Seine Lippen zeigen ein kleines Lächeln.

„Wunderbar", lobe ich.

Abrupt zieht er die Hand zurück. Das schmerzt mich noch mehr. Er ist nicht an freundliche Worte gewöhnt und richtet sofort seinen Schutzwall wieder auf.

Ich nicke Raul zu, was ihm signalisiert, dass ich für ihn bereit bin. Er geht zum Tor im Zaun und betritt die Koppel.

„Das ist Raul", sage ich zu Terrance. „Mein Manager."

Raul Vargas ist der wichtigste Mensch auf der Ranch. Er ist gerade siebenundsechzig geworden und sieht auch so aus durch die vielen Jahre in der Sonne. Doch Raul ist fit wie ein Turnschuh und agiler als viele Leute, die nur halb so alt sind wie er. Und er ist ein unglaublich talentierter Pferdeflüsterer. Außerdem ist er mein bester Freund. Sicherlich eine Vaterfigur, aber mit ihm kann ich auch über Dinge reden, die ich niemals mit meinem eigenen Vater besprochen hätte, als er noch lebte.

„Raul wird dir jetzt zeigen, wie man Starlight richtig pflegt", erkläre ich Terrance. „Dabei gewöhnst du dich daran, sie anzufassen, genau wie sie sich an dich gewöhnen wird. Es ist eine gegenseitige Beziehung. Vergiss das nicht."

Überraschenderweise murmelt Terrance: „Jawohl, Ma'am."

„Sag nicht Ma'am zu mir." Liebevoll drücke ich kurz seine Schulter. „Einfach nur Nora."

„Du hast Besuch", sagt Raul und deutet hinter mich.

Beim Umdrehen schütze ich meine Augen mit der Hand vor der Sonne, die mein Hut nicht abhält. Ein groß gewachsener Mann steht an der Koppel. Ich kann sein Gesicht nicht genau erkennen, aber ich weiß, wer er ist.

Tacker Hall.

Ich habe ihn erwartet, weshalb ich Terrance an Raul übergebe.

Ich sehe Terrance an. „Das hast du super gemacht. Wir sehen uns nächste Woche wieder, okay?"

„Okay, Nora", sagt er lächelnd.

Ich gehe durch die Koppel auf meinen neuen Klienten zu. Eigentlich habe ich viel zu viel zu tun, um neue Klienten anzunehmen. Hätte der Mann mich angerufen, hätte ich ihn an einen meiner Mitarbeiter übergeben. Aber er hat nicht angerufen, sondern Dominik Carlson.

Noch vor einer Stunde kannte ich Dominik Carlson nicht. Zugegeben, ich lebe in meiner eigenen kleinen Welt und bekomme nicht viel mit von dem, was außerhalb der Ranch passiert. Kurz stellte er sich als der Besitzer der Arizona Vengeance vor und sagte, dass einer der Spieler Hilfe braucht. Ich weiß, dass es sich um unser Eishockeyteam handelt, denn ich sehe mir die Nachrichten an.

Es ist beeindruckend, dass er von mir gehört hat. Er sagte, er hätte einen Artikel in der Zeitung über mich gelesen und gedacht, dass ich seinem Spieler Tacker Hall vielleicht helfen könnte. Leider musste ich ihm absagen, denn ich habe keine Zeit, aber schnell wurde klar, dass Dominik Carlson kein Nein akzeptiert, wenn er etwas haben will. Als er mir eine Spende von fünfzigtausend Dollar für die Ranch anbot, fand ich ohne Scham plötzlich Platz im Terminkalender. So viel Geld kann man einfach nicht ablehnen. Zwar erwirtschaften wir genug, um die Pferde gut zu versorgen und das Darlehen abzuzahlen, aber es bleibt nicht viel davon übrig. Gern würde ich ein paar Gebäude und Koppeln erneuern, einen Aufsitzmäher für die Wiesen kaufen und Raul besser bezahlen. Er verdient immer noch dasselbe wie vor drei Jahren, als ich ihn einstellte, und hat sich noch nie beklagt.

Also sagte ich Mr. Carlson, dass ich gern aushelfe, und jetzt ist Mr. Hall hier. Ich habe nicht die geringste Ahnung von seinem Problem, aber hier helfen wir allen verlorenen Seelen. Sei es bei Drogensucht, Depressionen, posttraumatischem Stress oder um ein Kind vor dem Gefängnis zu bewahren. Ich benutze die heilende Wirkung der Pferdetherapie, mein therapeutisches Wissen und meine Erfahrungen, um Menschen zu erreichen, bei denen traditionelle Therapien nicht anschlagen.

Während ich mich meinem neuen Klienten nähere, versuche ich, mich nicht von seinem guten

Aussehen ablenken zu lassen. Er hat kurzes, hellbraunes Haar und braune Augen. Seine Gesichtszüge sind klassisch schön, gleichmäßig geschnitten, und ich habe den Eindruck, dass er sogar zum Umfallen toll aussehen könnte, würde er nicht so grimmig dreinschauen. Seine Lippen sind zusammengepresst und seine Augen blicken eiskalt.

„Mr. Hall", sage ich und lächele ihn willkommen heißend an. Ich strecke die Hand über den Zaun aus, und er schüttelt sie, ohne zu zögern. „Ich bin Nora Wayne. Mr. Carlson hat Sie angekündigt."

„Danke, dass Sie sich die Zeit nehmen", antwortet er, ohne dankbar zu klingen.

Mr. Carlson hat mir zwar nicht erzählt, warum Tacker kommt, aber er sagte, dass er keine Wahl hätte. Dass die Teamleitung darauf bestand und er mindestens zweimal die Woche kommen müsste, um im Team bleiben zu können. Normalerweise hätte ich Tacker längst gegoogelt, aber wegen des Termins mit Terrance habe ich noch keine Zeit dafür gefunden.

„Gehen wir in mein Büro", sage ich und deute auf den Metallcontainer. „Darf ich Sie Tacker nennen?"

„Nennen Sie mich, wie Sie wollen", murmelt er und geht neben mir her am Zaun entlang.

Ich gehe durch das Gatter, schließe es hinter mir und nehme dann die Stufen hoch ins Büro. Es ist nur ein kleiner Container, aber mehr konnte ich mir nicht leisten, als ich ein echtes Büro auf der Ranch brauchte, um Klienten zu empfangen, wenn nicht mit den Pferden gearbeitet wird.

Drinnen befindet sich ein alter Schreibtisch mit einem Bürostuhl und ein bequemer Sessel für die Klienten. Keine Couch. Die ist mir zu klischeebehaftet.

Meine Urkunden sind zwar gerahmt, hängen aber nicht an den Wänden. In den vergangenen drei Jahren hatte ich noch keine Zeit, mich darum zu kümmern. Falls es jemanden interessiert, sage ich ihm, dass ich meinen Master an der Universität von Colorado gemacht habe, aber das kann man auch auf meiner Webseite nachlesen.

Die einzig andere Bequemlichkeit hier ist die im Fensterrahmen eingebaute Klimaanlage. Eine Notwendigkeit, wenn die Wüstensonne einen Ofen aus dem Container macht. Das geschieht ab April, der nicht mehr weit ist. Heute ist es nur um die zwanzig Grad warm, sodass ich die anderen Fenster offen lasse, um frische Luft hereinzulassen.

Ich deute auf den Klientensessel. „Nehmen Sie Platz, Tacker.“

Das tut er und er sieht sich mit unlesbarem Ausdruck im Büro um.

„Ich weiß, es sieht nicht aus wie ein typisches Therapeutenzimmer“, sage ich lächelnd und setze mich auf meinen Drehstuhl.

Tacker schüttelt den Kopf. „Völlig anders als der Raum, aus dem ich gerade komme.“

KAPITEL 4

Tacker

Ohne Scheiß ... die Frau, die mir gerade eben auf der Koppel entgegenkam, sieht wesentlich besser aus als Gordon Dumfries.

Verdammt viel besser.

Im Sinne von absolut ablenkend besser.

Das wird noch deutlicher, als sie im Büro den Hut abnimmt und ihn auf den Schreibtisch legt, der mit Ordnern und Papieren zugemüllt ist, inklusive fünf gebrauchten Kaffeetassen. Draußen hat der Cowboyhut die Hälfte ihres Gesichts verdeckt, aber ich konnte volle Lippen sehen, ein zartes Kinn und einen langen Zopf auf ihrem Rücken.

Fasziniert betrachte ich jetzt ihr Gesicht. Sie ist mehr als schön. Die Hautfarbe ist die von Menschen aus einem sonnigen Land, sie hat hohe Wangenknochen und elegant geschwungene Augenbrauen über zimtfarbenen Augen, die auf exotische Weise leicht schräg stehen. Eine Schönheit, die ich keinesfalls auf einer Pferderanch erwartet hätte, sondern eher auf einem Haute-Couture-Laufsteg in Mailand.

„Möchten Sie etwas trinken?", fragt sie, und ich brauche einen Moment, um mich auf ihre Frage zu konzentrieren, denn ich muss erst mit ihrer Schönheit fertig werden.

Nicht, dass mir nach MJs Tod keine schönen

Frauen mehr aufgefallen wären. Mir ist nicht entgangen, dass sich Bishop, Erik, Legend und Dax einer nach dem anderen in wunderschöne Frauen verliebt haben. Ich bewundere eine schöne Frau genauso wie jeder andere Mann, aber da endet dann auch schon mein Interesse. Wenn ich nachts die Augen schließe, ist es nur MJ, an die ich denke.

„Sie haben immer noch einen Akzent", sage ich rundheraus. Auf der Webseite steht, dass sie in Albanien geboren ist. „Aber nur einen ganz leichten."

Bei den wenigen Worten, die ich sie habe sprechen hören, wurde offensichtlich, dass sie eine leicht andere Intonation hat und das R ein bisschen rollt. Es ist kaum hörbar, doch irgendwie durchschaue ich diese Frau sehr viel besser als alle anderen Menschen, die ich in letzter Zeit getroffen habe.

Sehr seltsam.

Sie lächelt. „Ich bin in Albanien geboren und lebe in den USA, seit ich elf war. Der Akzent kommt manchmal hervor, wenn ich nervös bin."

„Nervös?" Überrascht blinzele ich. „Warum sollten Sie nervös sein?"

Lachfältchen bilden sich an ihren Augenwinkeln. „Ein neuer Klient ist immer eine große Verantwortung. Ich bin zum Helfen geboren und nehme das sehr ernst. Aber ich bin immer leicht nervös, wenn ich einen neuen Klienten treffe."

Ich weiß nicht, ob sie mich verarscht. Sie erscheint aufrichtig, aber das klingt ein wenig abgedroschen und riecht nach Pferdescheiße.

„Ich merke, dass Sie das irritiert", sagt sie und sieht mir direkt in die Augen. Aber sie wirkt nicht beleidigt. „Ich hoffe, Sie werden bald merken, dass ich meine, was ich sage."

Ich weiß nicht, was ich dazu sagen soll. Vertrauen baut sich nicht so leicht auf. Ich bin eher ein verschlossener Mensch. Auch wenn ich bereit bin, zu tun, was man von mir verlangt, bin ich doch nicht freiwillig hier. Ich freue mich nicht darüber und lasse mich nicht von einer Hippie-Pferdefrau einwickeln, die glaubt, sich mit einem Lächeln bei mir einschleimen zu können.

Also antworte ich nichts.

Sie hebt eine Augenbraue und ermöglicht mir, zu entscheiden, ob ich mich weiter über ihr kleines Geständnis austauschen will, mit dem sie sich menschlich zeigen wollte, damit ich mich bei ihr wohler fühle.

Als ich nichts sage, faltet sie die Hände auf ihrem Schreibtisch. „Ich weiß nicht, warum Mr. Carlson mich Ihnen empfohlen hat."

„Ich muss eine Therapie machen, um in meinem Team bleiben zu dürfen." Mir ist klar, wie wenig das aussagt.

„Und warum?"

„Ich bin betrunken gegen eine Betonmauer gefahren."

Das überrascht sie. „Absichtlich?"

„Ja."

„Und warum haben Sie das getan?" Jetzt ist sie

voll im Therapeuten-Modus.

Noch bin ich nicht so weit, darüber zu reden. „Woher kennen Sie Dominik?"

„Ich kenne ihn nicht." Jetzt bin ich der Überraschte. „Anscheinend hat er über meine Arbeit gelesen und entschieden, dass es etwas für Sie wäre."

„Aber Sie wissen nicht, ob ich hierher passe." Und nur weil die Umgebung hier anders ist als bei dem anderen Therapeuten, heißt das nicht, dass sie nicht dieselben Methoden anwendet. „Warum haben Sie mich angenommen?"

Ihr Ausdruck bleibt offen und freundlich. „Geld."

„Geld?"

„Eigentlich ist mein Terminkalender voll und ich nehme keine Klienten mehr an. Aber Mr. Carlson sagte, dass Sie besonders wichtig sind, und machte eine großzügige Spende für die Ranch. Danach konnte ich nicht mehr ablehnen."

Ich bin dankbar für ihre Ehrlichkeit. Gut, zu wissen, dass sie käuflich ist; das speichere ich mir für alle Fälle einmal ab.

„Warum lief es bei dem anderen Therapeuten nicht gut für Sie?"

Meine Gedanken rasen auf der Suche nach noch einer Frage, um hinauszuzögern, über das eigentlich Wichtige zu sprechen. Aber ich verliere mich in dem Anblick ihres Ausdrucks. Streng und entschlossen. Zwar nimmt sie meinen leichten Widerstand hin, aber ich merke, dass sie mich so lange grillen wird, bis sie erfährt, was sie wissen will.

Seufzend lege ich die Karten auf den Tisch. „Hören Sie zu … es fällt mir nicht leicht, über meine Probleme zu reden. Über ein Jahr habe ich alles verdrängt, und ich freue mich nicht gerade darüber, mich den Gefühlen zu stellen."

„Warum nicht?"

„Weil ich Schmerz nicht mag. Ich meine, wer tut das schon?"

„Sie haben den Therapeuten recht schnell gewechselt. Aber Ihnen ist schon klar, dass meine Methode nicht weniger schmerzvoll sein wird, oder?"

„Wie funktioniert das mit den Pferden?", frage ich. Nicht, weil es mich interessiert, sondern weil sie von Schmerz spricht, was ein Gefühl ist. Und obwohl wir MJ noch nicht einmal erwähnt haben, werde ich schon unruhig.

„Sie werden auf verschiedene Arten eingesetzt. Zur Ablenkung, Vertrauensbildung, um Liebe und Freundlichkeit zu zeigen, das Selbstbewusstsein zu stärken. Es kommt auf Ihre Bedürfnisse an."

Meine Bedürfnisse?

Ich muss aufhören, von dem Absturz zu träumen.

Ich muss wissen, dass mich MJ, wo auch immer sie jetzt ist, nicht dafür hasst, sie umgebracht zu haben.

Ich muss wissen, ob ich eines Tages aufhören kann, mich selbst zu hassen.

Aber ich weiß nicht, wie ich all das dieser Frau sagen soll.

Erwartungsvoll sieht mich Nora an. Sie wartet darauf, dass ich ihr sage, warum ich hier bin und was meine Bedürfnisse sind. Aber meine Zunge fühlt sich an, als wäre sie an meinem Gaumen festgeleimt.

Zum ersten Mal verblasst ihr Lächeln und ihr Blick wird härter. „Sie wissen, dass der Sinn einer Therapie das Reden ist, ja? Die Konfrontation. Alles herauslassen. Das bedingt, darüber zu sprechen. Dominik sagte mir, dass Ihr Fortschritt die Bedingung ist, im Team zu bleiben. Und ich werde ihm ungeschönt berichten."

Weder brauche ich eine Erinnerung daran noch ihren strafenden Ton. „Das ist mir klar, Lady."

„Nora", antwortet sie. „Ich heiße Nora."

„Das ist mir auch klar", murmele ich und kratze mich am Kinn. „Hören Sie … ich komme noch dazu, okay? Ich weiß nur nicht, ob ich es schaffe, sofort ins kalte Wasser zu springen."

„Okay." Ihr schönes Lächeln ist wieder da und sie steht auf. Sie nimmt ihren Hut und nickt Richtung Tür. „Kommen Sie mit."

„Wohin?"

Sie geht an mir vorbei zur Tür und wir treten in die Nachmittagssonne. Nora setzt ihren Hut auf, und ich merke mir, das nächste Mal eine Baseballkappe mitzunehmen.

Ich folge ihr an der Koppel vorbei zu dem verwitterten grauen Stall. Wir treten ein und der Schatten fühlt sich sofort kühler an. An jeder Seite befinden sind vier Boxen. Alle leer. Das andere Ende des Stalls ist offen und führt zu einer weiteren Koppel. Dort sind drei Pferde, ein paar Erwachsene und

Kinder unterhalb des Teenageralters.

„Was wird da gemacht?"

„Das ist eine unserer Grundkursklassen in Pferdepflege. Zusätzlich zu den Therapien bieten wir Pferdekunde für Kinder aus unterprivilegierten Familien an. Um ihnen andere Erlebnisse zu bieten, als sie es gewohnt sind."

„Sind Sie die einzige Therapeutin hier?"

Sie schnappt sich eine Schubkarre neben dem Stall. „Die Einzige in Vollzeit." Sie nimmt sich eine Schaufel dazu. „Ich habe zwei Teilzeittherapeuten, und die anderen Leute sind freiwillige Helfer, außer Raul, meinem Manager."

Nora reicht mir die Schaufel, die ich ohne nachzudenken nehme. Sie öffnet eine der Boxentüren und deutet hinein. „Sie können hier anfangen."

„Womit anfangen?"

„Ausmisten", sagt sie und lächelt strahlend. „Wenn Sie nicht reden wollen, können Sie wenigstens arbeiten, sodass meine Zeit nicht verschwendet wird."

„Das soll ein Witz sein, oder?"

„Nicht wirklich", sagt sie gelassen und deutet auf den Boden. „Schaufeln Sie den Mist in die Schubkarre und kippen Sie ihn hinter dem Stall auf den Haufen. Danach muss frisches Stroh eingestreut werden. Das befindet sich über Ihnen auf dem Dachboden."

Der Drang, über MJ zu reden, überkommt mich, denn es ist mir ein Gräuel, diese Arbeit zu verrichten. Aber ich bin mir nicht zu schade, mich dreckig zu machen oder körperlich zu arbeiten. Besonders, um ihr zu beweisen, dass ich reden werde, wenn ich so weit bin. Schließlich habe ich diese Frau eben erst kennengelernt, verflucht noch mal.

Ohne ein Wort schiebe ich die Schubkarre in den Stall und beginne mit der schweißtreibenden und stinkenden Arbeit. Glücklicherweise befindet sich nicht viel Kacke in dieser Box, sodass ich nicht lange brauchen werde, besonders dann nicht, wenn die anderen Boxen ähnlich aussehen.

Nora lächelt mich noch einmal an und geht.

Ich frage mich, ob sie das Dominik berichten wird.

Ich glaube schon. Und er wird es zum Brüllen komisch finden.

***

In den nächsten vierzig Minuten verrenke ich mir das Kreuz beim Ausmisten. Wegen des Gipses am linken Handgelenk war es schwierig, einen Arbeitsrhythmus zu finden, doch schließlich ging es irgendwie. Mit dem rechten Arm schob ich die Schaufel unter den Mist, dann stützte ich den Stiel links auf den Gips und hob die Ladung in die Schubkarre.

Nach der ersten Box empfand ich den Gestank als weniger widerlich. Ich rede mir ein, dass die Arbeit ein gutes Work-out ist, sodass ich später nicht noch ins Fitnessstudio gehen muss.

Nach der letzten Box kommt der ältere Mann

herein, den ich an der Koppel gesehen habe, und führt ein Pferd auf das frische Stroh. Mir nickt er kurz zu und gibt einen Grunzlaut von sich.

Ich achte nicht weiter auf ihn und führe meine Arbeit zu Ende.

Als ich fertig bin, bringe ich Schubkarre und Schaufel wieder dorthin, wo Nora sie stehen hatte. Mit gutem Timing kommt Nora in den Stall geschlendert. Ich wische mir mit dem Handrücken den Schweiß von der Stirn. Ich bin nicht für körperliche Arbeit gekleidet, aber Jeans, T-Shirt und Sneakers funktionieren prima. Natürlich wäre jetzt eine lange, heiße und schaumreiche Dusche genau das Richtige.

Lächelnd schreitet Nora die Boxen ab und inspiziert sie. Ich habe keine Ahnung, ob ich ihren Erwartungen Genüge getan habe, denn ich kenne sie nicht. Ich weiß nur, dass diese Frau dem Management des Teams berichten wird, ob ich kooperiere, sodass ich momentan nach ihren Regeln spielen muss. Obwohl ich mir den Nachmittag nicht so vorgestellt habe, ziehe ich dies hier seltsamerweise tausendmal Gordon Dumfries vor.

„Gute Arbeit", lobt sie und kommt auf mich zu. „An welchen Tagen würden Sie am liebsten zu den Sitzungen kommen? Es muss zweimal die Woche sein, nicht wahr?"

„Ähm … ja." Ich hole das Handy aus der Hosentasche und checke meinen Kalender. „Wegen der Spieltage ändert sich das wöchentlich. Aber in den nächsten zwei Wochen reise ich nicht mit dem

Team mit. Wenn ich das Training berücksichtige, kann ich jeden Tag zwischen Mittag und siebzehn Uhr."

„Dann sagen wir mittwochs und freitags." Ob sie sich das auch merken kann? Sie hat ihren Kalender nicht dabei. „Und damit Sie vorbereitet sind, sage ich Ihnen eins gleich: Ich erwarte, dass Sie dann bereit sind, Ihre Geschichte zu erzählen."

Bei dieser Vorstellung zieht sich in mir alles zusammen. Da ich gut darin geworden bin, ein verschlossener Kerl zu sein, muss ich dagegen ankämpfen, mich ihr zu verweigern. Ich presse die Lippen zusammen und schweige. Das nützt jedoch nichts. Nora sieht mir an, dass mir das Ganze nicht passt.

„Tacker", sagt sie sanft und legt beruhigend ihre Hand auf meinen Arm. „Ich weiß, dass Sie glauben, dass es ganz schrecklich werden wird, und teilweise wird es auch so sein, besonders, wenn Sie noch nie über ihren Schmerz gesprochen haben. Aber ich verspreche Ihnen, dass bessere Tage vor Ihnen liegen. Mit ein bisschen Hingabe für die Therapie und der Bereitschaft, sich Ihren Dämonen zu stellen, werden Sie wieder Licht in Ihr Leben lassen. Und Liebe und Glück. Sie werden wieder lächeln können."

Himmel noch mal. Innerlich zucke ich zusammen wegen des Schmerzes, den mir ihre rührseligen Worte verursachen. Friede, Freude, Eierkuchen ist das falsche Mittel, um mich zu erreichen. „Fuck", knurre ich und schüttele ungläubig den Kopf.

„Glauben Sie wirklich an diese gequirlte Scheiße? So verfickt optimistisch kann doch kein Mensch sein.“

„Sie werden schon noch merken, dass ich ...“

Ich unterbreche sie. „Hören Sie ... ich muss diese blöde Therapie machen. Und wie es aussieht, bei Ihnen, da Carlson einen Haufen Geld dafür bezahlt. Und ich verstehe, dass ich reden muss, um Fortschritte zu machen, aber Sie können sich diese Strahlemann-Einstellung von Liebe und Sonnenschein echt sparen. Das ist vergebliche Liebesmühe bei mir. Dahin werde ich nie kommen, und Sie sind eine Närrin, falls Sie glauben, das erreichen zu können.“

Erstaunt öffnet Nora leicht den Mund, und ich erkenne in ihren Augen, dass ich soeben ihre Gefühle verletzt habe. Kurz spüre ich ein schlechtes Gewissen, verdränge es aber erfolgreich.

Nora neigt kurz den Kopf und zeigt damit an, dass sie meine Beschwerde zur Kenntnis genommen hat. Sie tritt einen Schritt zurück. „Dann bis Freitag, drei Uhr.“

Sie macht auf dem Absatz kehrt, geht aus dem Stall und lässt mich mit meinen Gedanken allein, die sich an der Grenze zwischen schlechtem Gewissen und Widerwillen bewegen.

„Das werde ich dir dieses eine Mal durchgehen lassen“, sagt eine Stimme in einer der Boxen. Mit schwerem Latino-Akzent, heiser und rau. Ich hatte den alten Mann bei dem Pferd ganz vergessen. Er tritt aus dem Stall und sieht mich unter dem

Strohhut streng an. „Aber wenn du noch einmal so mit Nora redest, werde ich dir den Arsch versohlen, *Muchacho*."

„Kein Thema, solange sie den Hippie-Quatsch für sich behält", knurre ich und bin kein bisschen beeindruckt von seiner Drohung.

„Sei ehrlich zu dir selbst", antwortet er und schließt den Riegel der Box. „Das ist nicht wirklich der Grund, warum du rebellierst."

„Wie bitte?" Ich bin leicht genervt, dass er einen auf Therapeut macht.

„Du magst ihre Aussicht auf eine schönere Zukunft nicht hören wollen, weil du glaubst, dass niemand verstehen kann, was du durchgemacht hast."

Ich presse die Zähne zusammen. Da liegt er gar nicht so daneben. Ich weiß, dass sie die Ausbildung und Erfahrung hat, mit Leuten wie mir umzugehen, aber es ist anmaßend, zu glauben, mich heilen zu können, ohne das Geringste über meine Qualen zu wissen. Aus diesem Grund fällt es mir schwer, ihr zu vertrauen.

„Glaub mir, *Amigo*", sagt der alte Mann und kommt näher. Er hebt den Hut an und schiebt ihn etwas nach hinten, sodass ich seine Augen sehen kann. „Nora hat Schlimmeres erlebt, als Sie sich vorstellen können. Ich kenne Ihr Problem nicht, aber glauben Sie bloß nicht, diese Frau wüsste nicht, was Leid ist. Sie hat mehr verloren, als ein Mensch durchmachen dürfte, und litt mehr, als irgendwer es verdient, und sie ging daraus mit neuer Hoffnung und einem Lächeln hervor. Sie sollten ihr eine Chance geben."

Ich stelle mich breitbeiniger hin, damit mir die Knie nicht versagen. Zwar hat er nichts Persönliches über Nora verraten, doch es ist klar geworden, dass sie etwas Schreckliches durchgemacht haben muss.

An so etwas habe ich nicht einmal gedacht.

Glaube ich etwa, ich wäre der einzige Mensch auf der Welt, der leidet?

Verdammt, nein. Ganz bestimmt nicht.

Habe ich in Erwägung gezogen, dass diese Frau mit dem strahlenden Lächeln und voll ewiger Hoffnung auf Heilung etwas Brutales überlebt haben könnte?

In einer Million Jahren wäre ich nicht darauf gekommen. Ich habe keine Ahnung, was ich jetzt von ihr halten soll.

KAPITEL 5

Nora

Eigentlich wäre ich lieber mit Starlight oder Ming zu dem kleinen Friedhof auf dem Hügel geritten, aber der kleine Allrad-Traktor kommt spielend leicht dort hoch. Ich stelle den Motor aus, ziehe die Handbremse an und steige ab.

Es ist kein richtiger Friedhof, nur eine Handvoll Grabsteine der Familie, der vor mir über Generationen die Ranch gehörte, bis sie versteigert wurde. Er liegt unter einem Dach von Palo-Verde-Bäumen, das für genug Schatten sorgt, dass hier sogar spärlich Gras wächst.

Etwas abseits der anderen Gräber liegt das, das ich besuchen will.

Helen Wayne

7. Juni 1958 – April 2017

Geliebte Mutter und Retterin

„Hi, Nënë", sage ich leise und setze mich im Schneidersitz vor den Stein.

Helen Wayne war Amerikanerin, aber als sie mich kennenlernte, war mein Englisch sehr gebrochen, denn wir sprachen es nicht oft. Ich sollte sie Nënë nennen, albanisch für Mutter, und das fühlte sich für mich nie fremd an. Obwohl ich einst eine eigene Mutter gehabt hatte, stellte ich nie infrage, sie so zu nennen. Ich hätte alles für sie getan.

„Heute war ein stressiger Tag", sage ich leise und

zupfe an einem Grashalm. „Ich habe zwei interessante neue Klienten. Terrance ist noch ein Kind. Ein echter Rabauke. Du würdest ihn mögen. Er sehnt sich nach Zuneigung, traut sich aber nicht, auf Menschen zuzugehen. Und Tacker ist ein Typ, der ein tief sitzendes Problem hat, aber nicht darüber reden will. Er wurde zur Therapie gezwungen, und wir beide wissen, dass das meistens nicht gut endet. Trotzdem habe ich ihn heute ausmisten lassen, weil er sich nicht öffnen wollte."

Das hätte meiner Mutter gefallen, allerdings hielt sie alles, was ich tat, für das Beste überhaupt. Sicherlich gab es keine stolzere Mutter als Helen Wayne, und ich spüre, dass sie immer über mich wacht.

Für meine wahre Familie hege ich solche Gefühle nicht. Zumindest nicht so starke. Ich glaube fest daran, dass sie im Himmel sind, bei Helen, doch meine innere Verbindung zu ihnen verblasst mit jedem Jahr mehr. Wahrscheinlich, weil ich sehr lange die Erinnerungen verdrängt habe.

Inzwischen muss ich vor Trauer über den Verlust von Helen, meiner Adoptivmutter, nicht mehr weinen. Wir hatten ein schönes, erfülltes Leben miteinander und am Ende litt sie unter starken Schmerzen wegen dem Krebs. Als sie starb, mit meinen Händen in ihren, war es eine Erlösung.

Aber, Gott, sie fehlt mir sehr. Die Frau, der ich zu verdanken habe, wer ich heute bin. Die Frau, die mein Leben rettete und etwas daraus gemacht hat, das weit besser ist, als ich mir je hätte träumen lassen, gemessen daran, wo ich herkam.

In der Ferne erklingt im Ranchhaus die Glocke für das Abendessen. Lächelnd stehe ich auf. Raul liebt die verdammte Glocke, obwohl er mir nur eine Nachricht aufs Handy schicken müsste.

„Okay, Nënë, Eure Lordschaft wünscht meine Anwesenheit am Esstisch", sage ich, kein bisschen beschämt, dass ich mit einem Grab rede. „Tut mir leid, dass ich nicht länger bleiben kann, aber mehr gibt es auch nicht zu erzählen. In ein paar Tagen komme ich wieder."

Ich erhalte keine Antwort, außer einer leichten Brise aus westlicher Richtung. Ist das sie, die mir antwortet? Wer weiß, aber ich würde gern daran glauben.

„Ich liebe dich." Ich drehe mich um und gehe zum Traktor.

***

„Hände waschen", befiehlt Raul, als ich die Küche betrete.

Er rührt Hackfleisch für Tacos in der Pfanne um und ich rieche die frischen Taco-Fladen im Ofen. Auf der Arbeitsplatte stehen selbstgemachte Würzsoßen bereit, denn Raul würde eher sterben, als Fertigsoßen zu benutzen.

Ich stelle mich vors Spülbecken und schrubbe mir die Hände, während mein Magen hungrig knurrt. Mittags hatte ich eine Packung Käsecracker mit Erdnussbutter und morgens kein Frühstück. Ohne

Raul bekäme ich auch keine Tacos und das, was auf dem Herd wie gebackene Bohnen aussieht.

Ich bin eine furchtbare Köchin und benutze alles, was fertig verpackt daherkommt. Zusätzlich zu seinem Job hat Raul freiwillig auf sich genommen, mir mindestens ein selbst gekochtes Essen pro Tag zuzubereiten, wenn er dazu kommt. Am Anfang wollte ich mich dagegen wehren, denn er tut bereits so viel für so wenig Geld, doch dann begriff ich, dass Raul sich einsam fühlt. Vor Jahren ist seine Frau gestorben, und die Kinder sind weggezogen. Wenn er nicht mit mir essen kann, ist er ganz allein in einer der kleinen Arbeiterhütten auf dem Anwesen. Das wäre mir ein viel zu trauriger Zustand, den ich nicht ertragen könnte.

„Nimm uns Bier aus dem Kühlschrank", sagt er, dreht sich dem Ofen zu und greift nach den Topflappen.

Ich erfülle seinen Wunsch, denn ein eiskaltes Bier nach einem langen Tag schmeckt immer am besten. Raul holt die Maisfladen aus dem Ofen und stellt sie auf den Untersetzer auf dem Tisch. Nachdem ich die Bierflaschen geöffnet habe, stelle ich sie auf den kleinen Küchentisch und nehme Raul den Teller ab, den er für mich aus dem Schrank geholt hat.

Ich belade meinen Taco mit Fleisch, Bohnen und geriebenem Cheddar, den Raul schon auf den Tisch gestellt hat. Er gibt sich nicht mit Salat und Tomaten ab, daher gieße ich etwas von seiner selbst gemachten Soße aus grünen Tomaten in meinen Taco. Mir läuft bereits das Wasser im Mund zusammen.

Raul arbeitete schon auf der Ranch, lange bevor ich sie mit der Hilfe meiner Mutter kaufte. Und hier hatte ich auch mit zwölf meine erste Reitstunde bei ihm persönlich. Er war ein sanfter und geduldiger Lehrer und erweckte die Liebe zu Pferden in mir. Für mich war das ein gutes Ventil und machte mich frei von den schrecklichen Erinnerungen aus der Zeit, ehe Helen mich rettete.

Als ich die Ranch kaufte, tat ich es unter der Bedingung, dass Raul bleiben und mir helfen würde, meine Vision wahr zu machen, die Pferde zur Heilung einzusetzen. Er hätte sowieso nicht gewusst, wohin er gehen sollte. Er ist siebenundsechzig, und die meisten Arbeitgeber glauben, das wäre zu alt. Aber ehrlich gesagt, könnte ich es ohne ihn gar nicht schaffen.

Am Tisch hört man nur das Knuspern der Tacos und ab und zu das Schlürfen von Bier.

„Worum geht es bei dem neuen Klienten?", fragt Raul schließlich.

Er weiß, dass ich ihm keine Details verraten darf, aber die Therapie hat ja noch nicht einmal begonnen. Ich zucke mit den Schultern. „Er will noch nicht darüber reden, also habe ich ihn zur Arbeit eingeteilt."

Raul lacht in sich hinein. „Das bringt sie meistens zum Plaudern."

„Ihm ist mein Akzent aufgefallen." Ich greife nach meiner Bierflasche.

„Dann warst du sicher nervös.“ Er nickt weise, denn er kennt mich gut.

„Na ja, er ist zur Therapie verpflichtet worden und ich muss seinem Arbeitgeber Bericht erstatten. Aber ich nehme an, dass der nächste Termin produktiver sein wird.“

„Er wird es dir schwer machen“, murmelt Raul und ich höre die Sorge heraus. Immer sorgt er sich um mich. Seit zwanzig Jahren, als er mir die erste Reitstunde gab. „Vielleicht musst du ihm ein bisschen von deiner Geschichte erzählen, damit er sich öffnet.“

„Das wäre nicht das erste Mal, dass ich das tun muss.“ Ich halte die Bierflasche umschlossen und denke laut nach. „Ich frage mich, wie ich ihn am besten anpacke. Du warst im Stall und hast gehört, wie ablehnend er auf jeden Funken Hoffnung reagiert.“

„Beeindrucke ihn einfach mit deinem sonnigen Gemüt, Nora. Du hast ein Talent, in den Leuten den Glauben an das Positive hervorzubringen.“

Ich schnaube, denn er übertreibt maßlos. Ich habe keine besonderen Kräfte oder Talente. Ich bin nur eine gute Zuhörerin. Und durch meine Ausbildung und Erfahrung weiß ich, wie ich die Leute am besten führen kann.

Heute Abend werde ich Tacker googeln, um etwas über seinen Hintergrund zu erfahren. Vielleicht gibt mir das Anregungen, wie ich ihn am Freitag anpacken soll. Doch momentan gibt es wichtigere Dinge zu besprechen. Ich trinke einen

Schluck, stelle die Flasche ab und beuge mich vor.

„So ... heute ist Bingo-Abend im Gemeindezentrum. Ich habe gehört, dass Tillies Enkel gesagt hat, dass sie hingehen wird", sage ich neckend.

„Und?", antwortet Raul grimmig und konzentriert sich plötzlich intensiv auf seinen Taco.

„Und du solltest hingehen und dich neben sie setzen. Sie mag dich total."

„*Cierra esa boca*", knurrt er gutmütig, was bedeutet: *Halt den Mund.* Das habe ich davon, ihn zu necken, aber unter seiner Bräune schimmern seine Wangen rot. „Ich bin zu alt, um mich dafür zu interessieren, wer mich mag oder nicht."

„Mary-Beth Henson mag dich jedenfalls nicht so." Ich schnaube.

Mary-Beth hilft mir alle zwei Wochen beim Saubermachen im Ranchhaus. Ich habe so viel zu tun, dass Bödenwischen und Möbelabstauben auf meiner Prioritätenliste ganz weit unten stehen. Also habe ich nachgegeben und sie als Hilfe angeheuert.

Raul wohnt zwar in einer Arbeiterunterkunft, geht aber bei mir ein und aus und isst meistens hier. Aus irgendeinem Grund verstehen Mary-Beth und er sich nicht.

Ich will den Gedanken mit Tillie noch nicht aufgeben. „Ich will nur nicht, dass du einsam bist. Du steckst Herz und Seele komplett in die Ranch und in mich ..."

„Genau", unterbricht er mich. „Ich habe doch dich."

Rauls Frau starb vor neun Jahren. Sie war eine

liebe Frau, die vernarrt in ihn war. Sie haben zwei Kinder und fünf Enkel, die nach Osten gezogen sind, sodass er sie nicht oft sieht. Ich liebe ihn wie einen Vater und besten Freund, aber mir ist klar, dass ich ihm nicht alles bieten kann. Ich wünsche mir, dass er jemanden in seinem Leben hätte, der sich voll und ganz auf ihn konzentriert. Tillie würde das gern tun, wenn er es zulassen würde.

„Ich habe dich lieb", sage ich sanft. „Ich will nur, dass du glücklich bist."

„Du willst immer, dass alle glücklich sind, Nora. Du willst, dass alle Menschen denselben inneren Frieden finden wie du. Dazu kann ich erstens sagen, dass ich mit allem zufrieden bin, so wie es ist, und dass mir nichts fehlt. Und zweitens hat nicht jeder die Fähigkeit, inneren Frieden zu finden. Manche Menschen ziehen es vor, in der Dunkelheit zu bleiben."

Damit meint er Tacker.

Noch eine kleine Warnung, dass ich mit diesem Klienten alle Hände voll zu tun haben werde.

KAPITEL 6

Tacker

Ich laufe Runden durch mein Apartment und weiß nicht, was ich mit mir anfangen soll. Ich habe mein Work-out hinter mir, das elf Kilometer Laufen beinhaltete. Nach einem gesunden Frühstück ging ich einkaufen und füllte die Vorräte und den Kühlschrank mit mehr gesunden Sachen auf. Ich muss zugeben, dass ich seit dem Unfall vor zwei Wochen nicht gerade gut gegessen oder Sport getrieben habe. Wahrscheinlich hatte ich innerlich aufgegeben, daran zu glauben, dass mich die Vengeance noch wollten. Langsam begann der Abstieg vom Waschbrettbauch zur fetten Wampe.

Seit dem Meeting mit dem Management und dem Akzeptieren der Bedingungen bin ich wieder im Fitnessstudio. Außerdem habe ich danach süße Cerealien und solches Zeug aus meiner Küche verbannt.

Ich war sogar beim Friseur.

Langsam, aber sicher nehme ich wieder am Leben teil und muss nur noch morgen dieses scheiß *Reden* mit Nora in den Griff bekommen, damit die Therapie beginnen kann. Die Bedingungen, im Team bleiben zu dürfen, sind klar. Mir den ganzen Shit von der Seele reden und mich wieder einkriegen, sodass besagter Shit keinen negativen Einfluss auf das Team hat.

Es gibt keine andere Lösung.

Und das ist auch völlig logisch. Darüber muss man nicht lange nachdenken. Hätte ich einen besten Freund, würde ich ihn nicht anrufen und um Rat fragen. Hätte ich Eltern, denen ich nahestehen würde, würde mich deren Weisheit und Liebe auch nicht weiterbringen. Aber ich habe weder einen besten Freund noch Eltern, also ist das sowieso irrelevant.

Ich gehe in die Küche, aber dort gibt es nichts zu tun. Die Oberflächen sind makellos, das Geschirr ist gespült und den Boden habe ich vor zwei Tagen gewischt.

Ich könnte mir einen Tisch und ein paar Stühle kaufen gehen. Vielleicht sogar ein Sofa und einen Couchtisch fürs Wohnzimmer? Meine Möbel bestehen aus einem Fernsehsessel, einer Lampe und der Luftmatratze im Schlafzimmer. Seit MJ starb, existiere ich mit dem Minimum. Ich brauche wirklich sonst nichts. Unser Haus in Dallas war voll möbliert. Ich habe nur meine Kleidung behalten und ein paar notwendige Küchenutensilien. Ich wollte nichts haben, was mich an mein Zuhause mit MJ erinnerte.

Mich kommt aber auch niemand besuchen. Außer, als Dax und Bishop hereinstürmten und Bishop mir befahl, ich solle endlich den Kopf aus dem Arsch ziehen. Ich wünschte, das hätte mir etwas bedeutet, aber das tat es nicht.

Nicht wirklich.

Okay, vielleicht ein bisschen. Ich meine … ich lebe für Eishockey. Es ist wohl das Einzige, was mich am Leben hält, und wenn ich mich einem Team verpflichte, dann allen Kameraden. Ich will, dass sie Erfolg haben, und in diesem Sinne bedeuten sie mir viel.

Also ja, es schmerzt, sie im Stich gelassen zu haben.

Vielleicht bedeutet es etwas, dass sie sich die Zeit genommen haben, zu mir zu kommen, nachdem bekannt wurde, dass ich ins Team zurückkehren werde.

Ein Klopfen an meiner Tür erschreckt mich fast zu Tode. Hauptsächlich, weil ich gerade in Gedanken über Besucher versunken war und dass nie einer zu mir kommt. Die Tatsache, dass jemand extra meinetwegen herkommt, ist irgendwie schockierend. Aber ich bin auch zu Tode gelangweilt, also stört es mich gerade nicht. Ich gehe durchs Wohnzimmer an die Tür und öffne, ohne durch den Spion zu sehen. Wie vom Donner gerührt starre ich auf den blonden Mann auf meiner Türschwelle.

„Hi, Mann", sagt er grinsend. Seine grünen Augen strahlen im Sonnenlicht und er hat Lachfältchen in den Augenwinkeln.

Aaron Wylde.

Man sagt, er sei der wildeste Kerl in der Liga, auf und außerhalb der Eisfläche. Deshalb nennen ihn die meisten beim Nachnamen, Wylde, und darum ist er stets von Frauen umschwärmt, wenn wir ausgehen.

Doch ich habe ihn noch nie Wylde genannt, sondern immer Aaron.

Ihn habe ich einst, als wir beide für die Dallas Mustangs gespielt haben, als meinen besten Freund bezeichnet. Natürlich endete die Beziehung, als MJ starb. Genau wie alle anderen, habe ich ihn ausgeschlossen.

„Lässt du mich rein?", fragt er.

Immer noch schockiert murmele ich: „Klar." Ich lasse ihn eintreten. „Sorry, du hast mich überrascht."

Aaron geht an mir vorbei und sieht sich in meinem elenden Apartment um. „Was für eine scheiß Bude."

Ich schließe die Tür. „Reicht mir aber", antworte ich, ohne mich rechtfertigen zu wollen. Ich sehe das ganz nüchtern.

Er sieht mich an und schiebt die Hände in seine Hosentaschen. „Ich weiß nicht, ob ich dich umarmen, dir die Hand schütteln oder dir in die Schnauze hauen soll."

„Such dir etwas aus", sage ich tonlos, gehe in die Küche, hole eine Flasche Wasser aus dem Kühlschrank und biete sie ihm an.

Er folgt mir, nimmt die Flasche entgegen und sieht mich einfach nur an.

„Was führt dich hierher?", frage ich, lehne mich an die Küchenzeile und verschränke die Arme vor der Brust.

„Du warst heute früh nicht beim Teammeeting, aber ich dachte, jemand hätte dir bestimmt eine

Nachricht geschickt." Er lächelt. „Ich wurde ins Team getradet."

„Oh Mann", murmele ich und kann den frohen Klang nicht aus der Stimme halten, den diese Neuigkeit mit sich bringt.

Die Trade Deadline von Spielern ist nächste Woche, und ich habe gewusst, dass jemand Neues kommen würde. Nicht nur war Aaron mein bester Freund, sondern auch einer der talentiertesten Defensemen in der Liga. Er ist eine hervorragende Ergänzung für die Vengeance. Da wir es dieses Jahr auf den Cup abgesehen haben, war das ein schlauer Schachzug des Managements.

„Lass uns ein Bier trinken gehen und plaudern", schlägt er vor.

Ich schüttele den Kopf. Daran habe ich kein Interesse, denn das würde beinhalten, ihm von meinem beschissenen Leben zu erzählen. Aber nicht mal das bringe ich heraus. Daher benutze ich die bessere Ausrede. „Ich darf nichts mehr trinken."

Aaron blickt kurz ins Leere und dann auf meinen Gips. „Hat es irgendwas damit zu tun?"

Der Unfall ist kein Geheimnis. Es stand überall in den Nachrichten.

Eishockeystar betrunken am Steuer verunglückt!

So lauteten die Überschriften. Auch ist in der Liga bekannt, dass ich deswegen vorübergehend suspendiert wurde. Aaron hat keine Ahnung, wie tief ich in der Scheiße sitze, denn er weiß nicht, dass ich absichtlich gegen die Mauer gefahren bin.

„Gehen wir mittagessen", schlage ich vor. Ich

nehme an, dass wir uns unterhalten sollten, da er jetzt als Teamkamerad wieder Bestandteil meines Lebens ist. Er hat sich Sorgen um mich gemacht. Wir haben seit ein paar Monaten nicht mehr miteinander gesprochen. Hauptsächlich, weil ich ihn stets habe abblitzen lassen. Als ich nach Arizona getauscht wurde, war es fast eine Erleichterung für mich, Abstand von ihm zu haben und sein besorgtes Gesicht nicht mehr sehen zu müssen.

***

Ich gehe mit Aaron ins *Sneaky Saguaro*, ein großes Tex-Mex-Restaurant mit Biergarten, das über hundert verschiedene Biersorten aus dem Zapfhahn anbietet. Zwar habe ich nicht vor, etwas zu trinken, und will es auch gar nicht, doch Aaron wird nicht nur das Bier gefallen, sondern auch die heißen Bedienungen in Jeans-Shorts, bauchfrei und mit großen Möpsen. In Bezug auf Frauen ist er wie ein staatlich geprüfter Playboy, und ich kann ihm das *Sneaky Saguaro* gleich zeigen, denn hier hängen die Vengeance nach den Spielen sowieso sehr oft ab.

Wir wählen eine Nische im ersten Stock und Aaron legt seine Hand um ein großes Glas Bier vom Fass. Ich nippe an meinem Eiswasser, während wir uns unnötig lange mit der Speisekarte aufhalten. Meinerseits ist es auf jeden Fall eine Verzögerungstaktik, denn sobald ich ausgewählt habe, was ich essen will, wird Aaron reden wollen.

„Also … ich habe etwas davon gehört, was mit dir los ist", sagt Aaron unvermittelt. Ich sehe ihn über die Speisekarte hinweg an. „Aber die Nachrichten sind leider etwas vage, was Details angeht. Magst du mich aufklären?"

Seufzend lege ich die Speisekarte auf den Tisch. Ich weiß sowieso nicht, warum ich sie angeschaut habe, denn ich bestelle immer dasselbe. Steak-Fajitas. Ich lehne mich zurück, falte die Hände über dem Tisch und zucke mit den Schultern. „Das kannst du dir sicher denken. Ich habe mich hier nicht besonders gut angestellt." Er weiß, dass ich von meinem Privatleben rede, denn auf dem Eis war ich fantastisch.

„Trunkenheit am Steuer?" Er hebt eine Augenbraue. „Das passt gar nicht zu dir. Du hast noch nie viel getrunken."

„Na ja, sieh deiner Verlobten beim Sterben zu. Das kann einiges ändern." Sobald ich das ausgesprochen habe, zucke ich innerlich zusammen. Aaron zuckt ebenfalls leicht zurück. „Entschuldige", sage ich. Zum ersten Mal entschuldige ich mich dafür, ein Arschloch zu sein, seit … nun ja, seit ich zum Arschloch wurde. Bei ihm spüre ich sofort ein schlechtes Gewissen.

Aaron winkt gelassen ab. „Was unternimmst du, um darüber wegzukommen?"

Das ist eine dreiste Frage. Den meisten Leuten würde ich antworten, dass sie sich ins Knie ficken sollen. Aber das hier ist Aaron, den ich ein Jahr lang erfolgreich habe abblitzen lassen, doch ich habe immer noch Bishops Ermahnung im Ohr. Ja, er sagte, ich solle den Kopf aus dem Arsch ziehen, aber noch etwas anderes, worüber ich öfter nachdenke.

Er hat gesagt: „Hör zu, ich will diesen verfickten Cup gewinnen. Damit das klappt, muss jeder im Team sein Bestes geben. Man muss sich anstrengen. Und sich darauf verlassen können, dass es jeder andere Spieler auch tut. Dazu gehört ein gewisses Maß an Vertrauen. Und wenn du dich den Männern des Teams nicht öffnest, die wohl ihr Leben für dich riskieren würden, wenn du sie darum bittest, wird es nicht funktionieren."

Das hat etwas in mir berührt. Denn meine Entscheidung, im Team zu bleiben, auch wenn es diese furchtbare Therapie nötig macht, wurde dadurch bestimmt, dass ich den Kameradschaftsgeist des Teams wiederhaben wollte. Das war das Einzige, was mir ein Selbstwertgefühl gab, während ich alles andere in meinem Leben versaute.

„Ich habe mit einer Therapie angefangen", verrate ich ihm. Überrascht blinzelt er und lächelt zustimmend. „Wurde vom Team verlangt, also tue ich es."

„Gut", sagt er überzeugt. „Das hättest du von Anfang an machen sollen."

Nur ihn lasse ich so mit mir sprechen. Als mein bester Freund hat er nach dem Absturz alle möglichen Dinge zu mir gesagt. Worte voller Weisheit, Unterstützung und Zuneigung. Ich habe alles abgelehnt, aber wenn es einen Menschen gibt, auf den ich hätte hören sollen, dann ist es Aaron.

Sehen wir den Tatsachen ins Auge. Ich werde gezwungen, mich dem Trauma zu stellen. Mir bleibt nichts anderes übrig, als in die Zukunft zu blicken. Welch göttliche Intervention ist es, dass Aaron in mein Team getauscht wurde? Dass mir dieser Mann geschickt wurde in dem Wissen, dass er mir Hilfe anbieten kann, die ich von jedem anderen verweigern würde?

„Wir haben eine Menge nachzuholen", sage ich und biete damit an, unsere Freundschaft zu erneuern.

„Ja, das stimmt", sagt er lächelnd. „Damit können wir nicht früh genug anfangen."

Er hat recht. Zögern ergibt keinen Sinn. Ich beginne mit einem Geständnis, das einfach gemacht werden muss. „Ich bin wirklich froh, dass du da bist."

KAPITEL 7

Nora

Ich lehne mich auf dem Bürostuhl zurück, lege die Füße mit den Stiefeln auf den Schreibtisch und starre an die Decke. Jeden Moment wird Tacker zur ersten richtigen Sitzung hier sein, und ich schwanke noch, wie ich ihn anpacken soll.

Vorgestern Abend habe ich ihn nach dem Abendessen mit Raul gegoogelt. Ich fand eine Menge an Informationen, die mir zeigten, was mit ihm los ist. Als Erstes erfuhr ich, dass er eine Eishockey-Größe ist. Ein erfahrener Spieler, der früher oder später in der Hall of Fame landen wird. Ich weiß nicht viel über Eishockey, aber ich habe genug gelesen, um zu wissen, dass er wegen seines Talents mehr als geschätzt wird. In einigen Artikeln der Zeitung von Phoenix stand, dass es eine der besten Entscheidungen in der Geschichte des Sports gewesen sei, Tacker in das Team der Vengeance zu holen. Das große Risiko dieses Schrittes wurde mir erst klar, als ich mich noch tiefer einlas. Und da fand ich auch den Grund für seine Qualen.

Vor ungefähr fünfzehn Monaten flog Tacker mit seiner eigenen kleinen Maschine von Dallas nach Houston. Er wollte seine Verlobte zur Anprobe ihres Hochzeitskleides bringen. Zwei Wochen später wollten sie heiraten. Es gab eine Fehlfunktion der Instrumente und er konnte im Nebel den Horizont nicht mehr bestimmen. Da er sich nicht orientieren konnte, drehte er die Maschine auf den Kopf. Er überlebte, aber seine Verlobte nicht.

Aus den Artikeln ging hervor, dass er den Rest der Saison aussetzte, doch der wahre Grund dafür wurde nicht spezifiziert. Es hätten körperliche Gründe sein können. Doch ich schätze, dass er emotional nicht mehr zum Spielen in der Lage war.

Am Ende der Saison tauschte man ihn ins Team der Arizona Vengeance, was als riskantes Unterfangen des Teams beurteilt wurde. Entweder hatten sie einen echt großartigen dynamischen Spieler ergattert oder eine Belastung. Anscheinend eine Mischung aus beidem. Seine momentanen Spielstatistiken scheinen zu belegen, dass er einer der Topspieler der Liga ist. Zumindest nach dem, was ich gelesen habe. Dennoch hat man ihn zu mir geschickt, damit er eine Therapie macht, um im Team bleiben zu dürfen.

Die letzte wichtige Info fand ich in einem Artikel, der berichtete, dass Tacker vor ein paar Wochen mit dem Auto gegen eine Mauer gefahren war. Betrunken.

Darauf werden wir näher eingehen müssen.

Um Punkt drei Uhr klopft es dezent an meiner Tür. „Kommen Sie rein", rufe ich und stehe auf.

Die Tür schwingt auf und Tacker Hall kommt herein. Er ist ähnlich gekleidet wie das letzte Mal. Jeans, T-Shirt und Sneakers. Er ist frisch rasiert und hat eine Baseballmütze in der Hand. Kurz nickt er mir zur Begrüßung zu und ich lächele. Er wirkt, als ob er soeben zum Schafott geführt worden wäre.

„Wie nervös sind Sie?", frage ich. „Denn wir können auch erst ausreiten. Ich nenne es *Reden im Sattel*. Das wirkt beruhigend."

„Ich bin kein Pferdetyp", knurrt er angespannt.

„Ich habe ein paar sehr friedliche", versichere ich ihm. „Sie laufen einfach nur langsam vor sich hin."

Tacker zerdrückt die Baseballkappe in seinen Händen, antwortet jedoch nicht. Er sieht sich im Büro um, doch das ist nur eine Verzögerungstaktik. Hier gibt es nicht viel zu sehen.

„Ich habe über Sie gelesen", sage ich. Er sieht mich an und verengt leicht die Augen. „Ich weiß jetzt von dem Absturz und Ihrer Verlobten. Von der Suspendierung durchs Team. Alles."

Damit will ich ihn dazu bringen, sich der Realität zu stellen. Er muss begreifen, dass er irgendwo anfangen muss. Ich reiche ihm damit die Hand und schaue mal, ob er sie ergreift. Das ist ein krasser Beginn und normalerweise würde ich anders anfangen, doch Tacker hat klargestellt, dass er von meinen sanften „esoterischen" Methoden nichts hält. Er bevorzugt klare, unverblümte Worte.

Tacker geht zu einem der Besucherstühle, setzt sich hin und signalisiert damit, dass er nicht ausreiten will. Ich setze mich wieder auf meinen Bürostuhl hinter dem Schreibtisch.

Als er wieder spricht, ist es nicht das, was ich erwartet habe.

„Ich habe Sie auch gegoogelt", sagt er leise. „Aber

nicht viel gefunden."

„Meine Bio befindet sich auf der Webseite." Das meint er jedoch sicher nicht.

Tacker schüttelt den Kopf und sieht mir in die Augen. „Raul hat gesagt, dass Ihnen etwas Schreckliches passiert ist."

Aha. Raul, dieser Verräter.

Ich nicke und lächele aufrichtig, damit er erkennt, dass ich es Raul nicht übel nehme. Ich habe nichts zu verbergen und meine Vergangenheit hilft mir sehr bei meiner Arbeit als Therapeutin. „Würden Sie sich besser fühlen, wenn Sie etwas darüber wüssten?" Ich möchte nicht einfach annehmen, was er braucht.

Überrascht blinzelt er und zuckt leicht zurück. „Nein. Ich wollte nicht neugierig sein oder so. Ich kaufe Ihnen nur das ganze Gerede von Glück und Hoffnung nicht ab. Der alte Typ ..."

„Raul. Ich werde Sie demnächst mit ihm bekannt machen."

„Kann es kaum erwarten." Er verzieht das Gesicht. „Ein charmantes Kerlchen."

Ich kann ein Lachen nicht zurückhalten. Raul kann sehr charmant sein, aber auch ein richtiger Arsch, wenn er will. „Er ist der beste Mann, den ich kenne", sage ich mit Überzeugung und zeige ihm damit, dass ich sehr loyal meinem Freund gegenüber bin.

Tackers Ausdruck wirkt desinteressiert, als hätte er keine Lust, über Raul zu reden. „Was ist Ihnen denn passiert?", spuckt er aus.

Wieder überrascht er mich. Er will es wirklich wissen. Er glaubt, dass meine glückliche Ausstrahlung entweder gespielt ist oder dass mein Trauma wohl nicht so schlimm gewesen sein kann. Zwar muss ich mich nicht für meine Vergangenheit rechtfertigen, doch ich habe das Gefühl, dass ich damit die Tür zu gegenseitigem Vertrauen bei Tacker öffnen könnte.

Ich erhebe mich vom Stuhl und zeige zum Ausgang. „Kommen Sie, gehen wir ein Stück."

Tacker steht ebenfalls auf, wirkt aber unsicher. „Ich brauche keinen Spaziergang. Ich fühle mich hier wohl genug."

„Sie vielleicht." Ich lächele ihn an. „Aber Sie möchten wissen, was mir geschehen ist, und auch wenn ich hart daran gearbeitet habe, das Trauma zu überwinden, tut es trotzdem noch weh. Ich bin gern draußen. Dort habe ich mehr Frieden."

Leicht panisch schüttelt Tacker den Kopf. „Sie *müssen* mir nichts erzählen."

Ich gehe um den Schreibtisch herum, lege eine Hand auf Tackers unteren Rücken und schiebe ihn sanft zur Tür. „Oh doch. Das muss ich."

***

Ich führe Tacker an den kleinen Koppeln und dem Stall vorbei auf den Pfad, den wir mit den Pferden benutzen. Momentan stehen keine Ausritte an, sodass wir ganz allein sind. Der Pfad führt durch steiniges Gelände über sanfte Hügel. Zur Ranch gehören vierzig Hektar Land, auf dem riesige Saguaro-Kakteen wachsen, Mesquitebäume, Palo Verdes und amerikanische Hainbuchen.

Wir gehen ungefähr einen halben Kilometer und währenddessen erzähle ich ihm die Geschichte der Ranch. Dass ich sie ersteigert habe und dass es mein Traum war, mit den Pferden Menschen zu helfen, die sich hinter ihren Mauern verschanzen. Als ich über die Flora und Fauna der Sonora-Wüste spreche, freue ich mich über seine Fragen. Ich habe sein Interesse geweckt und möchte erreichen, dass er sich entspannt.

„Achten Sie auf Klapperschlangen und Skorpione", sage ich neckend.

Tacker macht einen erschrockenen Satz zur Seite, als hätte ich eins der Tiere entdeckt, und sieht mich finster an. „Ich dachte, der Spaziergang soll mich beruhigen."

Lachend tätschele ich seinen Arm und gehe weiter. „Stimmt. Aber ich trage Stiefel und mache mir keine Sorgen. Ihre Knöchel sind allerdings in diesen Schuhen ziemlich frei." Wieder dieser finstere Blick. Ich muss erneut lachen. „Ich habe nur Spaß gemacht. Sämtliche Tiere, die beißen könnten, halten sich nicht auf dem Pfad auf. Er wird oft benutzt, und die haben mehr Angst vor Ihnen als Sie vor denen."

Das scheint ihn nicht wirklich zu überzeugen, doch er geht weiter.

Ich hebe einen alten Stock vom Pfad auf und nehme ihn mit. Falls wir auf eine träge Schlange stoßen, die ich aus dem Weg schieben muss. Doch das werde ich Tacker lieber nicht sagen.

„Okay." Ich atme tief durch. „Sie möchten mehr über mich wissen."

Er sagt nichts, was ich als stille Aufforderung verstehe, weiterzusprechen. „Ich wurde in Albanien geboren, aber als ich noch sehr klein war, zogen meine Eltern ins Drenica-Tal im Zentral-Kosovo. Ich kann mich an Albanien nicht erinnern."

„Jetzt ist Ihr Akzent wieder deutlicher zu hören", sagt er.

Ich nicke. Es ist nie leicht, über das Thema zu reden. „Wissen Sie etwas über den Krieg im Kosovo?"

Tacker schüttelt den Kopf und senkt den Blick. „Nicht wirklich. Nur, was ich hier und da in den Nachrichten gehört habe."

„Spielt auch keine Rolle. Jedenfalls war ich elf, als der Krieg nach Drenica kam. Damals hieß ich Nora Cervadiku, und mein Großvater und Vater gehörten einer albanischen Gruppe im Kosovo an, die gegen die Serben kämpften, die diese Region kontrollierten. Ich hatte eine fünfzehnjährige Schwester, Besjana, und einen siebenjährigen Bruder, Pjeter. Obwohl Besjana nur vier Jahre älter war als ich, war sie wie eine Mutter für mich, nachdem unsere Mutter bei Pjeters Geburt gestorben war."

„Das tut mir leid", sagt Tacker leicht verlegen.

Ich lächele ihm zu und fahre fort. „Nie werde ich den dritten März vergessen. Meinen Geburtstag. Wie gesagt, ich war elf. Besjana hatte mir verspro-

chen, Shendetlie zu machen, meinen Lieblings-
nachtisch."

„Aber dazu kam es nicht." Tacker bleibt stehen
und sieht mich an.

„Nein, dazu kam es nicht." Ich blicke in die Ferne. Die Sonne steht tief über den Hügeln. Ich sehe
Tacker an und erzähle es ihm. „Serbische Einheiten
stürmten den Ort und gingen von Haus zu Haus,
auf der Suche nach Mitgliedern der Rebellengrup-
pe. Meine ganze Familie wurde auf den Markt-
platz gebracht, zusammen mit anderen verdächti-
gen Familien. Sie trennten die Männer von den
Frauen und erschossen alle Männer."

„Auch …", sagt Tacker, spricht es aber nicht aus.

„Ja, auch meinen siebenjährigen Bruder Pjeter."

„Fuck", knurrt er und steckt die Hände in seine
Jeanstaschen.

Mich berührt sein sichtbares Mitgefühl. Ich schätze, dass er schon eine ganze Weile nicht mehr seine Gefühle gezeigt hat. Ich räuspere mich, denn es
wird noch schlimmer. „Meine Schwester und ich
wurden den Soldaten übergeben. Besjana wurde
mehrfach vergewaltigt, oft direkt vor meinen Augen und von mehreren Männern. Ich musste für
alle kochen und putzen."

„Jesus." Tacker tritt einen Schritt näher und hält
abrupt an. Er scheint nicht zu wissen, wie er mich
trösten könnte, also lächele ich zuversichtlich und
erlöse ihn von dieser Bürde.

„Eines Abends wollte sich ein Soldat wieder an
Besjana heranmachen. Ich konnte es nicht mehr

ertragen. Mir war egal, ob ich mich selbst in Gefahr brachte, und schrie ihn an, er solle sie in Ruhe lassen. Er lachte nur. Machte sich über mich lustig. Er ging so weit, mir die Pistole in die Hand zu geben und mir zu befehlen, ihn zu erschießen, wenn ich wollte, dass er aufhörte."

Tacker gibt einen entsetzten Laut von sich und sieht aus, als ob ihm übel wäre.

„Ich konnte es nicht tun", gebe ich zu, ohne den Blick zu senken. In den Jahren meiner Heilung habe ich gelernt, mit dieser Schande zu leben. „Ich hatte solche Angst, nicht zu treffen. Dass mich ein anderer Soldat dafür erschießen würde. Egal, warum, ich konnte es nicht tun. Ich konnte Besjana nicht retten."

„Sie waren erst elf", knurrt Tacker. „Sie hätten gar nichts tun können."

„Ich weiß", sage ich leise und lächele erneut, damit er weiß, dass es mir gut geht. Ich drehe um und wir gehen wieder zu den Koppeln zurück. „Das habe ich inzwischen gelernt. Es gehörte zu meiner Heilung und Erholung von den massiven Schuldgefühlen."

„Aber Sie sind entkommen", sagt er und scheint die schlimme Story hinter sich lassen und mich dazu bewegen zu wollen, weiterzuerzählen.

Ich könnte ihm noch mehr grausame Details erzählen, aber das ist nicht nötig. Ich lächele breiter, denn jetzt kommen wir zum Happy End. „Eine NATO-Mitarbeiterin hat mich nachts aus dem Camp geschmuggelt. Sie war kurz davor, nach

Hause zu fliegen. Sie hieß Helen Wayne und war von hier. Aus Phoenix. Sie hat mich adoptiert und so wurde ich zu Nora Wayne."

„Und Besjana?" Er verhakt sich sprachlich nur leicht bei der Aussprache ihres Namens.

„Sie hat sich das Leben genommen", sage ich traurig. „Lange bevor Helen mich gerettet hat."

Schweigend gehen wir weiter.

„Ich weiß nicht, was ich dazu sagen soll. Das ist nicht mal annähernd das, was ich mir vorgestellt habe", sagt Tacker leise.

Ich halte an und lege die Hand auf seinen Arm. Tacker sieht mich gespannt an. „Ich habe Ihnen das nicht erzählt, um Sie auf der Trauma-Skala zu übertreffen oder um zu beweisen, dass man jedes schlimme Erlebnis überwinden kann. Sondern, um Ihnen zu zeigen, dass man nicht nur darüber hinwegkommen, sondern auch wieder neu aufblühen kann."

Er sieht mich nur an.

Ich wiederhole es mit Betonung. „Ich bin wieder aufgeblüht, Tacker. Und das können Sie auch, wenn Sie es wollen."

Er schluckt schwer und atmet tief aus.

„Das war ganz schön viel für heute", sage ich entschuldigend. „Und die Stunde ist fast vorbei. Ich werde das heute nicht berechnen, aber wenn es geht, kommen Sie bitte morgen wieder. Dann sprechen wir über MJ, okay?"

Er sperrt sich nicht dagegen, sondern nickt. „Okay."

KAPITEL 8

Tacker

Die Brise spielt mit MJs Haaren, bläst sie ihr ins Gesicht. Sie fährt sich über die Stirn und schiebt sich die Locke hinters Ohr. Sinnlos, denn der Wind ergreift die Haare immer wieder.

„Das war eine blöde Idee." Sie lacht und sieht mich an. Ich umklammere den Sattelknauf mit den Händen und mit den Oberschenkeln das Pferd.

Ja, es war eine blöde Idee, doch ich wollte es ihr nicht verweigern. Wir haben ein romantisches Wochenende in einem Resort in St. Croix verbracht und MJ wollte unbedingt am Strand in den Sonnenuntergang reiten. Das mit dem Sonnenuntergang am Strand wäre romantisch gewesen, aber mit den Pferden … eher nicht so. MJ stammte aus Texas und Pferde waren ihr nicht fremd, doch ich kenne nur die Straßen von Richmond, Virginia, und hatte ein Pferd noch nie auch nur angefasst. Ich fühlte mich nicht nur unwohl, dieses riesige Monster zu reiten, und fürchtete, irgendwann mit dem Arsch im nassen Sand zu landen, sondern der starke Wind vom Meer her brachte meine Augen zum Tränen.

Mir ist bewusst, dass ich träume, doch ich lasse es zu. Es ist einer der seltenen Träume von MJ, die ich liebe. Von einer glücklichen Zeit, als wir lachten und verliebt waren.

„Wer ist das?" Sie deutet auf einen Punkt am Strand.

Ich verenge die Augen gegen den Wind und sehe eine Person in der Ferne. Ich erkenne sie nicht, aber es ist eine Frau. Seltsamerweise scheint der Wind sie nicht zu berühren. Ihr langes, braunes Haar liegt unbewegt über ihren Schultern. Als wir uns nähern, sehe ich, dass die Frau Jeans und ein Flanellhemd trägt, was definitiv nicht an einen karibischen Strand passt.

Und dann erkenne ich sie.

Nora.

Ich betrachte ihre unpassende Kleidung, doch mir gefällt, wie der Western-Stil ihre Kurven an den richtigen Stellen betont. Und ihre schönen Gesichtszüge mit den Katzenaugen, die mich wissend ansehen.

Mir wird ganz heiß, und ich wende mich langsam MJ zu, um ihr zu erklären, woher ich diese Frau kenne und dass sie nicht eifersüchtig zu sein braucht. Aber MJ achtet nicht auf mich. Sie starrt Nora an, neigt leicht den Kopf zur Seite und lächelt freundlich, während sie weiterhin versucht, ihre Haare zu bändigen.

Ich schaue wieder zu Nora, die mich immer noch ansieht, als würde MJ nicht existieren. Sie streckt die Hand aus, möchte, dass ich absteige und zu ihr komme. Noch immer steht die Luft um sie herum völlig still.

Soll ich zu ihr gehen? Soll ich bei MJ und diesem albernen romantischen Ausflug bleiben, der eine meiner liebsten Erinnerungen ist, über die wir immer gelacht haben? Oder soll ich vom Pferd steigen und zu Nora gehen? Der Frau, die mir helfen soll ... wie nannte sie es? Aufzublühen?

Ruckartig und fast schmerzhaft erwache ich und schnappe nach Luft. Meine Gefühle sind völlig durcheinander, und ich stelle fest, dass es nur ein

Traum war, verspüre aber dennoch die unglaubliche Qual des Verlusts. Ich möchte diese schönen Erinnerungen an MJ nicht loslassen, doch gleichzeitig verspüre ich eine innere Leere, weil ich nicht abgestiegen und zu Nora gegangen bin.

„Verfluchte Scheiße", murmele ich frustriert und habe ein schlechtes Gewissen, gleichzeitig von Nora und MJ geträumt zu haben.

Hitze durchfährt mich, als ich noch etwas anderes bemerke.

Meinen Körper.

Genauer gesagt, meinen Schwanz.

Er ist steinhart und beult die Bettdecke aus. Ich kann nicht sagen, ob ich wegen MJ oder Nora eine Erektion habe oder weil ich ein Mann bin, der schon lange keinen Sex mehr hatte.

Da ich mich nicht entscheiden mag, an welche Frau ich denken soll, während ich es mir selbst mache, ignoriere ich den Ständer und stehe auf.

Jetzt steht erst einmal eine kalte Dusche an.

***

Dieser Tage berührt mich nur selten etwas. Wenn man sich einmauert, prallen alle Leute ab. Aber die netten Gesten meiner Teamkameraden – wie Aaron, der einfach vor meiner Tür stand –, ziehen mir doch leicht die Brust zusammen.

Nach meiner kalten, doch effektiven Dusche erschien Aaron wieder bei mir und verlangte, dass ich meine Eishockeymontur mitnehme und in sein

Auto steige.

Heute haben wir ein Heimspiel, deshalb wird nur leicht trainiert. Manche der Jungs gehen ins Fitnessstudio und manche aufs Eis. Nichts übermäßig Anstrengendes, nur zum Aufwärmen.

Ich bin nicht aufgestellt, also bedeutet es mir viel, trotzdem zum Training im hiesigen Stadion, in dem wir oft trainieren, eingeladen zu werden. Wir treffen uns dort mit Dax, Bishop, Erik und Legend. Zusammen mit mir sind das die Topspieler der Vengeance.

Das macht mich ganz nostalgisch und auch aufgeregt, aufs Eis zu dürfen, was mich nicht überrascht. Es ist zwei Wochen her, seit ich das letzte Mal auf Schlittschuhen stand.

Als wir reinkommen, sind die Jungs schon auf der Eisfläche. Anscheinend wurde das Stadion für uns gebucht, sodass es leer ist. Aaron und ich winken den anderen kurz zu und gehen dann in die Umkleidekabine.

Das Ritual, die Ausrüstung anzuziehen, fühlt sich echt gut an. Als ob man seine verwaschene Lieblingsjeans oder ein bequemes T-Shirt überziehen würde. Als ich das Eis betrete, gibt es keinen Moment der Unsicherheit. Ich fühle mich wie ein Fisch auf dem Trockenen, der endlich wieder sauerstoffreiches Wasser zwischen die Kiemen bekommt.

Beim ersten Dahingleiten seufze ich zufrieden. Ein überwältigendes Dankbarkeitsgefühl überkommt mich, und ich schwöre, wenn Dominik

Carlson jetzt hier wäre, würde ich ihn umarmen, was meine Teamkameraden sicherlich verblüffen würde.

„Wylde", ruft Erik und alle versammeln sich um Aaron.

Wie gesagt, alle außer mir nennen ihn so. Bei den Mustangs war er stets der Partygänger und Frauenheld, während er für mich mein bester Freund war, der oft abends mit MJ und mir Brettspiele spielte.

„Keine Zeit verschwenden!", ruft Bishop. „Los geht's!"

Ich muss grinsen. Als die Saison begann, war ich erstaunt, dass mich Coach Perron zum Team-Captain gemacht hatte. Zwar habe ich viele Jahre Spielerfahrung auf dem Buckel, war aber nie eine Führungsperson. Nachdem ich nach dem Absturz ein schlechtes Jahr gehabt hatte, war es noch überraschender, dass er mir diese Aufgabe übertrug.

Aber das ist jetzt vorbei. Nach meiner ersten Suspendierung Ende November wurde mir der Captain-Posten entzogen und Bishop übergeben, der zusammen mit Legend mein Stellvertreter gewesen war. Das nahm ich niemandem übel, denn der Mann hatte es verdient. Und verdient es immer noch.

Bishop drillt uns regelrecht und der Schweiß beginnt zu laufen. Wir rempeln uns oft an und albern herum, doch wir trainieren auch ernsthaft. Mich behandeln sie etwas sanfter, denn ich spiele mit einem gebrochenen Handgelenk. Daher bin ich zögerlicher und langsamer mit dem Schläger und sie verteidigen nicht allzu hart gegen mich.

Wir trainieren eine Stunde, was wahrscheinlich eine halbe Stunde zu lange ist, da die Jungs heute Abend ein Spiel haben. Ich weiß, dass sie sich anstrengen, weil sie mich gern auf dem Eis haben. Und noch wichtiger ist, dass sie erkennen, dass ich das auch will.

Schließlich beschließt Bishop, aufzuhören. Wir gehen zur Bank und legen die Ausrüstung ab, schnappen uns Wasserflaschen und trinken sie aus. Erik beißt in einen Proteinriegel, denn der Kerl isst ständig.

Bishop wischt sich den Schweiß von der Stirn und fragt mich: „Wie hat sich das angefühlt?"

„Verfickt geil", antworte ich aufrichtig. Da er derjenige ist, der mir den Kopf gewaschen und mir gesagt hat, dass ich endlich den Kopf aus dem Arsch ziehen soll und dass ich für das Team da sein soll, füge ich hinzu: „Vielen Dank hierfür, Mann. Bedeutet mir eine Menge."

Damit hat er nicht gerechnet. Er wird rot und lässt den Blick schweifen, bis er sich wieder erholt hat. „Okay … kein Ding. Wir warten alle darauf, dass dein Bruch endlich geheilt ist, damit du wieder aufgestellt werden kannst."

„Ich kann es auch kaum erwarten." Nach dieser Stunde auf dem Eis wäre ich eigentlich sofort bereit dafür. Scheiß auf den Bruch und den Gips.

„Kommst du heute zum Spiel?", fragt Dax.

Bis zu diesem Moment habe ich gar nicht daran

gedacht. Eigentlich hatte ich vor, es mir in einer Bar oder einem Restaurant anzusehen, denn ich besitze keinen Fernseher. Aber ich habe Tickets, so wie alle Spieler sie bekommen, und deshalb keinen Grund, nicht hinzugehen. Natürlich leide ich immer noch unter Schuldgefühlen und Selbstvorwürfen und bin daher nicht sonderlich gesellig, aber hier handelt es sich um meine Jungs. Ich bin wieder im Team und muss sie unterstützen.

„Klar, ich werde da sein."

„Soll Regan dich abholen?", fragt Dax. „Sie kommt auch, und es macht ihr sicher nichts aus, bei dir vorbeizufahren."

Oh Scheiße. Ich hatte nicht vor, unter Leute zu gehen. Innerlich suche ich nach Ausreden, die Sinn machen. Die Vorstellung, mich stundenlang mit Leuten unterhalten zu müssen, ist inakzeptabel. Wobei man mit Regan spielend leicht reden kann. Zwar habe ich sie erst vor einer Woche bei Billys Geburtstag kennengelernt, aber nach wenigen Sekunden hat sie es geschafft, mich ein bisschen zum Plaudern zu bringen. Nur indem sie mir anvertraute, dass sie und Dax heimlich geheiratet haben, denn sie hat eine lebensbedrohliche Krankheit und brauchte eine Krankenversicherung. Dass mir eine Fremde überraschend so eine persönliche Info gab, hat mich überrumpelt. In ihrer Stimme schwang etwas mit, vielleicht eine leichte Unsicherheit und Furcht, das uns sofort verbunden hat.

So ziemlich dasselbe passierte gestern zwischen Nora und mir, als sie mir von ihrer Familie erzählte. Himmel, das war die schlimmste Geschichte, die ich je von jemandem, den ich kenne, gehört habe. Sofort begriff ich, dass sie keinen Mist labert, wenn es um ihre Überzeugungen geht, und dass es womöglich außerhalb meines eigenen Sichtfeldes wirklich noch mehr gibt, als ich gedacht hätte.

Außerdem muss ich zugeben, dass es mich beschämt hat. Ich habe erkannt, dass mein Verlust zwar schmerzvoll ist, aber dass ich nicht der Einzige bin, der Leid erfahren hat. Das Gefühl, die ganze Welt wäre gegen mich, wurde etwas leichter, weil ich die Qual mit anderen teile. Die Welt ist gegen eine ganze Menge Leute. Vielleicht liegt meine Erleuchtung nicht darin, was passiert ist, sondern in der Reise, auf der ich mich jetzt befinde.

Doch ehrlich gesagt, sehe ich dem Meeting mit Nora heute Nachmittag nicht allzu ängstlich entgegen, obwohl ich über den Absturz und MJs Sterben reden muss.

Ich nicke Dax zu und lege ein hoffentlich dankbares Lächeln auf. „Ja, wenn sie nichts dagegen hat, fahre ich gern mit Regan mit."

KAPITEL 9

Tacker

An Noras Bürotür hängt ein Zettel. „Bin im Stall."

Ich gehe die Stufen wieder hinab und Richtung Stall. Heute Nachmittag ist es warm geworden, fast 27 Grad. Einer der Gründe, warum ich im Februar gern in Arizona bin. Im Juli werde ich es hier jedoch hassen.

Die doppelten Stalltüren sind an beiden Seiten offen und man kann die große Weide dahinter sehen. Ein paar Leute reiten da draußen.

Nora ist nicht zu sehen, also gehe ich durch und werfe Blicke in die einzelnen Boxen. Ein Pferd streckt den Kopf heraus, sodass ich in die Mitte des Ganges ausweichen muss. Ich finde Nora in der letzten Box links, zusammen mit dem alten Mann, der mich zusammengestaucht hat. Die Box ist offen und das Pferd an einem Haken an der Wand festgebunden. Ich trete ein, halte jedoch Abstand. Nora kniet vor dem Pferd und inspiziert einen der Hufe gründlich. Kopfschüttelnd streichelt sie das Bein des Tieres, beißt sich auf die Lippe und wirkt besorgt.

Sie richtet sich auf und sagt zu dem Mann: „Da kann ich auch nur Vermutungen anstellen. Ruf Dr. Jones an. Sie soll herkommen und es sich ansehen." Der Mann nickt und schaut in meine Richtung. Lächelnd dreht Nora sich mir zu. „Hi, Tacker. Schön, dass Sie gekommen sind."

„Stimmt etwas nicht?" Ich nicke zum Pferd.

„Ja." Sie klingt sorgenvoll. „Er lahmt, aber ich kann nichts erkennen. Raul wird die Tierärztin rufen."

Ich sehe den Mann an, der mich wie versteinert anstarrt.

Nora blickt zwischen uns beiden hin und her. „Oh, stimmt ja. Ihr wurdet euch noch gar nicht vorgestellt, obwohl ihr euch anscheinend schon zu Feinden erklärt habt."

Bei diesem Vorwurf erröte ich leicht, besonders, weil Nora es in neckendem Tonfall sagt. Der Mann zuckt nicht mal mit der Wimper.

„Raul, das ist Tacker Hall", sagt Nora strahlend. „Und Tacker, das ist mein Manager und lieber Freund Raul Vargas."

Keiner von uns rührt sich.

„Reicht euch die Hände, Männer", sagt Nora freundlich.

Ich muss ihr nicht gehorchen, reiche dem Typen dennoch die Hand. Ich habe ja nichts gegen ihn. Er wollte nur Nora beschützen, und das kann ich verstehen.

Er allerdings ist ihr Angestellter und schuldet ihr Loyalität. Er hat zu tun, was sie sagt, also warte ich. Schließlich seufzt er und streckt die Hand aus, die ich nehme und kräftig schüttele.

Lachend geht Nora aus der Box und bedeutet mir, mitzukommen. Ich folge ihr. „Wie geht es Ihnen heute?", fragt sie.

Ich sehe sie an. „Ziemlich gut. Ich habe heute sogar mit ein paar Teamkameraden trainiert, und es tat echt gut, wieder auf dem Eis zu sein."

„Wie schön." Sie grinst. „Möchten Sie heute ausreiten, während wir uns unterhalten, oder lieber beim Striegeln helfen?"

„Um ehrlich zu sein, Nora", sage ich und grinse verlegen, „bin ich kein Pferdefan."

Sie neigt den Kopf zur Seite und lächelt verständnisvoll. „Wovor haben Sie Angst?"

„Runterzufallen und mir das Genick zu brechen. Gebissen zu werden oder getreten. Suchen Sie sich etwas aus."

Sie neigt den Kopf in den Nacken und lacht, wobei ihr der Pferdeschwanz fast bis zum Hintern reicht. Sie sieht mich wieder an und nickt. „Na gut. Die Pferde sind kein Pflichtprogramm, stehen aber zur Verfügung, wenn sie die Therapie bereichern können. Zwar würde ich Sie gern von diesen Ängsten befreien, aber konzentrieren wir uns einfach auf den Grund, aus dem Sie hier sind, nicht wahr?"

Ich nicke, dankbar, dass ich mich nicht mit einem der riesigen Biester befassen muss. Wenn ich schon den schlimmsten Moment meines Lebens wiedererleben muss, dann wenigstens auf sicherem Boden.

„Mögen Sie Tee?"

„Ähm, ja, okay", antworte ich mit einem angedeuteten Schulterzucken.

„Gehen wir ins Haupthaus und setzen uns ins Wohnzimmer." Sie dreht sich um und geht aus dem Stall. „Dort ist es gemütlicher."

***

Ich muss sagen, das war eine gute Idee. Zwar ist ihr spartanisches Büro genauso gut wie jeder andere Ort, um zu reden, aber es wirkt irgendwie beruhigend, zu sehen, wie Nora ihre Stiefel auszieht, sich mit einer Tasse Tee auf einen breiten Ledersessel setzt und die Beine unter sich zieht.

Ich bevorzuge die extrabreite, lange Ledercouch und mache einen Scherz, bevor ich mich setze. „Muss ich mich hinlegen?"

„Nur, wenn Sie möchten."

Ich setze mich an ein Ende, lehne mich an die Armstütze und stemme die Füße fest auf den Webteppich.

Nora lächelt freundlich und pustet über ihren Tee. Meiner steht auf dem Couchtisch, noch unberührt, denn er ist brühend heiß. Ich weiß nicht, wo ich anfangen soll, doch Nora scheint das zu merken und eilt mir zu Hilfe.

„Erzählen Sie mir etwas von MJ."

Das ist genauso einfach wie schmerzhaft, doch immer noch besser, als von dem Absturz erzählen zu müssen. Wärme durchströmt mich, ich lächele und senke den Blick auf meine Hände. „MJ war wunderbar. Ihr voller Name war Melody Jane, aber alle nannten sie MJ. Sie war schön, süß und wirklich klug. Sie arbeitete für eine große Firma in Dallas als Buchhalterin und war dabei, die Karriereleiter hinaufzusteigen."

„Wie haben Sie sich kennengelernt?" Ihre Augen strahlen interessiert.

„Das klingt ziemlich klischeehaft. In einer Bar nach einem Spiel. Sie fiel mir auf, denn sie war die einzige Frau, die sich nicht an die Eishockeyspieler rangemacht hat. Sie war schon immer eine selbstbewusste Frau, wissen Sie? Und aus irgendeinem Grund faszinierte mich das."

Nora lächelt und nickt, pustet in ihren Tee und nippt vorsichtig daran.

„Wir waren fast zwei Jahre zusammen, bevor wir uns verlobten, und sicherlich haben Sie gelesen, dass wir in zwei Wochen heiraten wollten, als …"

Der nicht beendete Satz hängt schwer in der Luft.

Sie bedrängt mich nicht und übt keinen Druck aus, sondern führt mich. „Sagen Sie mir, was Sie seither fühlen. Malen Sie ein Bild Ihrer Emotionen für mich."

Das ist leicht. Und verflucht simpel. „Jede Menge Wut."

„Auf wen?"

„Mich", antworte ich, ohne zu zögern. Es ist mein Fehler, dass MJ gestorben ist.

„Und auf wen noch?"

„Gott."

Sie nickt. Vielleicht versteht sie mich tatsächlich. Vielleicht war sie auch wütend auf Gott.

„Auf wen noch?"

„Menschen im Allgemeinen."

„Warum?"

„Weil sie leben. Glücklich sind." Ich zucke zusammen, als ich das sage, doch es stimmt. Mir ist nur nicht klar gewesen, dass ich sauer auf andere Menschen bin, weil sie nicht innerlich kaputt sind.

„Auf wen noch?", beharrt sie.

Ich denke scharf nach, gehe die Liste der Dinge durch, die mich nerven, glaube aber, alles erwähnt zu haben. Ich schüttele den Kopf. „Sonst fällt mir niemand ein."

Nora scheint zu überlegen und stellt die Tasse auf den Tisch neben ihrem Sessel. Sie stützt sich auf der Armlehne ab, beugt sich nach rechts, faltet die Hände und sieht mich ernst an. „Was ist mit dem Hersteller des Flugzeugs?"

„Bitte?"

„Wenn ich die Artikel korrekt verstanden habe, wurde der Absturz untersucht und Sie sind von jeglicher Schuld freigesprochen worden. Der Höhenanzeiger hatte eine Fehlfunktion. Und das verursachte den Absturz."

„Ja, aber ..." Ich schüttele den Kopf. „Ich meine ... ja, das habe ich verstanden. Aber ich konnte ..."

„Nein, stopp, Tacker!", sagt sie streng. Ich halte den Mund. Langsam und betont spricht sie weiter: „Sie wurden von jeder Schuld freigesprochen. Also will ich wissen, wieso Sie nicht auf den Hersteller wütend sind. Ich will wissen, warum Sie sich selbst nicht verzeihen können."

Ich atme sämtliche Luft auf einen Schlag aus und fühle mich leer und ratlos. Ich habe keine Antwort auf diese Frage.

„Haben Sie schon mal von der Schuld des Überlebenden gehört?", fragt sie ruhig.

„Klar." Wer hat noch nichts davon gehört? Aber zum ersten Mal beziehe ich das auf mich.

Nora lächelt sanft und spricht in einem beruhigenden Ton weiter. „Das ist eine ganz normale Reaktion auf einen schlimmen Verlust. Es gibt noch andere Aspekte Ihrer Trauer, aber ich würde gern mit diesem Punkt anfangen."

„Sie meinen, dass ich lernen muss, mir selbst zu vergeben", murmele ich bitter und senke den Blick wieder auf meine Hände.

„Nein", antwortet sie sofort und ich schaue auf. „Es gibt nichts, was Sie sich vergeben müssten. Sie wurden freigesprochen."

„Ja, das weiß ich", sage ich frustriert und setze mich aufrechter hin. „Ich habe den Bericht gelesen. Hundertmal. Vom Verstand her weiß ich das. Aber warum fühle ich mich trotzdem immer noch so schlecht?"

„Das kann man nicht logisch erklären. Leider sind Schuldgefühle eine Emotion, die man nicht so einfach kontrollieren kann."

„Wie kommt man dann darüber weg?" Fast flehe ich sie um diese Antwort an. Denn Nora hat bereits eins bei mir erreicht: Dass ich einen winzigen Hoffnungsschimmer sehe, diese schrecklichen Gefühle eines Tages hinter mir lassen zu können.

„Es gibt ein paar Dinge, die man tun kann. Aber es bedeutet Mühe. Sie müssen täglich daran arbeiten, und es wird nicht einfach."

„Und wie zum Beispiel?"

„Sie müssen sich die Zeit zum Trauern gestatten." Sie beugt sich weiter vor, als ob wir Geheimnisse austauschen würden. „Wenn Sie sich schuldig fühlen, müssen Sie Ihre Gedanken auf den wahren Schuldigen lenken. Sie müssen liebevoll mit sich selbst umgehen, Tacker. Sich um sich kümmern. Denken Sie daran, dass Sie nicht allein sind, dass Sie Menschen um sich haben, denen Sie nicht egal sind und die Sie unterstützen."

„Das klingt jetzt schwer nach Ihren Hippie-Methoden", knurre ich.

Glücklicherweise ist Nora nicht beleidigt. Sie kichert darüber. „Da ist noch mehr. Eins davon wird Ihnen gar nicht gefallen."

„Und das wäre?"

„Über Ihre Gefühle reden." Sie sieht mich streng an. „In unseren Sitzungen müssen Sie offen und ehrlich sein. Stützen Sie sich auf Ihre Freunde und Familie. Sagen Sie ihnen, was das alles mit Ihnen gemacht hat. Außerdem kann es ebenfalls heilend wirken, anderen zu helfen." Sollte mein Gesichtsausdruck verraten, wie panisch es mich macht, meine Gefühle mit anderen zu teilen, dann muss sie ihn ganz deutlich lesen können, denn sie fügt hinzu: „Sie können auch erst einmal damit beginnen, Ihre Gefühle in ein Tagebuch zu schreiben.

Jeden Tag regelmäßig Ihre Emotionen zu notieren.“

Das löst eine Frage aus. „Wie haben Sie es denn geschafft, Ihre Schuldgefühle zu überwinden?“

„Bei mir war der Prozess etwas anders als bei Ihnen“, sagt sie mit einem offenen Ausdruck. „Als Helen mich mit in die USA genommen hat, steckte sie mich sofort in eine intensive Therapie. Ich tat eine Menge von den Dingen, die ich Ihnen empfohlen habe, aber ich lernte vor allem, täglich dankbar für das Geschenk des Überlebens zu sein.“

„Das Geschenk des Überlebens?“, frage ich erstaunt.

„Ja, denn das ist ein Geschenk. Mir wurde geschenkt, nicht erschossen oder vergewaltigt worden zu sein. Dass Helen mich gefunden und gerettet hat. Mir wurde beigebracht, mich auf das Positive zu konzentrieren statt auf das Negative.“

Ich starre sie nur an und frage mich, wie das überhaupt gehen soll.

Sie erklärt es mir in einfachen Worten. „Tacker, Sie haben einen Flugzeugabsturz überlebt. Das passiert nur wenigen Menschen. MJ nicht. Ihnen wurde das Leben geschenkt, und dafür sollten Sie dankbar sein. Wäre ich ein Wett-Typ, würde ich wetten, dass Sie bis jetzt noch keine Sekunde dankbar dafür waren, noch am Leben zu sein, stimmt's?“

„Keine Sekunde“, gebe ich sofort zu.

„Daran müssen Sie arbeiten.“ Sie grinst. „Betrachten Sie es als Hausaufgabe. Ich möchte auch, dass Sie mit dem Tagebuch anfangen. Schreiben Sie mindestens einmal am Tag etwas rein. Und Sie müssen jeden Tag mit einem dankbaren Gedanken beenden."

„Hippie-Scheiß", murmele ich.

Nora rollt mit den Augen und greift nach ihrer Teetasse.

„Wird es je weggehen?", frage ich.

Sie hält auf halbem Weg zu ihrer Tasse inne, denkt nach und ihre Mundwinkel gehen nach unten. Sie schüttelt so leicht den Kopf, dass ich es kaum wahrnehme, und bestätigt mir das Schlimmste. „Nein. Nicht restlos. Sogar nach so vielen Jahren habe ich ab und zu noch Albträume. Wenn ich daran denke, was meine Schwester durchmachen musste, werde ich depressiv. Aber ich habe Techniken, die ich anwenden kann, und normalerweise kann ich meine Gedanken immer wieder in andere Richtungen lenken."

„Zum Beispiel?"

„Ich konzentriere mich auf Dinge, die mich glücklich machen."

„Auf die Dankbarkeit, am Leben zu sein", rate ich.

„Das auch", bestätigt sie mit ihrem stets präsenten Lächeln. Sie trinkt einen Schluck Tee. „Aber oft tue ich einfach etwas, was mir Freude macht. Ausreiten. Oder einen Milchshake genießen."

Das scheint einfach zu sein. Aber für einen Mann, der vor allem zurückschreckt, was auch nur annähernd Freude macht, ist es ein unbekanntes Konzept. Manchmal, wenn ich mir Fotos von MJ und mir ansehe, betrachte ich mich viel intensiver als sie. Mein Lächeln und das Grübchen rechts auf meiner Wange, das sichtbar wird, wenn ich lache. Diese Person kommt mir jetzt gekünstelt vor. Ich kenne den Mann nicht mehr.

„Ich habe eine Idee", sagt Nora.

Ich blinzele, verspüre eine leichte Beklemmung. Wenn sie eine Idee hat, befürchte ich, dass ich etwas tun soll, was außerhalb meiner Wohlfühlzone liegt.

„Reden wird über etwas, wofür Sie diese Woche dankbar waren. Vielleicht ist es Ihnen gar nicht aufgefallen."

***

Als ich am Ende der Sitzung Noras Haus verlasse, muss ich zugeben, ein völlig neues Gefühl zu empfinden. Ich fühle mich freier und werde nicht von einem schweren Gewicht niedergedrückt. Nora würde das vielleicht als Hoffnung beschreiben, aber so weit mag ich gar nicht gehen.

Als ich die Terrassenstufen vor dem Haus hinuntergehe, fährt Raul auf einem kleinen Traktor vor. Er nickt mir grüßend zu und ich erwidere die Geste.

Die Haustür geht auf, Nora tritt auf die Treppe und zieht sich dicke Arbeitshandschuhe über.

Ich nicke zu den Kettensägen hinüber. „Brennholz machen?“

„Genau.“ Sie lacht und geht zum Traktor. „Auf dieser Ranch gibt es viel zu viel Arbeit und nicht genug Zeit.“

„Ich gehe heute Abend zum Spiel, also muss ich zurück nach Phoenix“, plappere ich und frage mich, was ich da tue, „aber ich könnte morgen wiederkommen und Ihnen helfen.“

Nora weitet kurz die Augen und grinst dann. „Gern. Ich werde keinem kostenlosen Helfer absagen. Kommen Sie einfach, wann es Ihnen passt.“

„Okay.“

Nora winkt und setzt sich neben Raul auf den Traktor. Ich sehe zu, wie sie davonfahren.

KAPITEL 10

Nora

Den nehme ich", sagt Tacker, schiebt mich sanft zur Seite und greift nach einem recht großen Stück des Mesquitebaumes, den Raul und ich gestern gefällt haben, um Platz für eine neue Weide zu machen.

Sorgsam legt er das Holz auf den Anhänger des Traktors und schnürt es schnell mit Sicherheitsbändern fest. Das ist heute Morgen unsere dritte Ladung. Wir fahren alles ans Ende des Grundstücks. Irgendwann kann ich das Holz hoffentlich von der Ranch fortbringen. Momentan muss es so gehen. Verbrennen ist keine Option, das ist verboten.

Ohne zu fragen, hat Tacker das Fahren des Traktors übernommen. Das muss eine männliche Eigenart sein, aber als er es erneut tut, setze ich mich schweigend auf den Beifahrersitz. Beim Kleinschneiden der Äste schob er mich oft aus dem Weg, wenn ich versuchte, etwas Schweres zu heben, bis ich ihm sagte, dass er das lassen soll. Dass ich durchaus in der Lage bin, diese Arbeit zu machen. Außerdem wies ich ihn darauf hin, dass er immer noch einen Gips trägt. Natürlich konnte er mit seinem gesunden Arm zupacken, doch ich empfand es trotzdem fast als Beleidigung, dass er mich schonen wollte.

Die meiste Zeit arbeiteten wir schweigend, wogegen ich nichts einzuwenden hatte. Es handelte sich nicht um Sitzungen, aber ich bin immer bereit, falls er reden will. Ich bin nicht der Typ, der Patienten außerhalb der Therapie ignoriert.

Die kurze Fahrt mit dem Traktor ist eine gute Gelegenheit, ein Gespräch zu beginnen. Ich habe das Gefühl, dass Tacker etwas Übung braucht, auf Menschen zuzugehen, da er sich so lange verschlossen hat.

„Wie war das Spiel gestern? Ich habe in den Nachrichten gesehen, dass die Vengeance gewonnen haben."

Wir holpern über das Gelände, da zu unserem Ziel kein Feldweg führt, und Tacker nickt. „Es war knapp, aber sie haben es geschafft."

„Sie? Das ist auch Ihr Team."

Er sieht mich kurz an und grinst verlegen. „Stimmt. Ich sollte wohl *wir* sagen."

„Man kommt sich leicht ausgeschlossen vor, wenn man nicht dabei ist", sage ich. „Wenn Sie erst wieder mit ihnen auf dem Eis sind, wird es sich wieder wie ein alter, bequemer Hut anfühlen."

„Es hat gutgetan, wieder im Stadion zu sein", gibt er fast widerwillig zu.

Lachend stoße ich seinen Arm mit der Faust an. „Sie dürfen sich ruhig wohlfühlen, Tacker. Denken Sie daran, Sie müssen sich selbst erlauben, dankbar zu sein."

„Jawohl, Doc", murmelt er.

Es ist ermutigend, dass er seine Mundwinkel leicht anhebt.

Wir erreichen unser Ziel und laden das Holz mit ungleicher Kraftanstrengung ab, da Tacker viel mehr zupacken kann als ich und auch schneller ist, und steigen dann wieder auf den Trecker mit dem jetzt leeren Anhänger.

„Fahren Sie zum Ranchhaus. Es ist fast Mittag, ich mache uns etwas zu essen.“

„Das müssen Sie nicht tun“, antwortet er sofort.

Ich grinse ihn an. „Oh doch. Ich habe ein schlechtes Gewissen, dass Sie so hart arbeiten mussten.“

„Das war gar nichts.“

„Ich bin Ihnen aber sehr dankbar“, sage ich tadelnd, denn ich will nicht, dass er seine Hilfe und Zeit unterbewertet. „Ohne die Hilfe von Freiwilligen könnte ich die Ranch nicht bewirtschaften.“

Tacker steuert den Traktor um den großen Stall herum, am Metallcontainer-Büro vorbei und zum Haupthaus. Er hält an und dreht sich zu mir um.

„Ich könnte an einem freien Tag ein paar der Jungs aus dem Team zusammentrommeln. Dann könnten wir den Job an einem einzigen Tag erledigen.“

Erstaunt blinzele ich. „Echt? Das würden die Männer tun?“

„Bestimmt“, antwortet er, klingt aber nicht sehr überzeugt. Wahrscheinlich, weil er noch nicht weiß, wie gut seine Beziehung mit dem Team zurzeit ist, aber mir gefällt, dass er anscheinend keine Angst hat, zu fragen. Das ist ein großer Schritt für ihn. „Außerdem würde ich gern jemandem die Pferde zeigen.“

„Okay", sage ich sofort, besonders weil er mir die Hilfe von jeder Menge Muskelkraft anbietet.

„Mein Teamkamerad Erik Dahlbeck hat eine Freundin, Blue. Ihr Bruder Billy hat Zerebralparese. Er sitzt im Rollstuhl, aber er würde sich wahnsinnig freuen, die Pferde sehen zu dürfen."

„Er ist absolut willkommen", antworte ich aufgeregt. „Alle vom Team. Wenn Sie mit einer Gruppe kommen, kann ich den großen Grill neben dem Stall anfeuern und wir können alle zusammen essen. Sie könnten daraus ein schönes BBQ-Treffen machen."

Tacker wirkt unangenehm überrascht von der Vorstellung, gezwungenermaßen der Veranstalter einer menschlichen Zusammenkunft zu sein. „Also, ich weiß nicht …"

„Entspannen Sie sich." Ich tätschele seinen Arm, steige vom Traktor und zwinkere ihm zu. „Ich habe alles im Griff und werde mich um die Bewirtung kümmern. Schaffen Sie mir nur die Männer für die Arbeit heran, okay?"

Ich warte nicht auf eine Antwort, möchte ihm keine Gelegenheit geben, alles zu überdenken. Er soll sich keine Ausreden einfallen lassen. Tacker braucht soziale Kontakte. Und ich weiß, dass er therapeutisch gesehen bereit dafür ist.

Er folgt mir ins Haus, durchs Wohnzimmer in die Küche. Ich deute auf den runden Küchentisch. „Setzen Sie sich, während ich uns etwas zaubere."

Tacker lässt sich schwer auf einen Stuhl sinken. Ich hole eine Flasche Wasser aus dem Kühlschrank und stelle sie ihm hin, zusammen mit Aufschnitt und Gewürzsoßen.

„Darf ich Ihnen eine persönliche Frage stellen?" Ich stehe am Fenster, das nach vorn raus geht. Heute Morgen habe ich es geöffnet, um eine frische Brise hereinzulassen. Es riecht wunderbar.

„Sie sind meine Therapeutin", antwortet er höflich. „Das ist Ihr Job."

Ich sehe ihn über die Schulter hinweg an. „Ja, aber im Moment befinden wir uns nicht in einer Sitzung. Ich möchte meine Grenzen nicht überschreiten."

Tacker zuckt mit den Schultern. „Nur zu."

Ich mache weiter, belege Brotscheiben mit kalter Putenbrust und Schinken. „Wie ist Ihre familiäre Situation? Haben Sie jemanden als Hilfe in der Rückhand?"

„Eigentlich nicht", antwortet er. Das schmerzt mich. „Mom starb, als ich dreizehn war. Dad hat schnell wieder geheiratet, aber ich stand ihm nicht sehr nah. Es ist keine schlechte Beziehung ... es existiert einfach keine."

„Hat er nach dem Absturz versucht, für Sie da zu sein?" Das ist eine gefährliche Frage.

Tacker schweigt kurz, bevor er sich dazu äußert. „Natürlich. Schließlich ist er mein Vater. Er kam nach Dallas und blieb bis nach der Beerdigung, aber ..."

„Aber dann benahm er sich wieder wie immer?"

„Ja. Für ihn war alles wie immer. Für mich gar nichts."

„Und Ihre Freunde?"

„Witzig, dass Sie danach fragen." Ich höre echten Humor in seiner Stimme. Das erstaunt mich so sehr, dass ich mich zu ihm umdrehe. „Mein bester Freund aus Dallas wurde soeben ins Team getauscht. Aaron Wylde. Vor ein paar Tagen stand er plötzlich vor meiner Tür."

„Wunderbar", sage ich, denn ich weiß, wie hilfreich Freunde sein können, damit sich Tacker wieder ein Leben aufbauen kann.

Tacker zuckt erneut mit den Schultern und dreht den Salzstreuer in seiner Hand. „Seit dem Absturz war ich ihm kein guter Freund mehr. Oder besser gesagt, ich ließ ihn kein Freund mehr für mich sein."

„Es ist schlimm, über seine Verluste zu sprechen." Ich gehe zum Tisch hinüber und lege die Hände auf die Lehne des Stuhls rechts von Tacker. „Aber wenn man das wegen seiner Ängste vermeidet, dann denkt man auch nicht mehr über die Person nach, die man verloren hat. Dabei verliert man nicht nur die schlechten, sondern auch die schönen Erinnerungen."

Er nickt. Das berührt etwas tief in ihm, doch er klingt tonlos. „Ich muss MJs Fotos jetzt öfter betrachten. So langsam vergesse ich ihr Gesicht."

Ich warte kurz und überlege, ob ich das auf die nächste Sitzung verschieben soll. Aber Tacker ist gerade so offen und spricht, ohne zu zögern. Das würde ich gern nutzen. Ich beuge mich vor, stütze die Arme auf die Stuhllehne, damit ich auf Augenhöhe komme und ihn nicht so überrage. „Haben Sie je richtig um MJ getrauert?"

Tacker runzelt erstaunt die Stirn. „Sie meinen, ob ich zusammengebrochen bin und geheult habe?"

Schnell schüttele ich den Kopf. „Trauer ist sehr persönlich und lässt sich nicht an einer bestimmten Sache festmachen. Man verbindet für gewöhnlich Weinen damit, aber ich meine, ob Sie sich erlaubt haben, den Prozess wirklich zu durchleben, egal, wie das ausgesehen haben mag. Oder glauben Sie, dass Sie zu sehr in Wut und Schuld vertieft waren, um die Trauer überhaupt zu spüren?"

Er schüttelt den Kopf und zieht verwirrt die Augenbrauen zusammen. „Ich weiß es nicht."

Ich richte mich auf und lächele ihn ermutigend an. „Denken Sie darüber nach und schreiben Sie darüber ins Tagebuch. Und erlauben Sie sich, traurig zu sein, Tacker. Sie müssen um MJ trauern. Sonst übergehen Sie einen wichtigen Schritt zur Heilung."

Er schluckt schwer und an seinem Kiefer zuckt ein Muskel. „Ich werde darüber nachdenken."

„Gut", antworte ich fröhlich. Wir brauchen ein leichteres Thema, wie zum Beispiel Essen. „Tun Sie mir einen Gefallen? Gehen Sie bitte raus auf die vordere Veranda und läuten Sie die Essensglocke beziehungsweise die Triangel?"

Langsam erhebt er sich. „Im Ernst?"

„Yep. Raul wird zwar wahrscheinlich schon hierher unterwegs sein, aber er liebt es, für mich zu läuten, als wäre ich ein pawlowscher Hund. Ich freue mich, das diesmal ihm antun zu können.“

Tacker geht raus auf die Veranda, und ich sehe ihn durchs Fenster, während ich weiter Brote belege. Schade, dass Raul bereits da ist. Er wäscht sich an der Seite des Hauses die Hände unter dem Wasserhahn. Tacker sieht ihn auch. Trotzdem nimmt er den Schlegel, der an einer Schnur an der Triangel hängt. Es gibt keinen Grund, zu läuten, außer um Raul zu erschrecken und meine Rachegelüste zu befriedigen. Ich muss lachen, als Tacker genau das tut.

Er sieht zu, wie Raul erschrocken zur Seite springt. Dann dreht er sich zu dem lauten Geräusch und Tacker um.

„Ups, sorry“, sagt Tacker unschuldig. „Ich habe Sie gar nicht gesehen.“

Grinsend widme ich mich wieder meiner Arbeit, aber sie reden weiter, und da das Fenster offen ist, höre ich jedes Wort. Ich hebe den Kopf und schaue durch das Insektengitter.

„Sie betrachten Nora jetzt mit anderen Augen“, sagt Raul.

Er steht unten am Rand der Veranda und sieht zu Tacker hoch. Ich weiß nicht, was er damit meint, und mein Feingefühl verlangt, dass ich etwas sage, damit sie wissen, dass ich sie hören kann.

Doch schon spricht Raul weiter. „Endlich glauben Sie ihr, und das gefällt mir, *Amigo*.“

Ich bin erleichtert, dass sich Raul nur auf meine Philosophie und meine Therapiemethoden bezieht. Nicht, dass er irgendetwas anderes über Tackers

Ansichten in Bezug auf mich meinen könnte …

„Sie hat mir erzählt, was ihr im Kosovo passiert ist", sagt Tacker.

Schon bin ich wieder angespannt. Aber nicht, weil er etwas sagen könnte, was er nicht sollte, denn Raul weiß sowieso alles. Mehr als Tacker, denn an seiner Schulter habe ich oft geweint, als ich jünger war und sehr emotional. Ich spanne mich an, weil ich nicht weiß, wie sehr meine Geschichte Tacker tatsächlich geholfen hat.

Raul nickt ernst. „Sie beide haben eine Verbindung. Jeweils ein Trauma."

„Das hilft mir", gibt Tacker zu. „Mehr, als ich zunächst dachte."

„Respektieren Sie es", rät ihm Raul. „Und seien Sie dankbar. Sie tut das hier nicht für jeden."

Tacker neigt den Kopf leicht zur Seite. „Das hier?"

„Jemanden in ihr Haus einladen. Ihm von ihrem Trauma erzählen." Raul macht eine Pause und blickt in die Ferne.

Ich weiß, was er denkt. Er ist froh, dass er noch hier bei mir ist. Dass ich ihm den Job gegeben habe, nachdem ich die Ranch gekauft hatte, denn Raul hat sonst niemanden. Er sieht Tacker an und mir steigen Tränen in die Augen, als ich Rauls emotionale Stimme höre. „Wenn Sie Nora gut behandeln, wird sie Ihnen eine Freundin fürs Leben sein. Sie werden niemanden mehr finden, der so loyal und hingebungsvoll ist. Sorgen Sie dafür, dass Sie das auch wert sind."

Die letzten Worte hat er schärfer ausgesprochen.

Tacker grinst und antwortet in neckendem Tonfall: „Ja, ja, ich weiß schon. Sie würden mir den Arsch versohlen."

Raul grinst Tacker an. Anscheinend hat er ihm das schon einmal angedroht. Ich sollte böse sein, dass er einen meiner Patienten bedroht, aber das kann ich nicht. Dafür liebe ich ihn zu sehr und Tacker scheint es nicht weiter zu stören.

Raul geht die Treppe hoch und die beiden Männer kommen in die Küche. Ich schaue Raul an, und der zwinkert mir zu, was bedeutet, dass er wusste, dass ich zuhöre. Ich erwidere sein Zwinkern.

KAPITEL 11

Tacker

Das war wohl die stürmischste Woche meines Lebens. Und gleichzeitig eine der besten. Ich war wieder mit dem Team auf dem Eis und trainierte täglich mit ihm. Zwar trage ich den Gips noch und bin nach wie vor nicht für spielfähig erklärt worden, aber dennoch hat es sich verdammt wunderbar angefühlt.

Keiner meiner Teamkameraden trägt mir etwas nach. Ich hörte keine Vorwürfe oder Schuldzuweisungen, dass das Team seit meiner Verletzung etwas schwächer gespielt hat. Mir schlug nur echte Freude entgegen, dass ich wieder da bin, und sie unterstützten mich stillschweigend, wofür ich dankbar bin. Sogar Rafe Simmons, der meinen Platz eingenommen hat, begrüßte mich mit einem breiten Lächeln. Er sagte mir, dass er sich den Arsch aufreißt, um nach meiner Genesung weiterhin in der Topline spielen zu dürfen, aber festgestellt hat, dass dies wohl nur ein Wunschtraum bleiben wird.

„Du bist der beste Center in der Liga, Tacker", sagte er und schlug mir auf die Schulter. „Unser Team braucht dich in der First Line, wenn wir es auf den Cup abgesehen haben."

So schön es auf dem Eis war, so frustrierend war es auch. Mit dem Gips kann ich immer noch nur schwerfällig mit dem Schläger umgehen, und trotz des Trainings im Studio geben meine Beine zu schnell auf. Ich habe viel Arbeit vor mir, um meine Leistungsfähigkeit zu steigern.

Ich musste diese Woche die Therapien wegen Überschneidungen mit dem Training auf dienstags und donnerstags verlegen. Nora hat mir zuliebe ihre Termine herumgeschoben, wofür ich ihr dankbar bin. Sie hat viel zu viel zu tun und ist überarbeitet. Da ich meine Termine nicht wie vereinbart einhalten konnte, hätte sie mich leicht zu einem anderen Therapeuten abschieben können.

Das ist aber keine Option für mich, also musste ich ihr unbedingt meine Dankbarkeit zeigen. Ohne zu wissen, ob Blumen koscher sind, brachte ich ihr am Dienstag einen Blumenstrauß mit. Für mich kommt kein anderer Therapeut mehr infrage. Das hat nichts mit dieser einzigartigen Ranch zu tun oder den Therapiepferden. Bis jetzt habe ich noch keins angefasst, Fuck sei Dank, sondern es liegt an Nora.

Als sie mir von ihrem Trauma erzählt hat, entstand ein Band zwischen uns, und sie zeigte mir, dass ich mit meinen Emotionen nicht allein dastehe. Und dass sie zuerst geredet hat, schaffte Vertrauen in sie. Zu wissen, dass sie dieselben furchtbaren Gefühle durchgemacht hat wie ich und dass sie darüber hinwegkam, gab mir einen neuen Lebenssinn.

Verflucht und zugenäht, aber diese Frau schenkt mir Hoffnung.

Es ist schwer gewesen, über meine Gefühle zu

sprechen, aber es musste sein. Am Dienstag sprachen wir die ganze Stunde nur über MJ. Nicht über den Absturz und wie sie starb, sondern darüber, was sie mir bedeutete. Nora forderte mich auf, mich dabei auf die schönen Zeiten zu konzentrieren. Ich sollte sie genießen. Sie brachte mich sogar zum Lachen, als ich ihr das Lustigste erzählen sollte, das MJ je getan hat. Ich gab die Story zum Besten, wie MJ mir eine Plastikspinne ins Auto geschmuggelt hatte. Nachdem ich einen Lachkrampf hatte, bis mir der Bauch wehtat, wurde ich allerdings unglaublich traurig und deprimiert. Ich heulte nicht, aber ich wurde still und spürte die Schwere meines Verlusts.

Nora ließ mich einfach mit meiner Stille allein. Sie wartete, bis ich wieder reden konnte.

Das war hart, aber auch hilfreich. Am Donnerstag fühlte ich mich viel stärker. Ich habe nicht mal mit der Wimper gezuckt, als Nora wollte, dass ich über meine Trauer spreche. Ich schaffte es da durch.

Deshalb frage ich mich, ob es an den Sitzungen liegt, dass ich gerade unterwegs bin, um mir Möbel zu kaufen. Habe ich mich geistig zu einem Punkt bewegt, an dem ich ein echtes Zuhause haben will? So muss es sein, denn normalerweise hasse ich Einkaufengehen. Dennoch folge ich der Verkäuferin, die mir Wohnzimmer- und Schlafzimmermöbel zeigt, durch den Laden. Auch denke ich, dass ich wohl in ein besseres Apartment umziehen sollte. Meins liegt nicht gerade in einer guten Gegend, und dort ist es laut, weil die Leute sich anbrüllen, Partys feiern und die Wände dünn wie Papier sind.

Mein Handy brummt und verkündet damit, dass ich eine Textnachricht bekommen habe. Ich hole es aus der Hosentasche.

Dax: *Kannst du kurz bei Regan vorbeigehen und nach ihr sehen?*

Mein Puls erhöht sich.

Ich: *Alles okay mit ihr?*

Dax: *Ja, jedenfalls behauptet sie das. Aber ich mache mir Sorgen. Kannst du nach ihr sehen? Und verrate ihr nicht, dass ich dich geschickt habe.*

Ich schnaube und frage mich, ob ich mich je so bei MJ angestellt habe. Ich kann mich nicht erinnern, dass es bei mir so weit gegangen wäre, aber natürlich verstehe ich es, wenn Dax sich Sorgen macht. Regan hat einen speziellen Platz in meinem Herzen, weil sie mich dazu gebracht hat, mich ihr gegenüber zu öffnen. Letzte Woche kam sie wegen ihrer seltenen Blutkrankheit ins Krankenhaus. Sie bekam eine Transfusion, was die Symptome beseitigte, und eigentlich sollte es ihr jetzt gut gehen. Zumindest erzählte Dax das beim Training. Doch momentan ist das Team bei einem Auswärtsspiel, also kann ich mir vorstellen, dass er ein bisschen

Angst hat. Heute ist sie nach dem Krankenhausaufenthalt den ersten Tag allein zu Hause.

Ich: *Bin schon auf dem Weg.*

Dax: *Ich bin dir was schuldig, Buddy.*

Ich mag Regan sehr. Sie war der Auslöser, dass ich mir eingestanden habe, weiterhin im Team bleiben zu wollen. Und als sie mich letzte Woche zu dem Spiel abholte, hat das viel Spaß gemacht. Man kann sich leicht mit ihr unterhalten, sie ist geistreich, plappert einem aber nicht das Ohr ab. Mit anderen Worten, sie gab mir nicht das Gefühl, dass ich pausenlos mit ihr reden müsste.

Beim Spiel ging sie als Fan sowie als Spielerfrau voll zur Sache und nahm jede Minute todernst. Die Frau hat Ahnung von dem Sport, besonders weil ihr Bruder Lance ebenfalls ein Profispieler gewesen ist. Sie kennt die Regeln, die Strategien und die Spieler. Regan kann intelligenter und tief gehender über Eishockey reden als die meisten Leute, die ich kenne, also ja, es hat echt viel Spaß mit ihr gemacht.

Daher macht es mir nichts aus, bei ihr vorbeizuschauen. Das ist das Mindeste, was ich für sie und Dax tun kann. Er hat mich in den letzten Wochen ebenfalls sanft und unterstützend angeschoben. Irgendwann muss ich dem Mann sagen, wie dankbar ich ihm bin.

Der Uber-Fahrer hält vor der Einfahrt. Seltsamerweise stehen schon zwei andere Autos dort. Falls Regan Besuch hat, überzeuge ich mich nur schnell davon, dass es ihr gut geht, und melde es Dax.

Ich klopfe an, trete zurück und warte. Die Tür geht auf. Ich sehe eine überraschte Regan und höre Stimmen im Hintergrund.

„Hi", sagt sie strahlend. „Was machst du denn hier?"

Da ich Dax' Bitte noch im Kopf habe, ihn nicht zu verraten, zucke ich mit den Schultern. „Ich war nur in der Nähe, habe etwas Zeit und dachte mir, ich sage mal schnell Hallo."

„Das ist schön", antwortet sie enthusiastisch. „Komm rein."

Ich trete ein und der leckere Duft von Vanille und Schokolade steigt mir in die Nase.

Regan schließt die Tür und klingt, als ob sie ein Kichern unterdrückt. „Seht mal, wer da ist, Ladys. Jetzt ist es eine echte Party."

Wie bitte, was?

Ich schaue Richtung Küche und sehe Brooke und Pepper, die Schürzen tragen. Brooke hat eine große Schüssel im Arm und rührt darin herum. Sie ist Bishops Verlobte und die Tochter von Coach Perron. Pepper ist Legends Verlobte. Wahrscheinlich fehlt Eriks Freundin Blue nur, weil sie Stewardess im Teamflugzeug ist und daher mit unterwegs.

„Wir haben eine Keks-Backparty", erklärt Regan, hakt sich bei mir unter und zieht mich in die Küche. „Du kannst gern mithelfen."

Ich deute mit dem Daumen hinter meine Schulter und versuche, mich herauszureden. „Ähm ... eigentlich wollte ich ...“

„Hi, Tacker“, sagt Brooke.

Ehe ich mich versehe, legt Pepper mir eine Schürze um die Hüften und dreht mich um, damit Regan sie zubinden kann.

„I-ich kann wirklich nicht bleiben“, stottere ich, entsetzt, dass ich in eine Weiberparty geraten bin, was das Letzte ist, wo ich sein will.

„Doch, kannst du.“ Regan lacht und schiebt mich an den Küchentresen. „Du hast gesagt, dass du Zeit hast. Wir backen Kekse für Peppers Kirchengemeinde. Es ist für einen guten Zweck, also gut für deine Seele.“

„Außerdem können wir gleichzeitig Kekse futtern“, sagt Brooke grinsend. „Da fragt man sich doch, warum du nicht bleiben willst.“

Fuck.

Ich seufze schwer und beschließe, höchstens zehn Minuten zu bleiben. Danach kann ich Dax berichten, dass es seiner Frau blendend geht und dass ich ihm nie wieder einen Gefallen tun werde.

***

Zwei Stunden später ...

„Pass auf, was du da machst“, rüge ich Pepper und deute auf das Backblech. „Die sind nicht alle gleich groß.“

Regan steht am Spülbecken, schnaubt kurz und wäscht die nicht enden wollenden Schüsseln ab.

„Gib es zu", sagt Brooke vom Küchentisch aus. Anscheinend hat sie keine Lust mehr aufs Backen, denn sie hat eine Flasche Wein geöffnet und ist schon beim zweiten Glas. „Es macht Spaß, mit uns abzuhängen."

Leider kann ich dem nur zustimmen. „Aber nur, weil ihr euch mit Sport auskennt und keine Gespräche über PMS oder die Kardashians führt."

Brooke schwenkt locker ihr Weinglas. „Diese Themen haben wir schon abgehandelt, bevor du erschienen bist."

Pepper holt ein Backblech aus dem Ofen und ich höre meinen Magen leise knurren. Doch ich habe schon mehr als genug Kekse gefuttert und glaube, dass ich einen zusätzlichen Work-out brauchen werde. Sie platziert drei Kekse auf einem kleinen Teller und bringt ihn zu mir an den Tisch.

Fuck. Ich sollte ablehnen, aber die Kekse schmecken einfach zu gut. Ich nehme einen, bewege ihn von Hand zu Hand und lasse ihn abkühlen. Ich sehe zu Pepper hoch. Sie hat eine gesunde Gesichtsfarbe und sieht mich lächelnd an.

„Wie geht es dir so? Erholst du dich gut?", frage ich.

Erstaunt hebt sie die Augenbrauen. Obwohl ich mich die ganze Zeit mit den Frauen unterhalten habe, sind sie wohl immer noch überrascht, dass ich tatsächlich auch reden kann.

„Mir geht es wirklich gut." Lächelnd betrachtet

sie ihren Verlobungsring. Legend hat ihn ihr im Krankenhaus geschenkt, nachdem sie von seiner Ex angeschossen worden war. Die Vorstellung, Pepper könnte sterben, hat ihn zu Tode erschreckt.

An dieses Gefühl erinnere ich mich nur zu gut. Dieselbe intensive, schockierende Qual machte auch ich durch, als ich nach dem Absturz stundenlang mitansehen musste, wie MJ starb.

Eine Welle der Panik überrollt mich, und ich habe das starke Bedürfnis, aufzuspringen und zur Tür zu rennen. Aber dann höre ich Noras Stimme durch das Rauschen in meinen Ohren. *„Tief durchatmen, Tacker. Nimm die Luft in deine Lungen auf, atme in den Bauch hinein. Halte sie dort ein paar Sekunden fest und atme dann langsam aus.“*

Am Donnerstag hat sie am Ende der Sitzung diesen Hippie-Scheiß mit mir gemacht. Sie wollte mir unbedingt ein paar Meditationstechniken beibringen, die ich immer dann einsetzen soll, wenn mich negative Gefühle übermannen.

Ich atme durch die Nase ein und versuche, es diskret zu tun, doch da ich dabei die Augen schließe, ist es wohl recht offensichtlich. Während ich in meinen Bauch hinein einatme, kurz die Luft anhalte und dann ausatme, wird es mucksmäuschenstill um mich. Langsam, wie Nora betonte, wiederhole ich die Übung und dann noch ein drittes Mal, zur Sicherheit.

Als ich die Augen öffne, stehen Brooke und Regan am Spülbecken und haben ihre Unterhaltung wieder aufgenommen. Pepper sieht mich mitfühlend an. Mein Gesicht wird heiß, doch ich halte ihren Blick.

Sie legt eine Hand auf meine Schulter und drückt kurz zu. „Ich meditiere auch. Das hilft wirklich, besonders, wenn ich von einem Albtraum aufwache."

„Von dem Schuss?"

Sie nickt und spricht sachlich weiter. „Es hilft auch, das tagsüber zu üben. Einfach so zwischendurch, ob man es gerade braucht oder nicht."

„Okay", antworte ich irgendwie dümmlich. Schwer zu glauben, dass ich es in nur einer Woche geschafft habe, mich wieder meinen Teamkameraden und meinem besten Freund anzunähern und eine Therapie zu machen, was ich nie für möglich gehalten hätte. Noch dazu nehme ich an einer Frauenparty zum Keksebacken teil, wo ich Ratschläge für Meditation bekomme.

Meine Welt ist vollkommen auf den Kopf gestellt worden.

Das Brummen meines Handys lenkt mich ab. Ich nehme es vom Tresen und lege den ungegessenen Keks auf den Teller.

Dax: *Warst du schon bei mir zu Hause? Wie geht es Regan?*

Misstrauisch sehe ich mich um und begreife, dass das eine Falle war. Dax wusste sehr wohl, was hier abläuft. Er hat mich direkt in die Höhle der weiblichen Hormone geschickt. Schnell schreibe ich zurück.

Ich: *Gut. Ich habe sie überredet, sich von dir scheiden zu lassen und mich zu heiraten.*

Dax: *Nicht witzig, Alter.*

Lachend stecke ich das Handy ein und antworte nichts mehr. Mein Schweigen wird ihn ärgern, und das hat er verdient.

KAPITEL 12

Nora

Ich warte an der Koppel, die der langen Einfahrt zur Ranch am nächsten liegt, auf Tacker. Heute möchte ich mit Starlight arbeiten und Tacker daher abfangen.

Überrascht sehe ich, dass er in einem nagelneuen Allradwagen ankommt. Er sieht mich, und ich gebe ihm ein Zeichen, dass er neben der Koppel parken soll.

Tacker steigt aus und geht um den Wagen herum auf mich zu. Ich freue mich, ihn entspannt lächeln zu sehen. In ein paar Wochen ist er bereits ein anderer Mensch geworden. Er hat noch viel vor sich, doch hat eindeutig schon eine große Hürde genommen.

„Sie fahren ja wieder", sage ich und nicke zum Auto.

Er wirft ebenfalls einen kurzen Blick darauf. „Ja, mein Anwalt hat die Anklage auf rücksichtsloses Fahren heruntergehandelt. Ich muss einen Sicherheitskurs belegen, habe aber den Führerschein wiederbekommen."

„Wunderbar", sage ich und gehe zum Gatter der Koppel. Tacker folgt mir. „Heute arbeiten wir hier draußen."

„Mit einem Pferd?" Er klingt nicht ängstlich, aber auch nicht begeistert.

„Nein, mit einem zweiköpfigen Schwein." Ich lache.

„Das würde mir besser gefallen", murmelt er.

Mit perfektem Timing kommt Raul aus dem Stall und führt Starlight hinaus. Bedächtig trottet sie hinter ihm her. Ich öffne das Gatter, nehme Starlight entgegen und Raul nickt Tacker grüßend zu.

„Wie geht's heute so?", fragt ihn Tacker.

„Mehr Arbeit als Tageslicht", sagt Raul mit seiner rauen, gealterten Stimme. „Ich werde ein paar Büsche auf der hinteren Weide schneiden."

„Aber morgen bringe ich die Jungs vom Team her", antwortet Tacker.

Über die Sorge in seiner Stimme muss ich lächeln. Nach jeder der vergangenen Sitzungen ist Tacker länger geblieben und hat Raul bei der Arbeit geholfen. Sie haben eine lockere Freundschaft entwickelt.

„Es gibt viel mehr zu tun, als ein Eishockeyteam an einem Tag schaffen könnte", stellt Raul klar.

„Dann kommen wir an einem anderen Tag noch mal", entgegnet Tacker.

Raul zwinkert. „Hör auf, so zu reden, oder Nora wird denken, dass sie alles mit freiwilligen Helfern schafft, und mich feuern."

„Als ob", antworte ich. „Du bist unersetzlich, alter Mann, und das weißt du auch."

Tacker und Raul grinsen sich an.

„Schluss mit dem Geplauder", befehle ich den Männern. „Tacker und ich müssen arbeiten, genau wie du, Raul."

Raul verlässt die Koppel und kurz darauf hören

wir das Röhren des Traktors.

Ich sehe Tacker an, während ich Starlights Nase streichele. „Bereit?“

Er zuckt mit den Schultern. „Glaube schon.“

„Kommen Sie näher.“ Er macht ein paar vorsichtige Schritte. „Streicheln Sie sie hier, genau wie ich es tue.“

Diesmal zögert er nicht. Starlight hält still, während Tacker mit der gesunden Hand der Länge nach seitlich ihr Gesicht streichelt.

„Nehmen Sie die Zügel, aber streicheln Sie sie weiter.“ Er nimmt die Zügel locker in die Hand mit dem Gips. Starlight ist so lieb, dass ich mir keine Sorgen mache, weil er mein Pferd mit einem gebrochenen Handgelenk festhält. „Und jetzt führen Sie sie im Kreis herum. Nehmen Sie sie an Ihre rechte Seite.“

Wieder gehorcht Tacker ohne Beschwerden oder Fragen nach meinen Gründen. Ich tue dies nur, um ihm etwas Übung und Erfahrung mit einem Pferd zu vermitteln. Bei dem Thema, über das ich heute mit ihm reden will, möchte ich außerdem, dass er sich noch auf etwas anderes konzentriert als auf mich.

Tacker hat in dieser Therapie schon ein paar Meilensteine erreicht. Das liegt teilweise an mir, aber ehrlich gesagt spielen noch andere Aspekte bei seiner Heilung eine Rolle. Er ist öfter mit Aaron und den anderen Teamkameraden zusammen.

Ich sehe Tacker zu, wie er Starlight ein paar Runden im Kreis führt, und rufe ihn dann zu mir. Ich nehme ihm die Zügel ab und binde Starlight am Zaun fest. „Stellen Sie sich neben sie." Ich gehe auf die andere Seite und wir sehen uns über den Rücken des Pferdes hinweg an. „Legen Sie die Hände auf sie. Irgendwo. Sie können Sie streicheln oder einfach stillhalten. Sie können sie überall anfassen, wo Sie wollen. Ich möchte nur, dass Sie sich an sie gewöhnen, sodass Sie merken, dass sie ganz lieb ist und es ihr nichts ausmacht."

Er streicht durch Starlights blonde Mähne. „Wozu soll das gut sein?"

„Eine Umgebungsänderung, Ablenkung, und ich möchte Sie von Ihrer Angst vor Pferden befreien. Das ist nur ein persönlicher Wunsch von mir."

Er sieht mich an. „Ich habe keine Angst vor ihnen. Ich habe nur keine Erfahrungen mit ihnen und halte sie für unberechenbar."

„Das sind sie aber gar nicht. Aber wie bei jedem Tier gibt es welche, die nicht gut trainiert wurden."

„Das klingt schlüssig."

„Sind Sie aufgeregt wegen nächster Woche?" Ich beziehe mich darauf, dass er am Dienstag wieder für ein Spiel aufgestellt ist. Nächste Woche finden zwei Auswärtsspiele statt. Im Training war er so gut, dass ihn der Coach wieder in die First Line gestellt hat. Seit ich Tacker kenne, habe ich ihn noch nie so strahlend lächeln sehen. Diese Nachricht gab ihm einen regelrechten Energieschub und er scheint jedes Thema in der Therapie begierig anzugehen.

„Ich träume jede Nacht davon, wieder im Team zu sein", sagt er mit einem Lachen und streicht weiter mit beiden Händen durch Starlights Mähne. „Das sind intensive Träume in Farbe. Ich kann die Kälte des Eises spüren und den Jubel der Fans hören. Und ich treffe immer das Tor."

Ich lache und streichele über Starlights Rücken. „Das ist schön."

„Das gehört zu meinem Leben", sagt er leise und sieht mich an. „Ich habe das nicht realisiert, bis es mir genommen wurde und ich es wiederbekommen habe. Jetzt kann ich es viel mehr wertschätzen."

„Ein gutes Zeichen auf Ihrem Weg. Das ist die Dankbarkeit, von der wir gesprochen haben. Freude an den Dingen zu haben, die wir besitzen."

Er nickt. Ich muss lachen, als ich sehe, dass er Starlight einen Zopf geflochten hat. „Ich wusste gar nicht, dass Sie so geschickt mit Haaren umgehen können."

Seine Lippen formen ein Lächeln und er spricht sanft. „Ich habe gern MJ die Haare geflochten. Blöd, was?"

„Gar nicht. Sehr intim."

Wieder sieht er mich an und schluckt schwer. „Zeit, darüber zu reden, oder?"

„Das habe ich gehofft. Ich glaube, Sie sind jetzt so weit."

Es geht um den Absturz und die Zeit danach. Dieses Thema hat er von Anfang an gemieden, doch dank seiner Fortschritte weiß ich, dass er jetzt ertragen kann, darüber zu reden. Er muss darüber sprechen, muss die letzte große Hürde überspringen und sich dem größten Schmerz stellen.

Überraschenderweise legt Tacker die Arme über den Rücken des Pferdes und stützt das Kinn auf. Er lehnt sich an das Pferd und das Sonnenlicht lässt die Farben seiner Augen braun, grün und golden funkeln.

„An den Absturz erinnere ich mich nicht. Kurz wusste ich nicht mehr, ob wir steigen oder sinken, weil ich mich nicht orientieren konnte. Irgendwann flogen wir auf dem Kopf, aber das ist wirklich alles, was ich noch weiß. Die Untersuchungskommission sagte, dass ich es geschafft hätte, die Maschine wieder zu drehen, und dass die Baumwipfel uns ein wenig gebremst haben. Aber den Absturz selbst habe ich wohl ausgeblendet.“

Seine Stimme ist nicht ganz flach, doch etwas teilnahmslos. Ein Selbstschutzmechanismus.

„Und woran erinnern Sie sich als Nächstes?“

„Schmerzen. Im Rücken. Das Wrack hat mir eine Wunde quer über den Rücken gerissen. Der Schmerz brachte mich wieder zu Bewusstsein. Ich griff nach hinten und meine Hand war voller Blut. Die Maschine war noch ziemlich intakt, zumindest das Cockpit. Außer …“

„Außer?“

Tacker blinzelt und streckt den Rücken durch. Er läuft mir nicht davon, sondern beginnt, wieder mit Starlights Mähne zu spielen. Noch ein Zopf entsteht. „Außer dass ein riesiger Ast durch die

Windschutzscheibe gebohrt war, den MJ im Bauch stecken hatte.“

Ich schweige, und in mir zieht sich alles zusammen bei dem Gedanken, wie das für ihn gewesen sein muss. Und für sie.

„Erst war sie … ähm …“ Seine Stimme schwankt leicht. „Erst war sie bewusstlos. Ich dachte, sie wäre tot, als ich begriff, was passiert war und all das Blut sah. Ich stand unter Schock, konnte den Blick nicht von ihr wenden und hatte keine Ahnung, was ich tun sollte. Irgendwann versuchte ich, mich zu bewegen, aber meine Beine waren im Wrack eingeklemmt. Dann knackte das Funkgerät und erschreckte mich.“

Ich warte kurz und gebe ihm die Gelegenheit, sich innerlich von dem Horror zu distanzieren. „Konnten Sie Hilfe rufen?“, frage ich schließlich.

„Ja. Sie hatten mich immer noch auf dem Radarschirm. Sie sagten, dass Hilfe unterwegs sei, aber wir waren in einer abgelegenen Gegend. Es dauerte ein paar Stunden.“

„Was haben Sie in der Zeit gemacht?“

„Festgestellt, dass MJ nicht tot war“, antwortet er bitter, mit Blick auf seine flechtenden Finger. „Ich streckte die Hand nach ihr aus. Wollte sie einfach nur berühren, und da stöhnte sie.“

„Das kann ich mir gar nicht vorstellen“, sage ich leise.

Er sieht mich an. „Doch. Sie haben gesehen, wie Menschen, die Sie geliebt haben, vor Ihren Augen gestorben sind.“

„Aber nicht stundenlang.“

Er zuckt mit den Schultern. Ein kläglicher Versuch, das Grauen zu mildern.

„Sie hatte furchtbare Schmerzen“, sagt er und seine Stimme bebt noch mehr. „Und manchmal erlangte sie das Bewusstsein wieder. Sie wachte auf, trat wieder weg. Aber wenn sie wach war, wusste sie ganz genau, was mit ihr passiert war.“

„Wie haben Sie sich dabei gefühlt, Tacker?“

„Hilflos. Verdammt machtlos. Noch nie kam ich mir so nutzlos vor.“

„Es war aber nicht Ihre Schuld.“

„Das wusste sie aber nicht.“ Seine Augen füllen sich mit Tränen. „Sie wusste nicht, was passiert war, außer dass wir abgestürzt sind. Für sie musste es aussehen, als hätte ich sie umgebracht.“

Ich kenne MJ nur von Tackers Beschreibungen. Aber wie ich es verstanden habe, war sie eine liebevolle Frau, die ihn liebte. Nie würde ich glauben, dass sie ihm die Schuld geben würde. Also folge ich meiner Intuition und versuche, Tacker etwas klarzumachen.

„Hat sie Ihnen die Schuld gegeben? Hat sie das selbst gesagt?“

Er schüttelt den Kopf, kneift die Augen zusammen und Tränen laufen über seine Wangen. Er krallt die Hände in Starlights Mähne. Das Pferd hält still und unterstützt ihn geduldig während seiner Qualen.

„Das hätte sie nie getan“, antwortet er schließlich, öffnet die Augen, sieht mich jedoch nicht an. Mit einer Hand wischt er sich die Tränen fort.

„Dann müssen Sie aufhören, es sich selbst vorzuwerfen."

Tacker lässt ein humorloses Lachen hören. „Da wäre mir *ihr* Vorwurf fast lieber."

Ich greife über Starlights Rücken, lege meine Hand auf seine gesunde und drücke fest zu. „Warum wäre Ihnen das lieber?"

„Weil ..." Tacker verliert die Beherrschung. Er beginnt zu schluchzen und die Tränen fließen. Er lehnt die Stirn an Starlight und weint. Laut, herzzerreißend und von verzweifeltem Schluchzen unterbrochen. Er leidet, doch ich kann nur seine Hand halten und Starlight seine Stütze sein lassen.

Tacker lässt alles heraus, seine Brust hebt und senkt sich von der Anstrengung. Ich sehe ihm schweigend zu und reagiere selbst darauf. Mir kommen die Tränen und mir schmerzt der Brustkorb, während mir aus Mitgefühl das Herz bricht. Das habe ich heute nicht erwartet, aber ich unternehme nichts dagegen.

Er braucht es.

Ihm kommt der Zusammenbruch vielleicht wie eine Ewigkeit vor, doch in Wahrheit sind es nur ein paar Minuten. Schließlich beruhigt er sich und atmet nur noch ruckartig. Immer wieder wendet er die Atemtechnik an, die ich ihm gezeigt habe. Ganz allein fängt er sich wieder.

Tacker hebt den Blick, und anstatt sich für seinen Ausbruch zu schämen, sieht er mir direkt in die Augen. Ein Zeichen von Vertrauen, das mir den

Atem raubt. „MJ verbrachte ihre restliche Lebenszeit damit, mir zu sagen, wie ich weitermachen soll. Sie wollte, dass ich mein Leben weiterlebe und mich nicht in der Trauer verliere. Sie sagte, dass ich heiraten soll und Kinder haben und sie in liebevoller Erinnerung behalten. Ich schwöre, Nora …“ Er unterbricht sich und versucht, die Wut in seiner Stimme zu beruhigen. „Ich schwöre“, sagt er gefasster, „ich habe sie dafür gehasst, dass sie mir das angetan hat.“

„Was genau?“, will ich wissen, weil es wichtig ist.

Ein Muskel an seiner Kieferpartie zuckt und seine Stimme ist voller Emotionen. „Dass sie so selbstlos gestorben ist. Versucht hat, mich vor Schuldgefühlen zu bewahren. Dass sie mich auf das Leben ohne sie vorbereiten wollte. Sie ist einen wahren Filmtod gestorben. Ich meine, wer tut so etwas im wahren Leben schon?“

„MJ. Und es zeigt, was für ein wunderbarer Mensch sie war.“

Er schnaubt, murmelt etwas und sieht zur Seite.

„Und Sie hätten es genauso gemacht.“ Sein gequälter Blick kehrt zu mir zurück. Ich hebe das Kinn. „An ihrer Stelle hätten Sie genau dasselbe getan.“

Dagegen kann er nichts einwenden, denn er weiß, dass ich recht habe.

„Das ist ein Geschenk, Tacker. Sie hat Ihnen dieses unglaubliche Geschenk gemacht und Sie müssen es als solches akzeptieren.“

Er hat die Lippen zusammengepresst, doch ich

sehe, dass er mit den Zähnen knirscht.

Das reicht für den Moment. Er hat genug.

„Kommen Sie", sage ich und lasse seine Hand los. „Striegeln wir Starlight und Sie können mir vom gestrigen Training erzählen. Sie wurden wieder in der First Line eingesetzt, oder?"

Unsere Sitzungen waren nicht immer nur düster und unheilvoll. Ich nahm mir stets die Zeit, mehr über seinen Beruf zu lernen und über dessen Stellenwert in Tackers Leben.

„Genau", sagt er. Ich löse die Zügel vom Zaun und reiche sie Tacker, damit er Starlight in den Stall führen kann. „Die Dynamik war etwas eingerostet, aber gegen Ende des Trainings hatten wir uns wieder eingespielt."

„Und morgen werden Sie den Gips los?"

Er nickt und ich gehe neben ihm her. „So ist es geplant. Ich bekomme zunächst eine Schiene, und nach so zwei Wochen brauche ich die auch nicht mehr, aber dadurch habe ich mehr Bewegungsfreiheit."

Auf dem Weg zum Stall reden wir nur über Eishockey. Im Stall strecken die Pferde die Köpfe aus den Boxen, um Hallo zu sagen. Heute Nachmittag habe ich keine weiteren Termine, weshalb ich wusste, dass es ein passender Zeitpunkt war, Tacker zum Reden zu bekommen.

Als wir Starlights Box erreichen, fragt Tacker: „Würden Sie mit Raul gern mal zu einem meiner Spiele kommen?"

Überrascht stelle ich fest, dass ich mich freue. Ich

lächele ihn an. „Wirklich? Ich habe noch nie ein Spiel gesehen, nicht mal im Fernsehen."

„Echt nicht?" Jetzt ist er der Überraschte. „Ich würde mich freuen, wenn Sie beide mir zusehen kommen würden."

„Dann nehme ich die Einladung im Namen von uns beiden gern an."

Tackers Augen strahlen, der Schmerz hat sich zurückgezogen. Er nickt mit einem Lächeln auf den Lippen und führt Starlight in die Box.

KAPITEL 13

Nora

Der Strom der Autos auf unserer geschotterten Zufahrt am Vormittag schien endlos. Tacker hat fast das ganze Team herangeschafft, mit Ausnahme von ein paar Jungs, die heute schon länger etwas vorhatten, was sie nicht mehr absagen konnten.

Muskulöse Männer, passend gekleidet für schwere Arbeit. Ich war ganz hibbelig. Nicht wegen der Muskeln, sondern weil es uns mit dem Projekt ein ganzes Stück voranbringen wird, für das ich mit Raul allein Monate brauchen würde.

Ich konnte kaum sprechen, als Tacker auf mich zuschlenderte und eine ausladende Geste mit dem Arm machte. „Ihr Arbeitstrupp ist da.“

Ich ließ den Blick über die Menge von Männern schweifen, die er mitgebracht hatte. Ich suchte nach passenden Worten und blickte auf sein Handgelenk. „Der Gips … Ich dachte, den werden Sie heute los?“

Tacker schüttelte den Kopf. „Der Arzt hat gesagt, ich brauche noch zwei Wochen.“

„Aber Sie wollen doch nächste Woche spielen“, sagte ich besorgt, denn er freute sich doch schon so darauf.

„Ach, keine Sorge.“ Er grinste. „Ich werde spielen, mit oder ohne Gips.“

„Können Sie das denn?“

„Natürlich kann ich das." Er lachte und zwinkerte mir zu. „Entschuldigen Sie bitte, aber jetzt muss ich an die Arbeit."

Tacker hatte nicht nur Spieler mitgebracht. Ich war verblüfft, als sich mir der Coach der Vengeance, Claude Perron, sowie der Manager Christian Rutherford vorstellten. Und es waren noch andere Leute aus dem Management dabei.

Außerdem waren Frauen und Freundinnen der Spieler da. Einige von ihnen waren zum Arbeiten angezogen, andere brachten massenweise Essen mit. Ich hatte ja ein BBQ angeboten, doch Tacker hatte mir verboten, irgendwas zu kaufen. Er sagte, er würde sich um alles kümmern. Ich sollte nur das Gas für den Grill besorgen.

Während ich allen vorgestellt wurde und Arbeitsgruppen eingeteilt wurden, beobachtete ich, wie Tacker mit den anderen interagierte. Ich freute mich, dass er zwar nicht gerade in seinem Element war, doch vor dem Team als Ganzes nicht zurückschreckte. Tendenziell blieb er bei einer bestimmten Gruppe von Kameraden, die er mir als die First Unit vorstellte. Ein Terminus, der mir bereits bekannt war, weil wir so oft über den Sport gesprochen hatten. Die First Unit besteht aus den Besten, den talentiertesten Spielern.

Bishop: Captain und Right Winger.

Dax: Left Winger.

Legend: Torwart und stellvertretender Captain.

Zwei Verteidiger: Erik und Tackers bester Freund Aaron Wylde.

Tacker ist der Center, der Zellkern, der alle zusammen hält.

Man kann sich kaum vorstellen, wie die Harmonie verloren gegangen sein musste, als sie ihn verloren. Das Team als gesamtes und seine Line. Heute sah ich jedoch, dass sie schnell wieder zusammengefunden haben. Sie haben eine Verbindung, die durch Tackers Dämonen nicht zerrissen werden kann.

Der überraschendste Besucher erschien, lange nachdem die Freiwilligen schon zu ihren Arbeitsbereichen auf der Ranch gegangen waren. Ein Luxuswagen fuhr vor, dem ein Lkw mit Anhänger folgte, auf dem ein richtig großer Traktor stand. Ein funkelnagelneuer Traktor, stark genug, um mit der Schwerstarbeit auf der Ranch fertig zu werden.

Der Mann, der aus der Luxuskarosse stieg, sah unglaublich gut aus, und obwohl er in Jeans und T-Shirt war, wirkte er, als ob er sich in einem Designeranzug wohler fühlen würde. Eriks Freundin Blue stellte ihn mir vor: Dominik Carlson, der Besitzer der Arizona Vengeance persönlich.

Er bedankte sich bei mir für die Hilfe, die ich Tacker gebe, und überreichte mir den Schlüssel für den Traktor. Ohne großes Trara schloss er sich einer der Arbeitsgruppen an und arbeitete selbst mit.

Das Schönste an dem Tag war, mit Blue und ihrem Bruder Billy zusammen zu sein. Erik hatte sie in einem behindertengerechten Van hergebracht, in dem Billy hinten im Rollstuhl mitfahren konnte.

Er hat Sprachstörungen und drückt sich kaum verbal aus, doch ich bin in der Lage, mit ihm zu kommunizieren. Er ist ein erstaunlich glücklicher junger Mann, der mit purer Freude reagierte, als ich ihm die Ranch und die Tiere zeigte. Außer den Pferden haben wir noch ein paar Ziegen, Hühner und zwei liebevolle Hunde.

Momentan hat er eins der nigerianischen Zwergziegenbabys auf dem Schoß. Ich reichte ihm eine Milchflasche und ermunterte ihn, diese im richtigen Winkel zu halten und das Baby zu füttern. Sein Lächeln ist strahlend. Blue lehnt in der Ecke des kleinen Bereichs des Ziegenstalls und betrachtet ihren Bruder mit reiner Liebe. Nachdem ihre Eltern gestorben waren, hat sie die Pflege ihres Bruders übernommen.

Ich schaue über die Schulter zum Stall und sehe die Frauen der Spieler an den langen Tischen arbeiten, wo sie so viel Essen hinstellen, dass jeder satt werden wird, wenn sie alle von der Arbeit kommen. Zwei Spieler haben den großen Gasgrill bemannt, und Rauch und Fleischduft erfüllen die Luft.

„Ich kann nicht glauben, dass Tacker das alles auf die Beine gestellt hat", sage ich zu Blue und wende mich wieder an Billy. Leicht ändere ich seine Handhaltung an der Flasche. „So … am besten so halten."

„Ooo-kay", antwortet er grinsend.

„Du machst das toll", lobe ich ihn.

„Tacker ist ein völlig anderer Mensch geworden",

sagt Blue.

Ich lächele. Zwar darf ich keine Details verraten, aber ich kann ihn loben. „In den letzten zwei Wochen ist er ganz schön weit gekommen."

„Heute früh hat er gelächelt und ich wäre fast umgekippt", sagt Blue theatralisch. Dann sieht sie ihren Bruder an. „Allerdings hat er Billy schon immer angelächelt. Tacker hat eine bemerkenswerte Freundschaft mit ihm. Und auch wenn er sich der Welt total verschlossen hat, dann doch niemals meinem Bruder."

Gelächter schallt herüber und wir schauen beide zum Stall. Jetzt trudeln die hungrigen Arbeitskräfte ein. Drei Stunden haben sie schwer geschuftet. Es ist geplant, nach dem Essen noch zwei Stunden weiterzumachen. Ich bin total hin und weg, dass sie einen ganzen Tag freiwillig arbeiten, was ich niemals zurückzahlen kann.

„Billy", sage ich und nehme ihm die Flasche und die Ziege ab. „Sieht so aus, als ob es Zeit fürs Essen ist."

Und wieder bekomme ich ein strahlendes Lächeln von ihm.

Wir gehen zu der anwachsenden Meute hinüber, und ich werde weiteren Menschen vorgestellt, die ich bisher noch nicht gesehen habe. Ich mache Small Talk und weise die Leute auf die Kühlboxen mit Wasser, Limo und Bier hin. Dann gehe ich zu den Tischen mit dem Essen, um mich zu versichern, dass alles bereit ist, doch ich werde von Dax' Frau Regan beruhigt, dass sie alles unter Kontrolle habe. Sie packt mich an den Schultern und schiebt mich in die Schlange, die für Teller ansteht, damit ich mir ebenfalls etwas zu essen hole.

Als ich meinen vollen Teller habe, sehe ich mich nach einem Sitzplatz um. Ich erspähe Tacker mit einer Flasche Wasser am Zaun der Koppel. Er unterhält sich mit Dominik Carlson. Eine gute Gelegenheit, ihm noch einmal für seine Großzügigkeit zu danken. Als ich näher gehe, merke ich, dass Tacker mich ansieht. Zwar hört er Carlson weiterhin zu, doch sein Blick ruht auf mir. Er lächelt und seine Augen scheinen zu sagen: *„Schön, dass du herkommst."* Außerdem strahlt er aus, dass er sich zwar Mühe unter all den Menschen gibt, aber ich so etwas wie ein Rettungsring für ihn bin.

Dominik lächelt mich ebenfalls an.

Ich reiche Tacker meinen Teller. „Sie müssen etwas essen."

Er nimmt ihn mir ab, schaut ihn an und dann mich. „Aber Sie müssen auch essen."

„Ich hole mir gleich etwas." Ich sehe Dominik an. „Ich kann Ihnen gar nicht genug für den Traktor danken. Das ist großzügiger, als ich es verdient habe."

„Oh, das bezweifle ich", antwortet Dominik, sieht kurz Tacker an und dann wieder mich. „Ich finde die Ranch erstaunlich und Ihre Arbeit ist unglaublich. Ich freue mich wirklich, helfen zu können."

„Nun, dann nochmals vielen Dank. Mit Ihrer Spende kann ich hier einiges verändern."

Dominik wird von etwas hinter mir abgelenkt.

Ich drehe mich um. Es ist nur eine Gruppe Spieler, aber Dominik ist ganz offensichtlich an ihnen interessiert. „Wenn Sie beide mich jetzt entschuldigen würden …“ Ohne einen Blick zurück, geht er auf die Gruppe zu.

„Er steht auf Dax' Schwester“, sagt Tacker mit einem leisen Lachen. „Ich nehme an, er will ihn über sie ausfragen, solange er die Gelegenheit hat.“

Neugierig verrenke ich mir den Hals. Tatsächlich steuert Dominik direkt auf Dax zu, der an einem Picknicktisch sitzt und sich über seinen Teller mit Spareribs beugt.

„Dax' Schwester?“, frage ich nach.

Tacker zuckt mit den Schultern, nimmt den Teller in seine gesunde Hand und mit der anderen die Plastikgabel vom Rand. Er gabelt etwas von dem Kartoffelsalat auf. „Für mich ist das alles nur Klatsch und Tratsch, aber die Jungs lieben es, zu plaudern.“

Ich kichere und lehne mich an den Zaun. „Oh, interessant, erzählen Sie!“

Tacker steckt sich die Gabel in den Mund. Beim Kauen deutet er kurz zu dem Tisch, an dem sich Dominik neben Dax gesetzt hat, der aussieht, als wäre es ihm unangenehm.

Tacker schluckt seinen Bissen. „Neulich beim Training hat Legend erzählt, dass Dominik vor einem Monat auf einer Rookie-Party erschienen ist, wo sich auch Dax' Schwester aufgehalten hat. Anscheinend kamen die beiden zusammen. Seitdem umgarnt er sie, aber sie lässt ihn abblitzen.“

„Wie romantisch." Ich seufze und frage mich, was für eine Frau wohl einen Mann wie Dominik Carlson abblitzen lässt.

Tackers Lippen verziehen sich zu einem schrägen Lächeln. „Sie sind eine Romantikerin, was?"

„Kommt auf die Situation an. Und Sie?"

„Früher hätte man mich wohl einen Romantiker nennen können. Ist eine Weile her."

Ich freue mich, dass Tacker so gelassen über seine Vergangenheit und darüber, wer er einmal war, reden kann; seinem Tonfall ist keine Furcht anzuhören. Ich möchte aber nicht, dass es jetzt peinlich wird. Tacker kann am besten mit kleinen Dosierungen an Gesprächen umgehen. Also tätschele ich seinen Arm und deute auf die Picknicktische. „Sie sollten sich jetzt unters Volk mischen, lauschen und mir später berichten, wie sich die Sache mit Carlson entwickelt hat."

Tacker lacht in sich hinein. „Okay."

Ich sehe zu, wie er zu seinen Freunden schlendert. Seinen Teamkameraden. Die ihn immer unterstützt haben und so langsam etwas von ihm zurückbekommen. Ich hege große Hoffnungen für diesen Mann und versuche, den kleinen Funken persönlicher Zuneigung in mir zu ignorieren, der allmählich entsteht. Ich mag alle meine Klienten und sorge mich um sie. Doch mit Tacker verbindet mich ein ähnliches Trauma. Es ist lange her, seit ich jemandem so nahegekommen bin.

Mein Magen knurrt und ich fühle mich von Spareribs, Kartoffelsalat und gebackenen Bohnen magisch angezogen. Nach dem Essen möchte ich mitarbeiten gehen, denn Blue will Billy nach Hause bringen, weil es ein anstrengender Tag für ihn war.

Ich belade meinen Teller, nehme mir eine Flasche Wasser und meide den Tisch, an dem die Topspieler sitzen. Tackers Anwesenheit hat sie alle angezogen.

Raul sitzt neben dem Stall und hat einen vollen Pappteller auf dem Schoß. Ich wandere zu ihm hinüber und setze mich neben ihn.

„Wie geht es dir?", frage ich. Ich hatte gehofft, dass er heute nur den Aufseher mimen und den Jüngeren Aufgaben geben würde, aber wie ich ihn kenne, ist dem wohl eher nicht so.

„Bin fit wie ein Turnschuh." Er beißt in ein Stück Maisbrot.

„Kannst du dir das mit dem Traktor vorstellen?" Ich bin immer noch erfreut über diese Spende. „Ist dir klar, was wir damit alles anstellen können?"

„Gute Nacht, kleiner Trecker." Raul lacht und schickt geistig unseren Mini-Traktor in Rente.

Schweigend essen wir, bis Raul den Blick hebt und ihn über die schweißglänzenden Leute schweifen lässt, die lachen, herumalbern und das Essen genießen.

„Durch Tacker hast du einen neuen Freundeskreis erschlossen. Glaub mir, diese Leute werden schon allein aus Dankbarkeit, dass du ihrem Kumpel hilfst, der Ranch treu bleiben."

„Ich habe gar nichts Besonderes gemacht", wende ich ein, denn mein Job ist es, einfach nur zuzuhören und Mut zu machen. „Tacker hat die harte Arbeit ganz allein getan. Ich bin stolz auf ihn." Ich esse von dem Kartoffelsalat, der so gut ist, dass ich gleich noch eine Gabel voll nehme. „Ich freue mich schon auf das Spiel, wenn die Jungs wieder zu Hause sind."

Raul lacht in sich hinein. „Eishockey ist ein klasse Sport."

Ich wusste, dass Raul begeistert sein würde. Er liebt jeden Sport. Wenn er sich nicht gerade den Hintern abarbeitet, finde ich ihn meistens vor dem Fernseher und dem Sportkanal.

„So", sagt er lang gezogen, was bedeutet, dass jetzt ein Themawechsel folgt. Seinem Ton nach zu urteilen, ein radikaler. „Morgen wird es anstrengend für dich. Magst du mal von der Ranch wegkommen und etwas unternehmen? Kino vielleicht?"

Ein ungutes Gefühl macht sich in meinem Bauch breit, doch die Liebe dieses Mannes, der immer auf mich achtet, spült es sofort wieder weg. Er hat neunzehn Geburtstage mit mir erlebt und weiß, wie schwer diese Tage für mich sind.

Morgen ist der 3. März und ich werde zweiunddreißig.

Außerdem ist es der Jahrestag der Attacke der Serben und zwanzig Jahre her, seit ich zusehen musste, wie mein Großvater, Vater und Bruder ermordet wurden. Zwanzig Jahre, seit meine Schwester von Soldaten vergewaltigt wurde, während ich zusehen musste, obwohl ich noch um den

Rest meiner Familie weinte.

Seitdem habe ich meinen Geburtstag nie wieder gefeiert. Hatte nie das Bedürfnis danach. Helen akzeptierte meine Entscheidung. Stattdessen feierten wir den Tag meiner Adoption, der im November ist. So konnte auch ich einen Geburtstagskuchen haben und Geschenke, wie alle anderen Kinder.

Doch am 3. März versuche ich stets, so normal wie möglich weiterzuleben, ohne das Leid zu verdrängen. Verdrängen ist nämlich unmöglich. Aber es erinnert mich daran, dass ich ein ziemlich normaler Mensch geworden bin. Ich habe vieles überwunden. Obwohl es mich immer noch traurig macht und ich um meine Familie trauere, blühe ich auf.

„Morgen wird es mir gut gehen." Ich schenke ihm ein verlegenes Lächeln. „Außerdem … bist du nicht schon scharf darauf, morgen den neuen Trecker auszuprobieren? Das macht viel mehr Spaß als Kino."

Raul beugt lachend den Kopf nach hinten. Sein Hut stößt an den Stall und fällt herunter. Amüsiert sieht er mich an. „Na gut. Ich mache dir ein unfeierliches Frühstück und dann spielen wir mit dem Trecker."

KAPITEL 14

Tacker

Ich weiß ums Verrecken nicht, wieso es sich so falsch anfühlt, von Nora wegzugehen und mich zu meinen Teamkameraden zu setzen.

Vielleicht, weil ich mich lieber mit ihr als mit ihnen unterhalte. Auf jeden Fall sehe ich sie lieber an als die Jungs. Vor wenigen Minuten dachte ich, dass sie die schönste Frau ist, die ich je gesehen habe, als sie mit dem Teller auf mich zukam.

Ja, ich hatte ein schlechtes Gewissen, denn sie ist nur meine Therapeutin und außerdem nicht MJ.

Aber MJ ist nicht mehr da. Du darfst andere Frauen schön finden, Tacker.

Nicht wirklich, Arschloch.

Doch, wirklich.

Und deswegen entferne ich mich von ihr nach der kurzen Unterhaltung. Die Wahrheit ist, dass ich gehen muss, *weil* ich so gern weiter mit ihr reden möchte.

Ich gehe zum Picknicktisch, an dem Dominik, Dax, Legend und Aaron sitzen. Der Tisch ist schmal und die Jungs sind breit, also quetsche ich mich ans Ende und stelle den Teller ab. Dominik und Dax unterhalten sich hitzig. Aaron und Legend hören grinsend zu.

„Zum letzten Mal", sagt Dax frustriert. „Ich werde dich nicht mit meiner Schwester verkuppeln."

Dominik bleibt gelassen. „Dafür brauche ich deine Hilfe nicht, sondern um mir zu verraten, wie ich sie dazu bringen kann, mich nicht mehr links liegen zu lassen."

„Kommt nicht infrage", murmelt Dax.

„Warum nicht? Ich bin intelligent, erfolgreich und behandele sie wie eine Königin."

Dax beugt sich ihm entgegen und verengt die Augen. „Ich habe deine Königinnen gesehen. Davon gibt es jede Menge."

Dominik zuckt mit den Schultern. Ich sehe Aaron an und lese in seinem Ausdruck, dass das hier echt spannend und aufregend ist. Ich schaue wieder Dominik an, der sich immer noch gelassen an Dax wendet.

„Sieh mal … deine Schwester hat offensichtlich etwas gegen feste Beziehungen, also warum ist es schlimm, wenn ich genauso denke? Sie ist erwachsen und kann selbst entscheiden, ob sie mit mir ausgehen will oder nicht."

„Ganz genau. Also frag sie doch selbst."

„Würde ich ja gern, wenn sie auf meine Anrufe und Nachrichten antworten würde. Es ist, als wäre sie von der Erdkugel gefallen."

„Kosovo", sagt Dax.

Bei dem Wort heben sich Dominiks Augenbrauen und mir zieht sich der Magen zusammen.

Ich werfe einen Blick zum Stall, neben dem Nora und Raul sitzen und essen. Sie sind weit genug weg, um die Unterhaltung nicht zu hören.

Glaube ich zumindest.

„Was zur Hölle macht sie im Kosovo?", will Dominik wissen.

Ich schaue wieder zu Nora, doch das hat sie anscheinend auch nicht gehört.

„Was soll die Frage?", antwortet Dax genauso aggressiv. „Das geht dich gar nichts an."

„Okay", sage ich, stütze mich auf dem Tisch auf und beuge mich vor, sodass ich in ihrem Sichtfeld bin. „Haltet beide sofort den Mund. Der Nächste, der hier das Wort Kosovo sagt, bekommt meinen Gips zu fressen."

Aaron zuckt leicht zurück und Dax blinzelt mehrmals.

Legend murmelt: „Verdammt."

Dominik hebt eine Augenbraue, als ob er sagen will: *„Hast du eben deinem Boss körperliche Gewalt angedroht, obwohl du nur zur Probe im Team bist?"*

Seufzend werfe ich noch einen Blick auf Nora, die über etwas lacht, was Raul gesagt hat. Ich blicke in die Runde meiner Kameraden und wende mich dann an Dominik, da er mein Boss ist und ich mich erklären muss. „Redet einfach nicht mehr so laut über den Kosovo, dass Nora es hören könnte."

„Warum nicht?", fragt Dominik.

„Weil sie den Krieg dort miterlebt und ihre ganze Familie verloren hat."

„Oh Scheiße", sagt Aaron und sieht zu ihr rüber.

„Was ist passiert?", fragt Dax.

Ich weiß nicht, wie viel ich erzählen kann. Nora hat nie gesagt, es sei ein Geheimnis, außerdem kam es in den Nachrichten. Dennoch hat sie es mir anvertraut, und bis sie etwas Gegenteiliges sagt, bleiben die Details unter uns. „Sagen wir mal so: Sie musste mitansehen, was mit ihrer Familie gemacht wurde, und das war grauenvoll. Und morgen jährt es sich zum zwanzigsten Mal.“

„Jesus“, flüstert Dominik und macht ein mitfühlendes Gesicht.

„Das hat dir bestimmt geholfen, dich ihr zu öffnen, oder?“, fragt Aaron.

Er ist mein bester Freund und ich kann ihn nicht belügen. „Allerdings. Ich schulde ihr etwas, dass sie es mir anvertraut hat. Das hat es mir wirklich leichter gemacht, über meinen Mist zu reden.“

„Sie scheint eine außergewöhnliche Frau zu sein“, sagt Dominik nachdenklich und schaut in ihre Richtung. „Sie hat es geschafft, dass du brummiger Kerl schon wieder halbwegs lachst.“

Alle lachen erleichtert, denn es ist eben ganz schön ernst geworden.

Irgendwie scheint in letzter Zeit alles um mich herum ernst zu sein. Ich bin froh über die Momente, in denen ich einfach nur mit dem Team lachen kann.

„Okay, dann gehen wir wieder an die Arbeit“, sagt Aaron, erhebt sich und nimmt seinen Teller mit.

Dax und Legend folgen ihm, werfen ihre Pappteller in den bereitstehenden Mülleimer und nehmen sich Wasserflaschen aus den Kühlboxen.

Dominik bewegt sich jedoch nicht. Ich frage mich, ob er jetzt Feierabend macht oder mit uns weiterarbeitet. Gedankenverloren starrt er in die Ferne.

Ich mag mir gar nicht vorstellen, was er in seinem Hirn alles kalkuliert.

„Ich bin echt froh, dass du hier bei Nora gelandet bist", sagt er schließlich.

„Ich auch", gebe ich zu. Dieser Dr. Dummfick hätte bestimmt alles nur noch schlimmer gemacht.

„Hast du schon darüber nachgedacht, mit ihr auszugehen?", fragt Dominik vorsichtig.

Von dieser Frage überrumpelt verschlucke ich mich. Ich fange an zu husten und Dominik bietet mir seine Flasche Wasser an. Ich durchspüle meine Kehle damit und nutze die Zeit, mich zu beruhigen, damit ich ihn nicht beleidige, sobald ich wieder atmen kann.

Er betrachtet mich schweigend und wartet darauf, dass ich irgendwas sage.

Ich versuche, den Coolen zu mimen. „Wie bitte?"

„Mit Nora ausgehen?", wiederholt er fragend.

„Warum sollte ich das tun?", antworte ich empört. „Sie ist meine Therapeutin, um Himmels willen."

Allerdings fühle ich mich aus anderen Gründen zu ihr hingezogen.

Schuldgefühle überrollen mich, und ich komme mir vor, als hätte ich allein mit diesem Gedanken MJ betrogen.

Fuck!

„Wen juckt es, dass sie deine Therapeutin ist? Ihr zwei wärt sicher nicht die Ersten, die eine moralische Regel brechen."

Das ist einfach lächerlich. Ich hebe eine Augenbraue. „Dir ist schon klar, dass du mir die Therapie verordnet hast, damit ich im Team bleiben kann. Und jetzt versuchst du, das zu sabotieren?"

„Nein", sagt er und droht mit dem Zeigefinger. „Ich sabotiere gar nichts. Ich weise nur auf etwas hin, was für euch beide gut sein könnte. Ihr habt offenbar eine Verbindung. Einen Draht zueinander, sozusagen."

Warum musste er das unbedingt aussprechen, denn jetzt hat er mir die Möglichkeit aufgezeigt. Es ist fraglich, ob ich von selbst darauf gekommen wäre, aber jetzt ziehe ich es sogar in Erwägung. Hilfreich ist auch nicht, dass ich von ihr bezaubert bin und mich körperlich zu ihr hingezogen fühle. Das alles habe ich unter Verschluss gehalten, denn ich schätze sie zu sehr als meine Therapeutin.

Verflucht sei Dominik, denn jetzt hat er mir einen Floh ins Ohr gesetzt.

Er steht vom Tisch auf und klopft zur Bekräftigung kurz mit den Fingerknöcheln auf die Platte. „Ich sage ja nicht, dass du darüber nachdenken sollst, aber sei offen für alles."

Ich nicke bestätigend, weil er der Teambesitzer ist und ich nicht respektlos erscheinen will, und gebe vor, zu tun, was er vorschlägt. Aber auf keinen Fall werde ich auf diese Weise an Nora denken.

Auf gar keinen Fall.

Dominik geht in Richtung Nora und Raul. Beide stehen auf und schütteln ihm die Hand, was bedeutet, dass er wohl vorhat, zu gehen. Auch wenn er mich soeben durcheinandergebracht hat, bin ich doch sehr beeindruckt, wie sehr er persönlich an seinem Team interessiert ist. Hierher zu kommen, Nora einen Traktor zu schenken … Ich gebe es nur ungern zu, weil er das mit Nora und mir vorgeschlagen hat, aber er ist ein guter Mensch.

Regan geht an mir vorbei und hält an, um mich zu fragen, ob ich irgendwas brauche. Ich habe noch nicht viel gegessen, setze mich wieder hin, greife nach einem Rib und schüttele den Kopf. „Ich muss noch aufessen. In fünf Minuten bin ich wieder arbeitsbereit.“

„Okay“, sagt sie und will weitergehen.

Aber dann fällt mir etwas ein, woran ich schon ein paar Tage denke. „Hey, Regan!“

Sie dreht sich um. „Ja? Was ist?“

„Ich brauche morgen früh Hilfe beim Backen.“

Regan tritt näher und runzelt die Stirn. „Beim Backen?“

„Ja. Einen Kuchen. Und ich kann gar nicht backen oder kochen. Ich könnte Hilfe brauchen.“

„Aber morgen habe ich keine Zeit“, sagt sie bedauernd. „Ich habe Dienst in der Klinik.“

„Oh, okay. Macht nichts, kein Problem.“

Lächelnd geht sie zu Dax, Aaron und Legend hinüber. Heute durfte sie auf Dax' Befehl hin nicht mitarbeiten. Sie blieb hier beim Stall und half mit dem Essen und unterhielt sich mit den anderen Frauen. Regan fügt sich in die Teamfamilie wunderbar ein.

„Wir fahren jetzt, Tacker“, sagt Erik. Ich drehe mich zu ihm um. Er schiebt Billys Rollstuhl und

Blue geht hinter ihm her. „Er ist müde und wir bringen ihn nach Hause.“

Es war klar, dass sie nicht lange bleiben würden, und ich bin ihnen dankbar, dass sie überhaupt gekommen sind. Ich reiche Erik die Hand. „Danke, dass ihr da wart, Bro.“

„Danke für die Einladung“, sagt Blue lächelnd. „Es hat Billy sehr viel Spaß gemacht.“

Billy lächelt matt. Er ist total erschöpft.

Ich strecke ihm meine Faust hin. „Faustgruß?“

Sein Lächeln wird etwas breiter. Er kann seine Hand nicht vollständig ausstrecken, sodass ich ihm mit meiner entgegenkomme. Billy lacht auf und gähnt dann.

Sie gehen weiter, aber dann fällt mir ein, Blue zu fragen. „Blue, kannst du backen?“

Sie dreht sich zu mir um. „Äh … ja. Wieso?“

„Morgen früh brauche ich echt Hilfe, etwas zu backen. Sonst versaue ich es total. Aber das darf nicht passieren, es ist wichtig.“

„Nein, nein, nein“, antwortet Erik und rollt Billy wieder auf mich zu. „Morgen hast du mir deine Zeit versprochen, Babe, weißt du noch?“

Blue wirkt unschlüssig, denn anscheinend habe ich gerade die Pläne der beiden gestört. Aber egal, ich brauche wirklich Hilfe für mein wichtiges Vorhaben. Also spiele ich eine Karte aus, die ich eigentlich nie einsetzen wollte. Ich sehe Erik bohrend an. „Weißt du noch, als du mich um einen Gefallen gebeten hast und ich ihn dir, ohne zu zögern, getan habe?“

Erik lässt die Schultern sinken und nickt.

Als es zwischen ihm und Blue nicht gut gelaufen ist, hat er mich gebeten, für ihn nach Billy zu sehen. Ich war suspendiert und es machte mir nichts aus. Doch er sagte, dass er mir was schulde und ich die Schuld jederzeit einfordern könne.

„Ich brauche sie nur für eine Stunde oder so, Mann. Und es kann auch früh sein, dann stört es eure Pläne nicht."

„Ich helfe dir gern", sagt Blue lächelnd und legt eine Hand auf Eriks Schulter. „Wäre um sechs okay?"

Fuck, das ist früh. Aber ja, das geht. „Klingt super. Vielen Dank."

„Was backen wir denn?"

„Shendetlie."

„Was ist denn das?"

„Keine Ahnung, aber das finde ich heute noch heraus und besorge die Zutaten. Können wir das bei dir zu Hause machen? Ich habe keine Backsachen in meiner Küche."

„Na klar", antwortet sie und wirkt gespannt.

Ich hoffe, dass ich das Richtige tue, wenn ich das für Nora mache. Es bedeutet ihr etwas, aber morgen wird auch ein schwerer Tag für sie sein. Aus Dankbarkeit möchte ich gern etwas Nettes für sie tun, und damit sie weiß, dass sie in mir einen Freund hat, auf den sie zählen kann.

KAPITEL 15

Mit Leichtigkeit bewältigt Starlight den steinigen Pfad, ihr Gang ist gleichmäßig und selbstsicher. Vor zwei Jahren habe ich sie vor dem Schlachter gerettet. Sie wurde von ihren Besitzern einfach aufgegeben, denn sie war ein bisschen hinterlistig. Bei mir auf der Ranch ist sie allerdings das liebste Pferd der Welt. Ich glaube, sie weiß, dass sie gerettet wurde, und hat ein neues Kapitel aufgeschlagen.

Sie ist der Beweis dafür, dass jeder Glück finden kann, auch nach den schlimmsten Zeiten.

Ich nehme an, so ein Beweis bin ich auch.

Heute jährt sich wieder einmal der schlimmste Tag meines Lebens, und doch habe ich mich nie so lebendig und frei gefühlt. Auf Starlight über meine eigene Ranch zu reiten, auf der ich anderen helfe, zu heilen, ist ein Symbol dafür, dass ich mich vor diesem Tag nicht zu fürchten brauche.

Ich darf traurig sein. Ich darf daran zurückdenken. Ich darf wieder trauern.

Aber ich darf auch alles hinter mir lassen, wenn ich genug habe, und mein Leben genießen, das ansonsten hell und strahlend ist.

Wie erwartet begann der Tag mit dem Duft eines leckeren Frühstücks. Raul war in meiner Küche und machte Huevos Rancheros für mich, Eier nach Rancher-Art. Nach dem Frühstück mit starkem

Kaffee verrichteten wir wie immer unsere tägliche Arbeit. Tiere füttern, Ställe ausmisten, Wasser in die Tröge füllen, die Pferde bewegen, die heute nicht für Aktivitäten eingeteilt sind. In vielerlei Hinsicht ist es ein ganz normaler Tag. Ich wachte ein Jahr älter auf und beginne ein neues.

Geburtstage sollten bedeuten, das Leben zu feiern, doch an meinem klebt einfach zu viel Tod. Deshalb hatte ich Helen gebeten, ihn nicht zu feiern. Das war ihr in ihrer Mutterrolle schwergefallen. Sie wollte mir alles schön machen. Aber sie verstand und respektierte es. Helen wusste, wie frisch alles noch für mich war, und nahm stets Rücksicht auf mein Trauma, dass ich meine Familie verloren hatte, und mit einer Fremden in ein anderes Land gezogen war und eine neue Sprache lernen musste. Also stimmte sie zu, an meinem eigentlichen Geburtstag nicht zu feiern.

Im darauffolgenden Jahr bat ich sie um dasselbe. Und so weiter, bis es zur Gewohnheit wurde. Mit Mitte zwanzig hatte ich mehr Jahre ohne als mit Geburtstagsfeier hinter mir und dann war es ganz normal geworden.

Nüchtern betrachtet führten wir im Kosovo ein ärmliches Leben. Dad war ein Bauer. Wir hatten kein Geld für Geburtstagstorten, Luftballons und Geschenke. Wir hatten kaum genug zu essen. Eine Feier bedeutete also nur, dass Besjana einen Kuchen backte. Er war einfach und süß, und mehr brauchten wir nicht.

Allerdings feierte ich mit Helen den Tag meiner

Adoption. Zusammen zelebrierten wir, dass ich in ihre Familie gekommen war. Helen hatte nie geheiratet. Während ich bei ihr lebte, ist sie nicht einmal mit einem Mann ausgegangen. Sie behauptete stets, glücklich damit zu sein, mich allein großzuziehen, und ich freute mich natürlich darüber, dass ich ihre volle Zuneigung hatte. Sie hatte aufgehört, für die NATO zu arbeiten, und beschränkte sich darauf, Familientherapeutin zu sein.

Ich trat in ihre Fußstapfen, denn es hatte mich so tief berührt, was sie für mich getan hatte und wie sie anderen half, dass ich mir gar keinen anderen Beruf vorstellen konnte.

Helen besaß keine große Familie, die ihr nahestand. Sie hatte einen eigenwilligen Bruder im Osten, den ich nur zweimal getroffen habe und der an der adoptierten Nichte kaum interessiert war. Helens Eltern waren gestorben und etwaige Tanten, Onkel, Cousins oder Cousinen, die ich haben könnte, sind mir nicht bekannt. Helen war eine Reisende, eine Pionierin, hielt sich die meiste Zeit ihres Lebens in von Kriegen geschüttelten Ländern auf und half den Opfern.

Es gab also nur sie und mich. Ihr Tod hat eine riesige Lücke hinterlassen. Glücklicherweise konnte ich sie mithilfe meiner Arbeit ganz gut schließen. Die Ranch füllt sie aus. Nach der Arbeit sattelte ich daher Starlight und ritt aus.

Die Sonne fühlt sich wunderbar an, die Vögel zwitschern und die Wüstenlandschaft gibt mir innere Ruhe. Arizona ist mein wahres Zuhause und Drenica liegt weit hinter mir. Mein Leben ist erfüllt und komplett.

Starlight und ich bleiben nicht lange fort. Nach einer halben Stunde reite ich zurück, halte nur einmal kurz an, um mir eine lange Schlangenhaut anzusehen, die eine Klapperschlange hinterlassen hat. Ich liebe die Natur, auch ihre beängstigende Seite. Kurz überlege ich, ob ich sie einsammeln und Tacker zeigen soll, aber dann verwerfe ich die Idee. Wenn er erfährt, dass ich sie auf dem Pfad gefunden habe, bekomme ich ihn nie wieder in den Sattel.

Gemütlich reite ich zurück und denke darüber nach, Starlight auf der Koppel eine Weile rennen zu lassen, aber da sehe ich, dass Tackers Auto daneben parkt. Mein Puls beschleunigt sich kurz. Raul und Tacker stehen hinter der Ladefläche des Pick-ups und haben die Arme darauf gestützt.

Ich weiß nicht, warum Tacker hier ist. Heute ist keine Sitzung geplant. Nach dem Tag voller Arbeit gestern wird er kaum schon wieder zum Arbeiten hergekommen sein. Das wäre viel zu viel des Guten von seiner Seite aus.

Die Männer hören Starlights Schritte auf dem Kies und drehen sich um. Tacker sieht mir direkt in die Augen. Er lächelt mich ungezwungen an, ohne zu merken, was für ein Fortschritt das für ihn ist.

Ich erwidere sein Lächeln. „Was machen Sie denn hier?" Ich steige ab und reiche Raul Starlights Zügel, der sie mir abnimmt.

Er führt das Pferd fort und Tacker deutet auf die Ladefläche seines Pick-ups. Ich trete näher und schaue darauf. Sie ist mit Säcken voller Hühnerfutter beladen.

Fragend hebe ich die Augenbrauen.

„Ich habe bei dem Landmaschinenladen angehalten und siehe da, Hühnerfutter war im Angebot. Davon können Sie ja nie genug haben."

„Oh mein Gott." Erstaunt lege ich eine Hand an meinen Hals. Spenden sind stets willkommen, doch sie sind selten. Jedes bisschen hilft. „Vielen Dank, Tacker."

„Kein Ding." Seine Wangen färben sich leicht rosa.

Da es ihn verlegen macht, mache ich keine große Sache daraus.

Aber es *ist* eine große Sache.

Noch vor drei Wochen hätte sich Tacker nicht einmal die Mühe gemacht, für jemanden auch nur einen Finger zu rühren. Und jetzt handelt er völlig selbstlos. Das ist ein wichtiger Schritt, denn wie ich ihm bereits erklärt habe, ist anderen zu helfen ein Akt der Heilung.

„Ich habe noch etwas für Sie", sagt er leicht unsicher und vorsichtig.

Ich kann mir nicht erklären, woher seine Unsicherheit kommt, doch ich lächele ihn ermutigend an. „Was denn?"

Er geht zur Beifahrerseite. „Ich weiß nicht, ob er gut ist oder nicht. Da ich ihn selbst gemacht habe, wahrscheinlich nicht. Ich hatte aber Hilfe dabei.

Sollte er nicht gelungen sein, schiebe ich es auf Blue, aber ...“

Er beugt sich in den Wagen, und ich stelle mich hemmungslos hinter ihn, um zu sehen, was er da hat. Er holt einen Kuchenbehälter aus Plastik hervor. Durch den milchigen Deckel kann ich nicht erkennen, was sich darin befindet.

Tacker dreht sich um, öffnet die seitlichen Laschen und hebt den Deckel ab.

Mir klappt der Mund auf. „Shendetlie“, wispere ich. Seit Jahren habe ich keinen mehr gesehen und ich bekam in meiner Jugend nur wenig davon, doch nie werde ich ihn vergessen. Ich beuge mich vor und atme den Duft von Honig und Walnüssen ein. Ich erinnere mich noch daran, wie Besjana den simplen Kuchen, gefüllt mit Nüssen und gesüßt mit Honig, gemacht hat. Gebacken und vollgesogen mit dem Sirup erinnert der Teig an Biskuit.

Tacker räuspert sich. „Wie gesagt, ich weiß nicht, ob er auch schmeckt, aber ...“

Ich sehe ihn an.

Tacker wird feuerrot und wirft einen Blick zum Stall, als hoffte er, von Raul Unterstützung zu bekommen, denn er scheint sich hilflos zu fühlen. Dann sieht er mich wieder an. „Hoffentlich ist das nicht taktlos. Ich weiß, dass Sie heute Geburtstag haben und Sie das an den schlimmsten Tag Ihres Lebens erinnert. Ich bin kein Therapeut und weiß nicht, ob es hilfreich oder schrecklich ist, aber ich hatte das Gefühl, dass Sie heute etwas Bedeutsames bekommen sollten. Sollte ich mich irren, sagen

Sie es mir bitte sofort. Dann werfe ich den Kuchen in den Müll."

Das wärmt mein Herz und ich lege eine Hand auf seinen Arm. Hoffentlich sieht er mir an, wie schön ich das finde. Ich habe einen Kloß im Hals, spreche aber trotzdem. „Das ist das Schönste überhaupt. Wirklich."

Tacker atmet erleichtert aus. „Fuck sei Dank. Ich habe die ganze Zeit daran gezweifelt. Das Hühnerfutter habe ich wohl nur mitgebracht, damit ich wenigstens etwas habe, falls das mit dem Kuchen schiefgeht."

Ich lache, und mir gefällt, dass er in der Lage ist, seine Zweifel zuzugeben. Zwar ist Tacker in Wut, Schuldgefühlen und Trauer gefangen, doch er hatte schon immer ein gesundes Ego. Schön, zu sehen, dass er es im Zaum hält, indem er selbstkritisch seine Unsicherheiten zugibt.

„Möchten Sie ein Stück Kuchen mit mir essen?", frage ich.

Er setzt den Deckel wieder auf und schließt die Laschen. „Gern."

In der Küche nehme ich ihm den Behälter ab. „Kaffee?"

„Nein, danke."

„Dann holen Sie bitte zwei Wasserflaschen aus dem Kühlschrank." Ich nehme zwei Teller aus dem Schrank. Während ich den Kuchen schneide, sammele ich meine Gedanken. Nach all den Jahren, in denen ich meinen Geburtstag ignoriert habe, ist das jetzt wie ein lebensveränderndes Ereignis. Nicht auf schlimme Art, aber es trifft mich unvorbereitet.

„Seien Sie ehrlich", sagt Tacker, als ich die Teller zum Tisch trage. Er nimmt seinen Teller entgegen. „Ist das okay? Etwas aus Ihrer Vergangenheit zu bringen, das vielleicht böse Erinnerungen weckt?"

Ich nicke zu dem Stuhl, auf dem Tacker Platz nehmen soll. Es freut mich, als er stattdessen erst meinen hervorzieht und mich Platz nehmen lässt. Ich setze mich und warte, bis er sich auch niedergelassen hat. Der Kuchen ist kurz zur Nebensache geworden.

„Ich meide Erinnerungen nicht, auch wenn sie wehtun", erkläre ich. „Es ist absolut nichts schlimm daran, so etwas wie das hier zu tun. Ich bin nur daran gewöhnt, meinen Geburtstag zu ignorieren und stattdessen den Tag meiner Adoption zu feiern. Ehrlich gesagt habe ich vergessen, wie es sich anfühlt, mich über meine Geburt zu freuen. Also, vielen Dank."

„Nein, ich habe zu danken", sagt er ernst. „Ich wollte Ihnen nur zeigen, wie dankbar ich für Ihre Hilfe bin."

Ich schüttele den Kopf und ziehe den Teller näher zu mir. „Ich mache nur meine Arbeit."

„Nein", antwortet er und nimmt seine Gabel in die Hand. „Sie haben mir Ihre Geschichte erzählt, was Sie nicht hätten tun müssen. Das ist nicht Teil einer normalen Sitzung. Sie sollen wissen, dass wir jetzt nicht hier sitzen und dieses Gespräch führen würden, hätten Sie das nicht getan. Es hat mir mehr geholfen, als Sie sich wahrscheinlich vorstellen können."

Ich lächele und greife nach meiner Gabel. „Dann bin ich froh, dass ich es getan habe."

„Wird es je leichter? Darüber zu reden, meine ich."

„Ja. Es wird einfacher. Jedes Mal, wenn ich es erzählt habe, einem Therapeuten, einem Lehrer oder einer neuen Bekanntschaft, fiel es mir leichter. Und ich fühlte mich jedes Mal sicherer, dass ich damit umgehen kann."

„Ist es ein Geheimnis?" Er wirkt besorgt.

„Ein Geheimnis? Was mit meiner Familie passiert ist?"

Er nickt und sieht mich intensiv an.

„Himmel, nein." Ich lache leise auf. „Es ist ein Teil von mir und wieso sollte ich es verheimlichen? Warum fragen Sie?"

Er senkt kurz den Blick und sieht mich dann schuldbewusst an. „Weil ich es gestern ein paar Leuten erzählt habe. Wir kamen unabsichtlich darauf, weil Dax' Schwester gerade im Kosovo ist. Sie ist Fotojournalistin und schreibt einen Artikel über den Krieg. Sie haben sich laut darüber unterhalten. Ich bat sie, leiser zu sprechen, damit Sie es nicht hören, und na ja, das warf Fragen auf. Ich habe es ihnen erzählt, selbstverständlich ohne in die Details zu gehen, aber dass Sie dort waren und Ihre Familie verloren haben."

Ohne nachzudenken, lege ich eine Hand auf Tackers auf dem Tisch. Er zuckt leicht zusammen, doch ich greife fest zu. „Das ist in Ordnung. Es stört mich nicht, wenn andere es wissen. Ich schäme mich nicht dafür, und es schmerzt nicht mehr, darüber zu reden. Versprochen."

Erleichtert seufzt er. „Fuck sei Dank."

Lachend lasse ich seine Hand los und schaue auf meinen Teller. „Sollen wir ihn jetzt probieren?"

„Sie zuerst." Er grinst und nickt zu meinem Teller. „Falls er nicht schmeckt."

Ich steche mit der Gabel in den Kuchen, stecke mir einen Bissen in den Mund und lasse ihn mir auf der Zunge zergehen, damit ich den Geschmack lange auskosten kann. Ich stöhne leise und schließe die Augen. „Oh mein Gott", sage ich, den Mund voll mit Honig, Nüssen und dem Himmel. „Schmeckt wahnsinnig gut, Tacker."

Zufrieden mit meiner Reaktion wartet er nicht länger und isst ein Stück. Er nickt zustimmend. „Verdammt süß, aber lecker."

Wir essen in freundschaftlichem Schweigen, und danach stellt Tacker die Teller in die Spüle und will sie abwaschen, doch ich winke ab. „Das mache ich später."

„Okay … dann lade ich das Hühnerfutter ab und mache mich wieder auf den Weg."

„Nochmals vielen Dank", sage ich und gehe, ohne nachzudenken, mit ausgebreiteten Armen auf ihn zu, um ihn zu umarmen.

Er beugt sich leicht vor und akzeptiert die Umarmung. Ich drücke kurz fester zu. Nach kurzem Zögern legt er seine Hände auf meine Taille. So bleiben wir einen Moment stehen.

Nur langsam lösen wir uns voneinander. Seine Wange streift beim Rückzug meine. Ich weiß nicht, ob er es genauso empfindet, aber ich bedauere seltsamerweise das Ende des Körperkontakts. Wir sehen uns nicht in die Augen. Tacker steckt die Hände in seine Hosentaschen und ich trete einen Schritt zurück.

„Wissen Sie", beginne ich, denn ich finde, es muss gesagt werden, „ich bin echt stolz auf Ihre Fortschritte. Sie haben Dinge getan, die Ihnen schwergefallen sein müssen."

„Nur durch Sie."

„Nein, durch Sie selbst."

Er lächelt verlegen. „Es wird mir seltsam vorkommen, Sie nächste Woche nicht zu sehen, weil wir Auswärtsspiele haben."

„Sie haben ja meine Handynummer. Sie können mich jederzeit anrufen, wenn Sie reden wollen."

Sein Blick ist unergründlich. Er nickt und lächelt. „Okay, danke."

„Kommen Sie." Ich deute über meine Schulter. „Ich helfe Ihnen beim Abladen."

Wir gehen in den Stall. Raul ist nirgends zu sehen. Zügig stapeln wir die Futtersäcke in einer leeren Box.

Ich begleite Tacker zu seinem Wagen.

Er öffnet die Tür und sieht mich noch einmal an. „Also dann, bis übernächste Woche, ja?"

„Ja." Tief in mir weiß ich, dass ich mich darauf freuen werde, ihn wiederzusehen. „Wie es am besten in Ihren Zeitplan passt. Wenn nötig, schiebe ich ein paar Termine hin und her." Okay, das klingt ein wenig zu überschwänglich.

„Und Sie und Raul kommen zum nächsten Heimspiel, ja?"

„Das werden wir auf keinen Fall verpassen." Das ist die Wahrheit. Ich freue mich darauf, ein Spiel live zu sehen und Tacker auf dem Eis zu betrachten. Das wird ein besonderes Ereignis.

„Okay", sagt er, macht aber keine Anstalten, einzusteigen. Steht nur da und zögert.

Wenn ich nichts sage, um ihm die Verabschiedung leichter zu machen, starre ich ihn wahrscheinlich einfach nur dumm an. Ich trete zurück und mache eine winkende Handbewegung. „Gute Reise. Geben Sie Ihr Bestes!"

Grinsend steigt Tacker ein. Ich drehe mich Richtung Stall um und höre das Brummen seines Motors.

Noch lange, nachdem der Klang vergangen ist, schwirren Gedanken an Tacker durch meinen Kopf.

KAPITEL 16

Tacker

Ein Sturm an Emotionen überwältigte mich, als ich zum Aufwärmen das Eis betrat. Jetzt, direkt vor dem Spiel, bei dem ich meinen Platz in der First Line im Mittelkreis wieder eingenommen habe, fürchte ich, dass mir die Beine nachgeben werden. Meine Knie sind etwas weich, als ich es begreife.

Ich bin wieder *im Spiel!*

Das nach dem Absturz mein einziger Grund zum Leben war und das mich weitermachen ließ, bis ich erneut sinnbildlich abstürzte.

Als wir vom Teamhotel zum Stadion gefahren sind, hat mir Nora eine Nachricht geschickt. Wir spielen gegen die Seattle Storm, die sich am unteren Ende der Tabelle befinden. Zwar kann man sich nie sicher sein, doch es beruhigt meine Nerven, dass ich beim ersten Spiel bei meiner Rückkehr gegen ein Team antreten muss, das nicht ganz oben steht.

Noras Nachricht war hilfreich. Sie lautete lediglich: *Genießen Sie den Augenblick.*

Damit meinte sie genau diesen Moment, in dem meine Nerven flattern und das Adrenalin mich durchläuft. In dem ich die Fans kreischen höre und die Energie meiner Teamkameraden spüre.

Meine Beine werden kraftvoller und ich drücke den Rücken durch.

Ich bin bereit und ich liebe es.

Der Schiedsrichter begibt sich in den Kreis, in dem Bishop seinem Gegenspieler in Erwartung des Face-offs gegenübersteht. Er sieht mich kurz an und zwinkert.

Ich zucke nicht mit der Wimper. Ich bin verdammt noch mal bereit für das Spiel.

***

Für einen Mann mit Gips, der sich vor fünf Wochen das Handgelenk gebrochen hat und der erst seit zwei Wochen wieder trainiert, habe ich ein verflucht gutes Spiel geliefert. Meine größte Leistung war, mich mit niemandem anzulegen.

Als Center bin ich ein Schütze, kein Kämpfer. Das bedeutet, dass ich Tore schießen soll, statt zu verteidigen und hart gegen die anderen Spieler vorzugehen. Mein Körper ist auch zu wertvoll, um ihn in einem Schlagabtausch zu riskieren, also mische ich kaum in Kämpfen mit. Allerdings hinderte das die Gegner nicht daran, mich zu provozieren. Die Gelegenheit, es dem Kerl mit dem Gips richtig zu geben, war einfach zu verführerisch.

Zwar dürfen Spieler laut den Regeln einen Gips tragen, aber sie dürfen damit nicht kämpfen. Daher habe ich erwartet, dass mich die Spieler an meine Grenzen bringen würden. Die meisten Gegner wären nicht traurig, mich erneut suspendiert zu sehen.

Doch ich blieb das ganze Spiel über cool. Ich

spielte gut, wenn auch nicht überragend, und erfüllte die Erwartungen an mich. Ich hatte eine Torvorlage und ein mächtig schmerzendes Handgelenk, als die letzten Minuten des Spiels heruntertickten.

Jetzt sind noch siebenunddreißig Sekunden auf der Uhr und die Storm liegen 2:0 zurück. Sie haben nichts zu verlieren und nehmen ihren Goalie für einen zusätzlichen Stürmer vom Eis, als sie den Puck erobern. Meine Reihe ist gerade aufs Eis gegangen und unsere Beine sind frisch.

Sie spielen sich den Puck zu und warten auf eine freie Schussbahn auf das Tor. Ich habe Legend den Rücken zugekehrt und schwinge den Schläger.

Die Uhr tickt weiter, die Fans kreischen entsprechend und die Gegner greifen an. Nach einem scharfen Schuss gleitet der Puck an Dax vorbei nach innen. Spieler stürzen sich Richtung Tor, Aaron schlägt den Puck weg und dieser kommt auf mich zu. Bishop konnte sich freispielen und ich spiele einen Pass zu ihm, als er in die neutrale Zone kommt. Ich folge ihm, schaue kurz auf die Uhr. Noch sieben Sekunden. Bishop spielt den Puck über die blaue Linie, und das leere Netz ist direkt vor ihm.

„Tacker!", ruft er.

Zu meinem Erstaunen spielt er den Puck zu mir.

Eine kurze Drehung meines Handgelenks und der Puck gleitet ins Tor.

Bishop hätte mir diesen Punkt nicht überlassen müssen, aber es überrascht mich nicht wirklich.

Das ganze Team hat sich voll bemüht, mir meine Rückkehr so schön wie möglich zu machen.

Alle umzingeln mich. Bishop, Dax, Aaron, Erik und Legend klopfen mir auf den Helm und hauen mit ihren Schlägern sanft gegen meine Waden. Gewinnen oder verlieren, ich bin für diesen Augenblick dankbar. Bin wieder da, wo ich hingehöre, und auf keinen Fall werde ich mir das je wieder vermasseln.

Ich frage mich, ob sich Nora das Spiel angesehen hat, und schimpfe mich nicht einmal dafür aus, darüber nachzudenken.

Ich wünsche mir, dass sie zugesehen hat.

Denn sie hat einen großen Anteil daran, dass ich heute hier bin.

***

In der Spielerkabine feiert das Team den Sieg weiter. Die Kameraden sind laut, machen Witze und schlagen sich mit den Handtüchern auf die Hintern. Bei so etwas habe ich bei den Vengeance bisher nie mitgemacht und ich tue es auch heute nicht. Es ist ein bisschen überwältigend. Obwohl es sich auf dem Eis zurück im Team natürlich angefühlt hat, bin ich jetzt nicht mehr so sicher, ob ich wirklich hierher gehöre. Immerhin habe ich dem Team eine Menge Sorgen bereitet und mich beschissen benommen, sodass sich das hier jetzt echt seltsam anfühlt.

Nach dem Duschen ziehe ich mich an. Wir werden mit dem Teambus ins Hotel fahren. Das nächste Spiel ist erst übermorgen in Los Angeles, sodass wir hier übernachten.

Jemand legte eine Hand auf meine Schulter. Ich drehe mich um und sehe Rafe. „Klasse gespielt, Mann. Gott helfe unseren Gegnern, wenn du erst den Gips los bist."

Ich lächele über sein aufrichtiges Lob. Er wirkt nicht verbittert, dass er in die Second Line zurückmusste. „Danke, Rafe. Das bedeutet mir viel."

Er nickt und geht weiter.

„Also, jetzt mal die Wahrheit. Wie hat es sich angefühlt?", fragt Aaron, als er neben mich tritt. Er hat ein Handtuch um die Hüften. Er setzt sich breitbeinig auf die Bank. „War es cool, wieder auf dem Eis zu sein?"

Ich verziehe das Gesicht und wende den Blick ab. „Mann, ich muss nicht unbedingt dein Gehänge sehen."

Aaron lacht in sich hinein und schlägt sich auf die Schenkel. „Was denn? Die Ladys lieben es. Wyldes Wunderwaffe."

„Du bist einfach widerlich." Ich unterdrücke ein Lachen. Aaron hält sich für Gottes Geschenk an die Frauen, aber zumindest gibt er es offen zu. Er ist ein Frauenmagnet.

Er steht auf und lehnt sich mit ernstem Ausdruck an meinen Spind. „Echt jetzt, wie hat es sich angefühlt? Denn du hast wie ein völlig anderer Mensch gewirkt."

Ich halte im Zuknöpfen meines Hemds inne.

„Wie meinst du das?“

„Ich bin zwar neu im Team, aber ich habe dich im Fernsehen spielen sehen. Du hast immer gut gespielt, aber offensichtlich mit einer Last auf den Schultern. Heute allerdings … Du hast gewirkt, als hättest du den Spaß deines Lebens.“

Wahrscheinlich kann nur Aaron mir so etwas ansehen und es bringt mich zum Lächeln. Er hat verdammt recht. Heute habe ich mich anders gefühlt. Ich senke den Blick auf meine Knöpfe. „Ich habe mich wieder wie ich selbst gefühlt.“

Er legt eine Hand auf meine Schulter und drückt zu. „Das freut mich, mein Freund.“

„Hey, wenn ihr zwei Mädchen mit dem Flirten fertig seid …“, sagt eine tiefe Stimme hinter uns, „ich zähle durch, wer alles mit ins *Flemings* kommt.“ Aaron lässt die Hand sinken und wir drehen uns zu Bishop um. „First-Line-Feier. Bist du dabei? Und du musst Ja sagen, weil es sonst nicht wirklich die gesamte First Line ist.“

Meine erste Reaktion ist, abzulehnen. Meine Teamkameraden sind zwar nie müde geworden, mich überallhin einzuladen, doch ich habe immer Nein gesagt. Sicher würden sie sich nicht wundern, wenn ich jetzt wieder ablehne. Aber Nora kommt mir in den Sinn. *Genießen Sie den Augenblick.*

Irgendwie hilft es mir, zu wissen, dass sie mir praktisch die Erlaubnis gegeben hat, die wiedergefundene Verbindung mit dem Sport und dem Team zu feiern. Ich darf das, ohne mich schuldig zu fühlen.

„Ja, wir sind dabei", sage ich zu Bishop, weil ich weiß, dass Aaron gern mitgehen würde. Er ist immer dafür, abends wegzugehen.

„Wirklich?", fragt Bishop. Er klingt schockiert.

Ich verdrehe die Augen. „Ja, Mann, wirklich."

Bishop schnaubt und entfernt sich. Mir ist klar, dass ich wohl in den kommenden Wochen Ziel dämlicher Bemerkungen und Witze sein werde, wenn ich mich plötzlich ins Team einfüge.

Innerhalb einer halben Stunde sind alle angezogen und im Bus. Die Fahrt zum Hotel dauert nur zehn Minuten. Nach dem Aussteigen gehen wir nicht einmal ins Hotel, sondern laufen direkt zu dem wärmstens empfohlenen schicken Steakhaus namens *Flemings*, das nur ein paar Blocks entfernt ist. Bishop hat uns einen Tisch für sieben Personen reserviert. Zwar handelt es sich um ein Treffen der First Unit, aber Blue als Stewardess im Teamflugzeug ist automatisch mit dabei. Zu einem Eishockeyteam zu gehören, schließt familiäre Dynamik mit ein. Noch nie ist mir das so aufgefallen wie in diesem Team.

Es werden Drinks bestellt, und ich freue mich, dass niemand glaubt, abstinent bleiben zu müssen, nur weil ich es tue.

Bishop erhebt sein Glas und wir tun es ihm gleich. Ich halte mein Eiswasser hoch, und meine Wangen werden heiß, als er sagt: „Auf Tacker! Schön, dich wieder auf dem Eis zu haben, Kumpel, und noch wichtiger, schön, dass du wieder bei uns bist."

Die Betonung auf *bei uns* ist unüberhörbar. Er meint, dass er froh ist, dass ich überwinden konnte, was mich davon abhielt, mich mit meinen Kameraden zu verbinden. Eine persönliche Aussage, die mich etwas beschämt, aber auch erdet. Ich kann jetzt erkennen, dass meine Reise zurück in die Normalität, in ein erfülltes Leben, am Ende belohnt werden wird.

Alle sagen *Hört, hört!* und *Prost!* Ich trinke von meinem Eiswasser und die Gespräche drehen sich sofort um Eishockey.

„Noch fünf Wochen bis zu den Play-offs", sagt Bishop. „Wir haben ein paar große Hürden zu überwinden."

„Das schaffen wir schon", sagt Erik, der Mann mit dem größten Ego.

„Wenn wir so weiterspielen wie bisher", sagt Legend weise.

„Ihr alle habt nach dem Mist, den ich gebaut habe, toll weitergemacht", sage ich zur Gruppe und sehe sie alle an. Zwar bin ich nicht mehr Captain, muss mich aber weiterhin wie eine Führungsperson verhalten. „Es tut mir leid, dass ich euch in diese Lage gebracht habe. Ich werde es wiedergutmachen. Versprochen."

„Bro", sagt Aaron melodramatisch. Er legt einen Arm um meine Schultern, lehnt den Kopf an mich und schluchzt laut auf. „Das hast du verdammt schön gesagt."

Alle lachen. Ich schiebe ihn von mir. „Du Spinner."

Es wird über die Play-offs geredet und wir bestellen unser Essen. Während des Essens reden wir über Familiäres. Bishop spricht von den Hochzeitsplänen mit Brooke im Sommer und teilt uns mit, dass wir uns das Wochenende vom achten Juli schon einmal freihalten sollen. Legend gibt mit seiner Tochter Charlie an und reicht sein Handy herum, damit wir uns die Fotos ansehen. Er hat ebenfalls vor, zu heiraten, will aber mit Pepper irgendwohin durchbrennen. Das bezweifele ich zwar, aber warten wir es ab.

„Am kommenden Wochenende fahre ich auf die Shërim Ranch raus", verkündet Blue und erregt damit meine Aufmerksamkeit. Sie sieht mich an. „Ich bewundere echt, was Nora tut, und man kann dort wunderbar freiwillige Arbeit leisten. Außerdem liebt Billy die Ranch."

„Sie ist eine verdammt coole Frau", bestätigt Erik.

Das kann man nicht leugnen und sollte man feiern. „Ich habe noch nie jemanden wie sie getroffen", erzähle ich meinen Freunden. Die Gespräche versiegen und alle sehen mich erstaunt an, weil ich eine so persönliche Bemerkung mache. Ihre geweiteten starren Augen bringen mich zum Lachen. „Was ist? Habe ich zu viel verraten?"

Bishop schüttelt den Kopf. „Gar nicht, Bro. Du kannst uns alles sagen."

Ich betrachte die Jungs nacheinander und Blue lächelt mich aufmunternd an. Ich wende mich wieder an Bishop. „Du, Erik und Blue habt nicht am selben Tisch mit mir gesessen, als ich dem Rest der Bande erzählt habe, was ich über Nora weiß. Ich bin nicht in die Details gegangen, weil ich keine Geheimnisse verraten wollte, aber Nora sagte später, dass sie nichts dagegen hat."

Meine Kameraden runzeln die Stirn, und ich merke, dass ich mich völlig unklar ausgedrückt habe.

„Ich würde jetzt nicht hier mit euch sitzen, hätte mir Nora keine Kraft gegeben, indem sie mir von ihrem persönlichen Trauma erzählt hat."

Alle Blicke ruhen auf mir.

Also erzähle ich ihnen, was Nora durchgemacht hat. Jedes Detail, das ich von ihr gesagt bekommen habe. Ich übertreibe nichts, halte aber auch nichts zurück. Ich erzähle ihnen, wie Noras Leben zerstört wurde und dass sie es nicht nur geschafft hat, zu heilen, sondern auch, wieder ins Leben zurückzufinden.

„Jesus", murmelt Erik und sieht Blue an. Sie hat Tränen in den Augen und er legt einen Arm um sie.

„Verrückt, dass Willow gerade dort ist", sagt Dax. „Wegen demselben Krieg, der Noras Familie getötet hat."

„Bestimmt hätten sie sich viel zu erzählen. Nora verschweigt nichts von diesem Teil ihres Lebens. Sie schreckt nicht vor schlimmen Dingen zurück", sage ich.

„Was für eine Frau", sagt Aaron und schüttelt kurz den Kopf.

„Ich erzähle euch das, damit ihr mich daran erinnert", sage ich zur Gruppe. Meinen Freunden.

„Wie meinst du das?", fragt Bishop mit gehobenen Brauen.

„Nora ist zu einem Maßstab für mich geworden."
Darüber habe ich viel nachgedacht, und ich kann
am meisten erreichen, wenn ich mir Ziele setze.
„Ich habe gesehen, was sie aus ihrem Leben gemacht hat, und finde es bewundernswert. Sie hat
gesagt, dass ich auch wieder aufblühen kann, und
das will ich. Aber ich weiß auch, dass das nicht
von allein geschieht, nur weil ich es will. Es bedeutet Arbeit und meinen Willen, dorthin zu gelangen. Daher bitte ich euch, meine First Unit und
engsten Verbündeten, mich nicht vom Pfad abweichen zu lassen. Lasst mich nicht in meiner Angst
versinken. Tretet mir in den Arsch, wenn nötig.
Behandelt mich nicht wie ein rohes Ei."

Das ist eine große Bitte und eine Bürde für meine
Kameraden. Aber ich würde sie nicht fragen, wenn
ich nicht wüsste, dass sie dazu in der Lage sind.
Sie lächeln, nicken und sagen Dinge wie: „Du
kannst dich auf uns verlassen, Mann."

Blue steht sogar auf, kommt zu mir und umarmt
mich. „Wir helfen dir, so wie du es brauchst", sagt
sie.

Ich tätschele verlegen ihren Arm und blicke in die
Runde. „Damit das klar ist, keiner von euch darf
mich umarmen, außer eure Frauen." Dann sehe ich
meinen besten Freund an. „Außer deine vielen
Weiber, Aaron. Du bist leider nicht anspruchsvoll

genug.“

Alle brechen in Gelächter aus, was ansteckend ist.

Kurz muss ich an MJ denken, und ich hoffe, dass sie an einem Ort ist, von dem aus sie von Zeit zu Zeit nach unten schauen kann. Gern würde ich glauben, dass sie mir zusieht und sich darüber freut, was mit mir geschieht.

KAPITEL 17

Langsam komme ich zu mir, mein Herz rast und ich bin schweißbedeckt. Man sollte meinen, ich hätte einen Albtraum gehabt, der dies verursacht hat, doch so war es nicht.

Es war ein verdammt geiler Sextraum mit Nora.

Ich weiß keine Details mehr, also schließe ich die Augen und versuche, mich wieder hineinzudenken, denn ich will diese Gefühle nicht loslassen. Ich erinnere mich nur an Fragmente, Teile der Geschichte. Nora unter mir, unsere Körper ineinander verschlungen und sich windend. Ein Durcheinander von Armen und Beinen und Noras Atem. Ich höre sie immer noch keuchen. Klarer als die Bilder sind die Gefühle. Als wäre ich ein leerer Brunnen und würde mich mit jedem Stoß in sie füllen. Ich kann ihr Gesicht nicht erkennen, keine körperlichen Details sehen, aber ich weiß, dass es Nora ist.

Sie lässt mich so viel fühlen. Während sich mein Brunnen füllt, habe ich Angst, bin aber aufgeregt. Fast außer mir vor Freude, aber auch total überwältigt. Bei ihr fühle ich mich gelassen und komplett und doch so, als könnte ich jeden Moment zerbrechen.

Je wacher ich werde, desto weiter fort gleiten auch die Gefühle, und ich kann sie nur schwer aufrechterhalten. Irgendwann sind sie vollkommen verschwunden und ich fühle mich innerlich leer.

Das Einzige, das ich aus dem Traum noch habe und das nicht weggehen will, ist ein Ständer.

Seufzend drehe ich mich auf die Seite. Mein Zimmergenosse Bishop schläft noch fest. Das Teamflugzeug startet erst am späten Vormittag. Gestern Abend im *Flemings* wurde es ziemlich spät. Wir hatten beide vor, heute auszuschlafen.

Ich rolle mich aus dem Bett, gehe über den flauschigen Teppich ins Badezimmer. Als ich das letzte Mal aus einem Traum mit Nora erwacht bin, hatte ich auch eine Erektion. Ich stellte mich unter die kalte Dusche, um das verräterische Körperteil zu bezwingen.

Diesmal tue ich das nicht. Ich stelle das heiße Wasser an. Ich ziehe mich aus und denke darüber nach, was ich gleich tun werde.

Verdammter Dominik Carlson. Er hat mir in den Kopf gesetzt, dass Nora mehr sein könnte als nur meine Therapeutin. Verdammt sei er, dass er mir gewissermaßen die Erlaubnis gegeben hat, mich zu ihr hingezogen zu fühlen. Und verdammt sei Nora, dass sie mir sagte, es sei okay, normal weiterzuleben, und mich das glauben zu machen.

Denn als ich unter das heiße Wasser trete und meinen Schwanz in die Hand nehme, habe ich nicht die Spur eines schlechten Gewissens. Ich stütze mich mit der anderen Hand an den Fliesen ab, schließe die Augen und bewege die Hand um meinen Schwanz auf und ab. Das fühlt sich gut an.

Und als ich mir Nora in die Gedanken rufe, wird es noch viel besser. Lust durchfließt mich. Bilder fluten meinen Geist, holen die Traumszenen wieder hoch, die sich mit meinen Fantasien mischen. Ich frage mich einige Dinge. Zum Beispiel, wie sich ihre Haut wohl anfühlt. Bestimmt seidig. Und wie ihre Küsse schmecken. Bestimmt hemmungslos und süß. Ich stelle mir vor, mich in ihr zu verlieren. Meine Hand drückt fester zu. Ein Stöhnen will aus meiner Kehle kommen, doch ich unterdrücke es, weil ich Bishop nicht wecken will. Ich reibe mich immer schneller, stoße die Hüften vor und ficke meine Faust, während ich an Noras schönen Körper unter mir denke.

Plötzlich komme ich, heftig und schnell, spritze an die weißen Fliesen und presse die Zähne zusammen, um nicht zu schreien, weil es sich so verdammt gut anfühlt. Meine Brust hebt und senkt sich und meine Sicht ist etwas verschleiert, als ich den Kopf von meinem Arm nehme.

Ich warte.

Auf die niederschmetternden Schuldgefühle, MJ betrogen zu haben.

Nichts.

Ich tauche etwas tiefer in meine Empfindungen ein.

Sind da Selbstvorwürfe, Nora zur Wichsvorlage degradiert zu haben?

In mir zieht sich etwas zusammen. Ja, ich komme mir ein bisschen wie ein Arsch vor. Ich habe gerade masturbiert und dabei an meine Therapeutin gedacht, die sich die Mühe machte, mir etwas Persönliches zu erzählen, um mir zu helfen.

Ich bin ein verdammtes Schwein. Aber ich bin auch ein Mann, der nun mal eine Frau anziehend findet. Deshalb fühle ich mich dennoch nicht wie Abschaum.

Tatsächlich spüre ich gar keine Schuldgefühle, was irgendwie irritierend ist.

Da hilft nur eins.

Ich dusche zu Ende, rasiere mich und putze mir die Zähne. Bishop schläft immer noch, als ich mich leise anziehe. Ich schnappe mir meine Geldbörse, den Zimmerschlüssel und das Handy, um irgendwo Kaffee und ein ruhiges Plätzchen zum Telefonieren zu finden. In Seattle Kaffee zu finden, ist leicht. Ein ruhiges Plätzchen, um Nora anzurufen, weniger.

***

Um die Ecke befindet sich ein Café, aber es ist überfüllt. Also nehme ich einen Kaffee mit und suche nach einer ruhigen Zone. Es herrscht Berufsverkehr in Seattle, und die Straßen und Bürgersteige sind voller Menschen, die zur Arbeit wollen.

Ich gehe zum Hotel zurück. Anstatt hineinzugehen, lehne ich mich außen an die Wand und trinke meinen Kaffee. Menschen gehen an mir vorbei, ohne mich zu beachten, und eilen, wohin auch immer sie wollen.

Mir fällt auf, dass ich mitten zwischen den Passanten dennoch allein bin. Niemand achtet auf mich und keiner drückt sich in meiner Nähe herum. Ich kann hier auf dem Bürgersteig telefonieren, und es ist wahrscheinlich privater als in meinem Zimmer bei Bishop.

Ich hole das Handy hervor und mache mir keine Gedanken wegen der frühen Stunde. Phoenix und Seattle liegen in derselben Zeitzone und Nora ist eine Frühaufsteherin. Das habe ich schon in den ersten Sitzungen erfahren, als sie mir von ihrem Arbeitstag auf der Ranch erzählte, wenn sie keine Therapietermine hat. Sie ist ein Sonnenaufgang-bis-Sonnenuntergang-Typ Mensch.

Beim dritten Klingeln geht sie ran. Beziehungsweise Raul.

„Buenos dias, Tacker.“

„Ähm ... hi“, bringe ich erschrocken heraus. Stille breitet sich aus, und ich habe vergessen, weshalb ich Nora anrufe. Raul hat mich aus dem Konzept gebracht.

„Alles okay mit dir?“, fragt er zögerlich.

„Ja.“ Langsam komme ich wieder zu mir. „Ich bin nur verblüfft, dass du an Noras Handy gegangen bist.“

„Sie ist nur kurz ins Bad gegangen“, erklärt er. „Wie haben gefrühstückt und sie wollte sich die Zähne putzen.“

Vor meinem geistigen Auge erscheint Nora, wie sie vor dem Waschbecken steht, sich die Haare aus dem Gesicht hält und sich den Mund ausspült. Das kommt einzig aus meiner Fantasie, nicht aus der Erinnerung, doch es freut mich, etwas über Nora zu erfahren. Sie putzt sich nach dem Frühstück die Zähne.

„Du hast gestern super gespielt", sagt Raul.

Ich blinzele, als hätte er mich gerade gerügt, weil ich unanständige Gedanken habe. „Was?", frage ich verwirrt.

„Nora und ich haben uns gestern das Spiel angesehen." Das zaubert ein Lächeln auf mein Gesicht. „Du hast echt gut auf dem Eis ausgesehen."

„Danke, Raul." Ich fühle mich, als hätte er mir gerade das größte Kompliment der Welt gemacht. Aus irgendeinem Grund berührt es mich, dass sie sich zusammen das Spiel angesehen haben.

„Oh, da ist sie ja", sagt er.

Meine Handflächen schwitzen, während ich auf ihre Stimme warte.

Menschen eilen an mir vorbei, die Blicke und Schultern gesenkt. Niemand interessiert sich für mich, dennoch drehe ich mich zur Seite, um das Gespräch abzuschirmen.

„Tacker?", sagt Nora mit samtiger Stimme.

„Hi." Meine Stimme hingegen klingt rau und unsicher. Ich räuspere mich. „Ich meine, guten Morgen."

„Morgen", antwortet sie erfreut. „Ich weiß, dass Raul es Ihnen gerade gesagt hat, aber wir haben das Spiel gesehen. Sie waren toll."

„Es war eine Teamleistung." Der Dank gehört meinem Team. Trotzdem muss ich zugeben, dass es sich gut anfühlt, dass sie besonders auf mich geachtet hat.

„Alles in Ordnung?", fragt sie leicht besorgt.

Immerhin hat sie mir die Erlaubnis gegeben, sie jederzeit anrufen zu dürfen, und so muss sie natürlich denken, dass ich gestresst bin.

Das stimmt ja irgendwie auch.

„Ich, ähm …" Wie soll ich das am besten formulieren? „Nun ja, ich habe ein Schuldproblem."

An ihrem Tonfall höre ich deutlich, wie sie in den Therapeuten-Modus umschwenkt. Ruhig und selbstsicher. „Denken Sie daran, Tacker, wenn das passiert, konzentrieren Sie sich auf die Leute, die verantwortlich waren. Die Hersteller des Flugzeugs …"

„Nein", unterbreche ich sie. „Es geht nicht um den Absturz."

„Oh", sagt sie leise, aber nicht wirklich überrascht. Wir haben auch von anderen Arten von Schuldgefühlen gesprochen. „Entschuldigung."

„Sie brauchen sich nicht zu entschuldigen. Heute Früh fühle ich mich schuldig, weil die Dinge so gut laufen. Dass es mir besser geht und ich versuche, alles hinter mir zu lassen. Ich glaube, ich fühle mich schuldig, mich nicht mehr schuldig zu fühlen."

Und was ich dir nicht sagen kann … dass ich auf eine Weise an dich denke, die mir zeigt, dass ich MJ als einzige Frau, an die ich denke, hinter mir lasse.

Nora lacht leise und aufmunternd. Ich verstehe es so, dass meine Gefühle normal sind.

„Tacker, das sind gute Entwicklungen. Sie heilen nicht nur, sondern analysieren auch Ihre Gefühle. Sie wissen, wie Sie sich früher gefühlt haben und erkennen den Unterschied zu jetzt. Das mag sich seltsam anfühlen, aber bitte machen Sie sich keine Sorgen darüber."

„Sind Sie sicher?", frage ich zweifelnd.

„Warum sollten Sie es nicht verdient haben, glücklich zu sein? Sollte das nicht jedem zustehen?"

„Ich glaube schon." Ich fahre mir mit der Hand durch die Haare und lehne mich wieder gegen die Wand. „Gibt es denn eine angemessene Trauerzeit? Einen Zeitraum, an den ich mich halten sollte? Ich meine, ist es denn normal, dass ich in nur drei Wochen von tiefster Verzweiflung übergehe zu …" Mir fehlen die passenden Worte.

„Glücklichsein? Lebensfreude? Verstehen Ihrer Gefühle?"

„Da gibt es so viel zu verstehen."

Sie schweigt eine Weile, so wie in den Sitzungen. Nora überdenkt Dinge und nimmt sich oft die Zeit, ihre Gedanken zu sammeln. Dann sagt sie: „Helen hat mich nach dem Massaker mitgenommen und ich habe mich geradezu an sie gehängt. Ich mochte sie sofort. Aber bedeutet das etwa, dass ich meine Familie vergessen habe?"

„Natürlich nicht." Ich bin entsetzt, dass sie das überhaupt denkt.

„Glauben Sie, indem ich Helen geliebt habe, habe ich meine Familie weniger geliebt?"

„Nein." Ich verstehe, worauf sie hinauswill.

Sie spricht weiter. „Auch wenn ich Helen geliebt habe und dankbar für die Chance war, die sie mir gegeben hat, glauben Sie, dass ich deswegen weniger getrauert habe?"

„Auf keinen Fall." Wie könnte ein Kind darüber schnell hinwegkommen?

„Trauer und Heilung sind persönliche Sachen. Es gibt keinen angemessenen Zeitraum. Kein Buch, in dem die Regeln dafür stehen. Ich kenne Menschen, die brauchen Jahre, um über einen Verlust hinwegzukommen, und welche, die es in ein paar Monaten geschafft haben. Aber wenn Sie sich Gedanken machen, was andere denken, ist das sowieso die falsche Einstellung. Für Sie ist nur wichtig, was Sie selbst denken."

„Mir ist es egal, was andere denken. Ich glaube, ich will nur sichergehen, dass ich die Sache korrekt angehe. Das tue ich doch, oder?"

„Ja, Tacker. Sie machen alles richtig."

Mehr muss ich nicht wissen. Die Sicherheit in ihren Worten und ihr Glaube an mich, das ist es, was ich brauchte. „Okay, vielen Dank, Nora. Ich bin Ihnen wirklich sehr dankbar." Ich stoße mich von der Wand ab.

„Wir sehen uns am Dienstag auf der Ranch, ja?"

Da ist mein nächster Termin, danach muss ich zum Teammeeting und am Abend findet ein Spiel statt. „Ganz genau. Und Sie und Raul kommen am Abend zum Spiel, oder?"

„Das werden wir uns auf keinen Fall entgehen

lassen.“ Sie lacht.

„Und danach kommen Sie beide mit dem Team einen trinken“, ordne ich an.

„Wir wollen aber nicht aufdringlich sein.“

„Das ist nicht aufdringlich. Außerdem sind Sie längst zum Ehrenmitglied ernannt worden, da Sie dem unergründlichen Arsch Tacker Hall zum Comeback verholfen haben.“

Nora lacht und schnaubt dann. „Oh Gott, das ist echt übertrieben.“ Sie hört auf zu lachen, doch klingt immer noch amüsiert. „Und … Tacker?“

„Ja?“

„Am Dienstag reden wir noch mal darüber, aber seien Sie gut zu sich selbst. Dass Sie vorwärtskommen, ist eine gute Sache, also fühlen Sie sich deswegen nicht schlecht.“

„Okay.“ Ich gebe ihr und mir ein Versprechen, das ich auch einzuhalten gedenke. „Werde ich nicht.“

KAPITEL 18

Nora

Abgesehen von Football- und Basketball-spielen in der Highschool bin ich noch nie bei einem Sportevent gewesen. Helen interessierte sich nicht für Sport, und außer Raul hatte ich keine Vaterfigur, und er steht auf Pferde. Also stand ich auch auf Pferde.

Das Stadion der Vengeance sieht super aus. Es besteht aus Glas und Stahl und davor befinden sich coole kleine Geschäfte und Restaurants. Raul und ich waren früh dort, um noch zu Abend zu essen. Wir betraten das Stadion, als es öffnete, durchstöberten die Shops und kauften Merchandisingartikel. Eigentlich wollte ich ein Spielertrikot mit Tacker Halls Nummer und Name kaufen, aber der Preis war übertrieben hoch.

Die Atmosphäre im Stadion war der Wahnsinn. Ich merkte es schon beim Eintreten, und als wir uns zu unseren Sitzen begaben, traf mich die Energie mit voller Wucht.

Laute Rockmusik plärrt und Laserstrahlen tanzen über das Eis. Die Tickets von Tacker sind die Besten, nur drei Reihen hinter dem Eis. Raul trägt ein Bier und Popcorn in den Händen und ich eine Schaumstoffhand, einen Pompom-Puschel und eine Cola light. So erreichen wir unsere Sitzplätze.

Nachdem wir uns gesetzt haben, betrachten wir mit großen Augen das Spektakel um uns. Die Fans

haben bemalte Gesichter und tragen fast alle ein
Trikot ihres Teams. Die Menge vor der Plexiglas-
absperrung hält gemalte Plakate hoch. Kinder warten ungeduldig auf das Erscheinen ihrer Lieblingsspieler.

Und dann hört man den Stadionsprecher über die
Lautsprecher, so basslastig, dass es in meiner Brust
vibriert. „Ladys und Gentlemen, bitte heißen Sie
Ihr eigenes Team willkommen … die Arizooonaaa
Vengeance!"

Ich blicke hin und her, um herauszufinden, von
welcher Seite sie kommen. Eine Tür öffnet sich
und das Team gleitet hindurch. Zügig und aggressiv fahren sie ein, bereit, den Gegner zu besiegen.
Bestimmt ist das nur ein Aufwärmen, denn sie
tragen noch keine Helme, aber genau weiß ich es
nicht. Ich kann es nur anhand der zwei Spiele beurteilen, die ich im Fernsehen gesehen habe, als
Tacker unterwegs war.

Raul stößt mich sanft an. „Da ist Tacker."

Ich lasse den Blick schweifen und betrachte die
vorbeiflitzenden Spieler in ihren weißen Trikots
mit neongrünen und blauen Streifen und dem
Vengeance-Löwen auf der Brust. Und dann sehe
ich ihn. Er hält den Schläger locker und gleitet mit
langen, kraftvollen Zügen auf der Eisfläche im
Kreis. Als er auf uns zufährt, sucht sein Blick die
Reihen ab, bis er uns findet.

Damit habe ich nicht gerechnet. Natürlich weiß
er, wo sich die Plätze seiner Tickets befinden, doch
dass er überhaupt auf uns achtet, hätte ich nie ge-

dacht. Sein Blick trifft auf meinen und er lächelt, nickt mir kurz zu. Das dauert keine zwei Sekunden, trotzdem wird mir von oben bis unten heiß.

Kein Blick eines Mannes sollte das bei mir auslösen, besonders keiner von einem meiner Klienten. Mit erhitztem Gesicht trinke ich einen Schluck Cola, um mich abzukühlen. Ich schiele zu Raul hinüber, der mich intensiv betrachtet. Mist. Mein Gesicht wird noch heißer.

„Läuft da etwas zwischen euch beiden?", fragt er schroff, jedoch ohne Vorwurf. Er ist nur neugierig.

„Himmel, nein." Ich schaffe es sogar, etwas entsetzt zu klingen.

Raul nimmt nicht den Blick von mir und scheint das nicht einfach hinzunehmen.

Ich wende mich ab. „Da läuft gar nichts."

„Aber …?" Er kennt mich einfach zu gut.

Ich seufze und sehe den Mann an, den ich am meisten bewundere. „Aber ich mag ihn. Ich fühle mich mit ihm mehr verbunden, als ich es als seine Therapeutin empfinden sollte."

„Moralisch betrachtet darfst du das nicht." Eine Erinnerung, die ich nicht brauche.

„Ich weiß, und ich werde dem auch nicht nachgeben." Ich sauge am Strohhalm meiner Cola.

„Aber das solltest du."

Ich sauge so fest am Strohhalm, dass mir die Cola in die falsche Röhre fließt. Ein massiver Hustenanfall ist die Folge. Raul nimmt sein Bier in die andere Hand und klopft mir auf den Rücken.

Als ich mich wieder unter Kontrolle habe, sehe

ich ihn scharf an. „Wie kannst du so etwas sagen? Das ist höchst unmoralisch, wie du selbst gesagt hast. Außerdem darf ich seine geistige Gesundheit nicht aufs Spiel setzen. Schließlich habe ich Einfluss auf ihn. Er vertraut mir seine emotionale Gesundheit an. Das wäre völlig falsch.“

Raul blickt auf die Spieler. „Mein Fehler, entschuldige bitte, dass ich etwas gesagt habe.“

„Okay“, sage ich knapp und bereue es sofort. Ich blicke aufs Eis und erkenne Tacker sofort. Sie beginnen eine Art Aufwärmroutine. „Darüber brauchst du dir wirklich keine Sorgen zu machen.“

Raul wendet sich auf seinem Sitz mir zu. „Ich mache mir keine Sorgen. Ich weiß, dass du nie etwas tun würdest, was deinen Klienten schadet. Dafür bist du eine viel zu gute Seele.“

Ich atme tief durch und blicke entschuldigend, weil ich mich überhaupt einem Mann gegenüber verteidige, der doch immer auf meiner Seite ist.

„Ich will nur sagen“, sagt er, als ob ich nichts über meine moralischen Pflichten gesagt hätte, „wenn du wirklich etwas für ihn empfindest, was über die Therapie hinausgeht, dann solltest du es nicht ignorieren.“

Ich öffne den Mund, um etwas zu erwidern, doch er hält eine Hand hoch.

„Wie auch immer du dich entscheidest“, sagt er sanft und drückt meine Schulter leicht, „und was immer auch geschieht oder nicht, ich weiß, dass du immer das Richtige tust.“

Ich weiß nicht, was ich dazu sagen soll, und bevor ich darüber nachdenken kann, tritt eine Frau am Ende der Reihe neben Rauls Sitz. Sie hat einen schwarzen Overall an, ein Klemmbrett in der Hand und trägt Kopfhörer.

„Entschuldigung", sagt sie mit englischem Akzent. „Mr. Vargas und Miss Wayne?"

„*Sí*", antwortet Raul und ich sage gleichzeitig: „Ja."

„Ich bin Alicia und gehöre zum Stadionpersonal. Sie sind VIP-Gäste von Mr. Hall, nicht wahr?"

Raul und ich tauschen einen Blick aus. Keine Ahnung, ob wir VIPs sind, aber Tacker hat uns die Tickets gegeben.

Sie spricht weiter. „Nach dem Spiel werde ich Sie abholen. Mr. Hall hat eine Führung für Sie gebucht, während er in der Spielerbesprechung in der Kabine ist. Ich werde Sie dann in den Raum für die Spielerfamilien bringen, wo Sie auf ihn warten können."

„Oh, okay", sage ich und finde das sehr nett von Tacker.

„Außerdem", sagt sie lächelnd, „hat mich Mr. Hall gebeten, Sie zur Besitzerloge zu bringen, wenn Sie möchten. Er hat heute Karten dafür von Mr. Carlson bekommen. Dort werden auch Speisen und Getränke serviert. Mr. Hall möchte aber betonen, dass diese Plätze hier besser sind und es spannender ist, das Spiel so nah am Eis zu schauen. Da kann ich ihm nur zustimmen."

Raul und ich tauschen erneut einen Blick aus. Ich hebe eine Braue und er zuckt mit den Schultern.

Ich lächele die Frau an. „Wir bleiben lieber hier, aber vielen Dank.“

Sie strahlt. „Gute Wahl. Dann bis später, falls ich nichts mehr für Sie tun kann.“

Wir bedanken uns und sie geht.

Raul strafft die Schultern. „Wow, wir sind VIPs.“ Er hält sein Bier hoch, um Tacker zuzuprosten, der auf das Aufwärmen konzentriert ist. „*Gracias, Amigo.*“

Ich lache und trinke noch einen Schluck Cola.

***

Alicia hat uns eine echt coole Führung durch das Stadion gegeben, was alles beinhaltete außer der Spielerkabine, in der die Männer duschten und sich umzogen. Sie ließ uns im Familienraum allein, der eine echt tolle Idee ist. Dort können sich Familienangehörige und Freunde vor und nach dem Spiel treffen, um zusammen zu sein, denn die Sitzplätze sind meist im ganzen Stadion verteilt. Dort gibt es Gourmet-Häppchen und eine Bar, alles von Dominik Carlson bezahlt. Mir ist schon selbst aufgefallen und ich habe den Gesprächen mit Tacker entnommen, dass dieser Mann weit mehr für sein Team tut als andere Besitzer.

Ich sehe Blue, Brooke und Regan und wende mich diesen mir bekannten Gesichtern zu. Sie lächeln strahlend und einladend und man umarmt sich kurz. Nachdem das Team auf der Ranch gewesen war, habe ich mit Blue Kontakt gehalten. Inzwischen war sie sogar mit Billy noch einmal da. Auch hat sie mich gefragt, ob es Arbeiten gäbe, die sie freiwillig leisten könnte. Letzten Sonntag ist sie gekommen und hat mir und Raul beim Zäuneausbessern geholfen. Die Frau sieht aus wie ein kalifornisches Topmodel, hat aber kein Problem damit, sich die Hände schmutzig zu machen oder schwere Arbeit zu tun, was ich sympathisch finde.

„Wo ist Pepper?", frage ich die Mädels, weil sie die einzige First-Unit-Frau ist, die fehlt.

„Zu Hause bei Charlie", antwortet Brooke.

Tacker hat mir von Legends Tochter Charlie erzählt, die letzten Dezember plötzlich vor seiner Tür gelegen hatte, weil ihre Mutter, die ihre Schwangerschaft geheim gehalten hatte, ihr Baby verlassen hatte. Legend hat sich sofort um das Kind gekümmert und Pepper half ihm dabei.

„Kommt ihr zwei nachher mit uns mit?", fragt Blue.

„Ich muss leider zugeben", sagt Raul und sieht mich kurz müde an, „dass ich nach all der Aufregung total erledigt bin."

Es war in der Tat aufregend. Das Spiel ging in die Verlängerung und die Vengeance gewannen nach einem sensationellen Kontertor von Rafe Simmons. Das ist der junge Spieler, der Tacker ersetzte, als dieser suspendiert war. Und er nützt dem Team immer noch sehr viel.

Ich schaue Raul mitfühlend an und antworte

dann Blue. „Ich glaube, lieber nicht. Wir haben eine recht lange Fahrt zur Ranch."

Hoffentlich hört man mir die Enttäuschung nicht an. Eigentlich habe ich mich darauf gefreut, mit Tacker und dem Team abzuhängen, da meine sozialen Kontakte, seit ich die Ranch besitze, ziemlich selten geworden sind. Die Ranch ist ein Rund-um-die-Uhr-Job, was sich zerstörerisch auf Freundschaften auswirkt, weil ich nie Zeit habe, etwas zu unternehmen. Tackers Einladung kam gerade recht, besonders, nachdem ich die Leute vom Team kennengelernt habe. Raul sagte, dass ich Teil einer neuen Gemeinschaft werde, und der Gedanke gefällt mir.

„Du kannst nicht ablehnen." Tackers dunkle Stimme ertönt hinter mir. Jetzt ist er zur persönlicheren Anrede übergegangen.

Ich drehe mich zu ihm um. Er trägt einen dunkelblauen Anzug, der ihm unfassbar gut steht. Davon abgelenkt, weiß ich nicht einmal mehr, was ich eben gedacht habe.

„Ich bin viel zu alt und müde, um mit euch jungem Gemüse abzuhängen", sagt Raul, schlägt jedoch vor: „Aber wenn jemand Nora heimfahren würde, kann sie ruhig mitgehen und sich mit euch amüsieren."

Gott segne Raul. Er weiß, wie gern ich mitgehen würde, und bietet mir einen Ausweg. „Ich brauche keinen Fahrer", wende ich schnell ein. „Ich kann mir ein Uber rufen."

„Blödsinn", antwortet Tacker. „Ich fahre dich."

Ich weiß nicht, ob es noch jemand bemerkt, aber Raul grinst leicht. Darauf hat er die ganze Zeit gehofft: dass Tacker derjenige ist, der mich nach Hause fahren wird.

Nicht, dass das etwas bedeuten würde.

Es bedeutet gar nichts. Das ist nur ein nettes Angebot, weiter nichts.

KAPITEL 19

Die Kellnerin kommt mit einem Tablett voll Bier an unseren Tisch. Das Essen im *Sneaky Saguaro* ist echt gut, aber die meisten Leute kommen wegen der vielen gezapften Biersorten her. Ich bin schlicht und ergreifend der Bud-Light-Typ und bestellte genau das, als man mich das erste Mal fragte, was ich gern hätte. Erik fand das schändlich, erklärte mir alle möglichen Biersorten und überredete mich zu einem Hefeweizen, das ich so lecker fand, dass ich dabei blieb.

Und eventuell hatte ich eins zu viel davon. Normalerweise trinke ich nach Feierabend gern mal ein Bier oder zwei, aber heute waren es vier und ich habe einen sitzen. Aber ich amüsiere mich köstlich und es ist genau wie erwartet. Das Team besteht aus wunderbaren Leuten. Alle geben mir das Gefühl, dazuzugehören.

Als das Team das Lokal betrat, wurde es von lautem Jubel der Stammgäste empfangen. Die Spieler wurden von Fans auf der Jagd nach Fotos und Autogrammen umzingelt, und mir fiel auf, dass sich einige wunderten, dass Tacker dabei war. Und ich war überrascht, wie viel Zeit er sich mit den Fans ließ. Es war schön, ihn mit ihnen interagieren zu sehen. Natürlich war er nicht vollkommen entspannt und nahm nicht an längeren Gesprächen teil, doch sein Lächeln wirkte echt, wenn jemand eine Kamera auf ihn richtete.

Das nenne ich einen enormen Fortschritt.

Das Restaurant hat für das Team einen Bereich im ersten Stock reserviert. Mitten im Restaurant ragt ein riesiger Beton-Kaktus von unten bis auf die erste Etage hoch. Dort oben ist es wie in einer Galerie, von der die eine Seite für die Vengeance reserviert ist.

Die Kellnerin reicht mir noch ein Bier, das ich gar nicht bestellt habe.

Tacker sieht meine Überraschung und lehnt sich näher an mich. „Das musst du nicht trinken, wenn du nicht willst."

„Ich stecke in einem Dilemma", antworte ich ehrlich.

Er neigt den Kopf zur Seite und legt einen Ellbogen auf den Tisch. Wir stehen an einem hohen Tisch. Die Stühle und die niedrigeren Tische sind an die Wände geschoben worden. Nach elf schließt die Küche und die Musik wird lauter gestellt, Tische und Stühle werden aus dem Weg geschoben, und das Tanzen beginnt. Tacker ist den ganzen Abend bei mir geblieben und immer wieder gesellten sich Spieler zu uns und unterhielten sich mit uns. Ich bin heiser vom Reden und vielen Lachen.

„Was für ein Dilemma?"

„Mir schmeckt das Bier, aber ich mache mir Sorgen, dass ich morgen einen Kater haben werde. Ich habe das Gefühl, wenn ich jetzt zu Wasser wechsele, kann ich morgen noch die Ställe ausmisten. Ohne starke Kopfschmerzen oder Erbrechen."

Tacker lacht. „Dann rate ich dir, dieses Bier nicht mehr zu trinken."

„Ich hasse es, etwas zu verschwenden, aber ich glaube, du hast recht." Ich schiebe das Glas mit der bernsteinfarbenen Flüssigkeit von mir, greife in meine Handtasche, hole zehn Dollar heraus und reiche sie Tacker.

Er runzelt die Stirn. „Wofür soll das sein?"

„Für das Bier, das du eben gekauft hast und das ich nicht trinken werde." Am Anfang des Abends hat Tacker, obwohl er selbst nur Wasser trank, der Kellnerin gesagt, sie solle alles auf ihn aufschreiben, was ich bestelle. Ich habe widersprochen, doch er sagte mir auf höfliche Art, dass ich die Klappe halten solle.

„Willst du mich mit Absicht sauer machen?", fragt er. Er spricht ernst, doch ich sehe in seinen Augen den Schalk aufblitzen. „Ist das eine Art Therapie, bei der du mich stresst, um zu sehen, wie ich damit umgehe?"

Kurz denke ich, dass er es doch ernst meinen könnte, und es verletzt mich, dass er zu glauben scheint, dass ich so etwas tun würde.

Doch dann grinst er breit und schüttelt den Kopf. „Ich mache nur Spaß, Nora. Wir wissen doch beide, dass du nicht als Therapeutin unterwegs bist, wenn wir so zusammen sind, oder?"

„So zusammen?"

„Als Freunde", antwortet er leichthin.

Ja. Natürlich. Als Freunde. So, wie ich auch dachte und mir erhofft habe.

Ich ignoriere die leise Stimme in meinem Kopf, die mich fragt, wie es wohl wäre, mehr für ihn zu sein. Aber das ist ja leider unmöglich. Das kann ich nicht machen. Ich habe zu viel zu verlieren.

Doch ich kann nichts dagegen tun, dass ich mich zu ihm hingezogen fühle. Und es ist nicht nur körperlich, was nicht so schlimm wäre. Das Körperliche macht nur einen kleinen Teil aus. Die wahre Verbindung entstand durch unsere ähnlichen Erlebnisse. In unseren Sitzungen ist es ein gegenseitiges Geben und Nehmen. Wir teilen die intimsten Details unserer Trauer und unseres Schmerzes, die unsere kleinen Geheimnisse sind. Dadurch fühle ich mich ihm viel näher als allen anderen Klienten. Ich behandele meine anderen Klienten deswegen nicht schlechter, denn sie haben trotzdem meine volle Aufmerksamkeit, meinen Rat und meine emotionale Unterstützung. Ich mache meinen Job mehr als gut.

Aber mit Tacker ist es einfach anders. Wir unterhalten uns nicht nur über andere Dinge, als ich es sonst mit Patienten tue, sondern da ist noch etwas anderes Unbeschreibliches zwischen uns. Was das private Zusammensein mit Tacker riskant und angsteinflößend macht. Ich mag ihn ein bisschen zu sehr, und zwar auf eine Art, die definitiv über die Grenzen einer rein beruflichen Beziehung hinausgeht.

„Du scheinst schwer zu grübeln", bemerkt Tacker und grinst. „Ich kann gar nicht zählen, wie oft du das schon zu mir gesagt hast. Anscheinend bin ich jetzt der Therapeut."

Ich schüttele heftig den Kopf, denn auf keinen Fall werde ich Tacker diese Gedanken anvertrauen. „Nein. Kein Grübeln. Ich amüsiere mich prächtig."

Plötzlich wird Tacker von hinten angerempelt und stößt gegen mich. Nicht fest, aber wir haben kurz vollen Körperkontakt und er fasst mir an die Schultern, um mich zu stabilisieren. Irritiert knurrt er und blickt über seine Schulter nach hinten. Dort befinden sich ein paar Rookies, die sich laut und rüpelhaft benehmen.

„Sorry, Tacker", sagt einer hastig und wirkt verängstigt.

„Schon gut", murmelt er und dreht sich wieder zu mir um. „Verdammte Kinder."

„Beeindruckend." Ich klatsche in die Hände und grinse. „Noch vor ein paar Wochen hättest du ihm eine reingehauen."

„Vor ein paar Wochen hätte ich ihn übers Geländer geworfen und gehofft, dass der Kaktus seinen Fall nicht abbremst."

Ich muss so sehr lachen, dass ich mir den Bauch halte. „Ich würde ja mit dem Bier mit dir anstoßen, aber ich will mich nicht betrinken, also … High Five." Ich halte meine Hand hoch, damit er dagegen schlagen kann.

Er tut es und umfasst dann schnell meine Hand. „Wir sollten tanzen."

Ich blinzele. Bestimmt habe ich mich verhört. „Tanzen?"

„Ganz genau. Tanzen. Ich habe mich wohl echt weiterentwickelt."

Tacker Hall hat mich soeben zum Tanzen aufgefordert. Der Mann, der noch vor wenigen Wochen ein schweigsamer Arsch war und der nichts wollte, außer sich vor der Welt zu verschließen. Derselbe Mann, der so in Trauer versunken war, dass er nicht mehr lächeln konnte. Der Mann, der alles in seinem Leben aufgegeben hat.

„Kannst du denn tanzen?", frage ich dämlich.

Tacker hebt eine Augenbraue, hält meine Hand fester und zieht mich ruckartig an sich. Ich lege eine Hand auf seine Schulter und eine an seine Taille. „Ich habe sechs Jahre in Dallas gewohnt. Ich glaube, ich kriege einen einfachen Twostepp hin."

„Na dann", sage ich herausfordernd und zugegebenermaßen leicht flirtend, „zeig mal, was du draufhast, Cowboy."

Mir schwindelt leicht, als er mich herumwirbelt und dann in den Twostepp übergeht. Ab und zu sieht er sich um, damit wir niemanden anrempeln, der zu langsam tanzt. Weitere Paare tanzen den Twostepp. Ich muss kurz die Schritte mitzählen, um nicht durcheinanderzukommen.

Eins. Eins-zwei.

Eins. Eins-zwei.

Tacker ist sogar ein guter Tänzer. Ich muss nicht erst fragen, sicherlich hat er mit MJ oft getanzt. Dass er es nun auch mit einer anderen als seiner Verlobten genießen kann, ist erstaunlich.

Und er genießt es sichtlich.

Mit einem lockeren Lächeln sieht er mich an. „Ich bin froh, dass du mitgekommen bist."

„Ich auch. Es ist schön, neue Freunde kennenzulernen."

Tacker zieht die Brauen zusammen. „Das klingt, als hättest du keine."

„Doch, schon. Aber die habe ich schon seit Wochen nicht gesprochen und seit Monaten nicht gesehen. Die sind alle verheiratet und haben Kinder. Ich arbeite zu lange, sodass ich niemanden mehr treffen kann. Selbstständigkeit ist nicht leicht."

„Kann ich mir vorstellen. Aber jetzt hast du ja neue Freunde, und einige sind total begeistert von deiner Ranch. Du kannst uns getrost als deine neue Crew bezeichnen."

„Ich bin ein Glückspilz."

Tacker wirbelt uns herum, sodass ich kurz rückwärts tanze, und dreht uns wieder in die Ausgangsposition.

„Du kannst echt gut tanzen", sage ich lachend. „Sollte das mit dem Eishockey mal nichts mehr sein, kannst du in Altenheimen auftreten und die alten Ladys übers Parkett schieben."

„Sehr witzig", sagt er milde.

Wir tanzen weiter. Gelegentlich necken ihn die Kameraden, nutzen die Gelegenheit, ihn damit aufzuziehen, dass er immer so verschlossen war und jetzt plötzlich tanzt. Er geht nicht darauf ein. Wir genießen den netten, unbeschwerten Moment.

Bis Tacker etwas Ernstes sagt. „MJ wollte keine Kinder."

Das kommt so unerwartet, dass ich über seinen Fuß stolpere.

Tackers starke Arme halten mich und wir kommen wieder in den Takt. Ich betrachte seinen Ausdruck. Er ist nicht traurig oder verärgert. Sein Tonfall ist sachlich. Normalerweise sagt er so etwas nur in einer Sitzung. Dass er es hier in der Öffentlichkeit beim Tanzen sagt, macht es mir schwer, zu erkennen, was er dabei fühlt. Jedenfalls beschäftigt es ihn. Vielleicht, weil ich erwähnt habe, dass meine Freunde Kinder haben. Ich weiß nicht, ob er jetzt will, dass ich die Therapeutin oder die Freundin bin, schenke ihm aber trotzdem meine volle Aufmerksamkeit. „Gab es einen bestimmten Grund dafür?"

Tacker blickt kurz über meine Schulter und sieht mich dann wieder an. „Sie meinte, sie sei kein mütterlicher Typ, hatte Angst vor der Geburt, wollte sich ganz ihrer Karriere widmen, wollte nicht, dass Kinder ihr die Zeit mit mir wegnehmen. Such dir etwas davon aus."

„Viele Frauen entscheiden sich gegen die Mutterschaft."

„Ich weiß. Ich verurteile sie auch nicht dafür. Aber es stellte einen Streitpunkt dar."

„Habt ihr euch deswegen in die Haare gekriegt?"

„Nein, nicht direkt. Wir hatten nur unterschiedliche Vorstellungen von der dauerhaften Beziehung. Ich habe gehofft, dass sie eines Tages ihre Meinung ändern wird, und gab mich geduldig."

„So etwas kann zu einem großen Problem werden, besonders wenn es etwas ist, das du wirklich willst und wozu sie nie ihre Meinung geändert hätte."

„Das spielt ja jetzt keine Rolle mehr."

Ich bewege mich näher an ihn heran, damit er meine leise Stimme hören kann. „Das stimmt. Warum hast du es dann überhaupt angesprochen?"

Anstatt mir zu antworten, wirbelt er mich erneut herum. Als ich wieder im Rhythmus bin, spricht er weiter. „Ich habe viel nachgedacht. Über mein Leben ohne MJ und was das für die Zukunft bedeutet. Und sollte ich eine Beziehung eingehen, wären Kinder für mich wieder ein Thema."

„Verstehe."

„Ist das falsch? Denn ich versuche sehr, mich nicht von Schuldgefühlen erdrücken zu lassen."

„Das ist nicht falsch. Du hast dein ganzes Leben noch vor dir und solltest es leben, ohne die alte Beziehung als Maßstab zu nehmen."

Tacker zieht mich überraschenderweise so nah an sich, dass sich unsere Körper fast berühren. Da der Twostepp ein Tanz ist, bei dem man sich synchron bewegen muss, berühren sich unsere Beine. Er tanzt gleichmäßig und erstaunlich anmutig und ich lasse mich von ihm führen.

Wir umkreisen die gesamte Tanzfläche zweimal, tanzen schweigend und sehr eng aneinander.

Als das Lied zu Ende ist, hält Tacker mich sanft an. Wir befinden uns mitten in einer Menschenmenge und der schöne Moment ist vorbei.

Beide lösen wir uns so langsam voneinander,

dass nicht zu leugnen ist, dass wir damit stumm andeuten, uns eigentlich nicht loslassen zu wollen.

Völlig unangemessen von mir. So wie damals, als er mich in der Küche zum Geburtstag umarmte, unsere Wangen sich streiften und wir uns in die Augen sahen.

„Jetzt wäre es ganz leicht, dich zu küssen", sagt er leise.

In meinem Kopf dreht sich alles, nicht nur wegen der Möglichkeit, sondern auch wegen der Konsequenzen für mich als seine Therapeutin.

„Aber das dürfen wir nicht tun", sagt er und geht auf sichere Distanz. Er sieht mich ohne schlechtes Gewissen an. „Das wäre falsch."

„Sehr falsch", stimme ich mit tiefster Enttäuschung zu.

Das entgeht ihm nicht und er lächelt. Die Enttäuschung steht auch ihm ins Gesicht geschrieben. „Bist du bereit, nach Hause zu fahren?"

„Ja." Dabei will ich gar nicht von ihm fort.

Aber es muss sein.

KAPITEL 20

Tacker

Ich habe herausgefunden, dass Pferdescheiße nicht ganz so schlimm stinkt, wenn ich mir ein Tuch ums Gesicht binde. Zumindest steigt dann der Gestank nicht zu sehr in die Nase.

Ich bin bei der letzten Box im Stall und stolz auf mich. Als ich vor ein paar Stunden auf die Ranch kam, war Nora in einer Sitzung im Büro. Sie wusste nicht, dass ich komme, denn wir haben heute keinen Termin, aber es machte mir nichts aus, dass sie keine Zeit hatte. Ich kam her, um freiwillig auszuhelfen, ihr in meiner Freizeit etwas auf der Ranch zur Hand zu gehen. Außerdem mag ich Raul und möchte nicht, dass er irgendwann vor Erschöpfung umfällt.

Zumindest ist das meine Ausrede, herzukommen, sodass ich nicht zugeben muss, Nora wiedersehen zu wollen. Wenn auch nur für einen kurzen Augenblick und ein kurzes Winken.

Ich bin stolz auf meine Arbeit heute Morgen. Raul hat mich sofort zur Arbeit bei den Pferden eingeteilt. Während er mir sehr gern das Ausmisten auftrug, informierte er mich darüber, dass ich die Pferde allein aus dem Stall führen muss.

„Ich habe keine Zeit, den Babysitter für dich zu mimen, *Gringo*."

Ich schnaubte und lachte, bis ich kapierte, dass er nicht scherzte. Dann dachte ich noch einmal darüber nach, ob ich wirklich helfen wollte. Denn nun musste ich mich wirklich den Pferden nähern. Sie anfassen. Herumkommandieren.

Das gefiel mir gar nicht.

Ich kann nicht erklären, warum ich mich mit Pferden unwohl fühle. Ich habe erst ein Mal auf einem gesessen, als ich mit MJ im Urlaub war. Sie empfand es als romantisch, am Strand entlang zu reiten, aber mein Gaul war riesig, hatte Angst vor den Wellen, wich ihnen ständig aus und hörte nicht auf mich. An dem ganzen verdammten Erlebnis war nichts romantisch.

Aber Raul zeigte mir, wie es geht. Geduldig erklärte er mir, wie man den Führstrick am Halfter befestigt und das Pferd aus dem Stall führt. An der Wand befinden sich Haken, an denen man die Pferde festmachen kann, wo Futtertröge hängen und wo sie fressen konnten, während ich arbeitete. Mir fiel auf, dass er mit dem ersten Pferd Spanisch sprach. Auf seine Worte kam es nicht an, sondern auf seinen Tonfall. Er kommunizierte mit dem Tier, strahlte aus, dass er es respektierte und für es sorgte. Das Pferd folgte jedem Befehl, und das gab mir etwas Sicherheit.

Ich schaffte alle fünf Boxen auf der einen Seite und brachte jedes Pferd problemlos heraus und wieder hinein. Beim letzten Pferd denke ich mir, dass ich mich vielleicht tatsächlich mit diesen Biestern anfreunden könnte.

„Gute Arbeit, *Mijo*", sagt Raul hinter mir.

Nachdem ich neues Stroh ausgelegt habe, klopfe

ich mir die Hände am Hintern an der Jeans ab. Ich sehe Raul nicht an, als ich zum letzten Pferd gehe, das nett darauf wartet, dass ich mit seinem Zuhause fertig bin. Ich murmele leise Worte und streiche mit der Hand über den braunen Rücken des Tiers. Ich mache die Leine vom Haken los und führe das Pferd in den Stall, wende es sogar, damit es Richtung Tür schaut. Das tue ich vor allem, damit ich nicht hinter ihm stehen muss. Ich bemerke, dass Raul mir zusieht und dass in seinen Augen so etwas wie Stolz schimmert.

Er nickt bewundernd. „Du hast deine Angst überwunden."

Obwohl ich ungern zugebe, mich vor etwas zu fürchten, muss ich sagen, dass er recht hat. Ich hatte Angst vor diesen verdammten Viechern, aber langsam gewöhne ich mich an sie.

Ich schaue kurz auf meine Uhr. „Ich habe noch zwei Stunden Zeit, bevor ich zurückmuss. Hast du noch eine Aufgabe für mich?"

Heute ist ein freier Tag. Das nächste Spiel ist ein Heimspiel und erst in zwei Tagen. Also hat uns der Coach freigegeben. Wahrscheinlich würde er ausrasten, wenn er wüsste, dass ich mit dem frisch geheilten Handgelenk auf einer Ranch arbeite. Morgen werde ich den Gips los. Ich kann es kaum erwarten.

Heute Abend gehe ich mit Aaron essen. Nicht opulent, nur um die Verbindung mit meinem besten Freund aufzufrischen. Ich finde, er hat noch etwas gut bei mir, weil ich ihn nach dem Absturz derartig ausgeschlossen habe.

„Ich könnte dir höchstens noch ein Bier anbieten", sagt Raul lächelnd.

„Da muss ich leider passen", antworte ich mit einem Lachen. Er weiß, dass ich nicht mehr trinke. „Aber Wasser würde ich nicht ablehnen."

Raul geht den Mittelgang des Stalls entlang und ich folge ihm. Am Ende befindet sich ein kleiner Raum. Darin stehen ein Schreibtisch, ein kleiner Kühlschrank und zwei Stühle. Eine Klimaanlage kühlt den Raum.

„Willkommen in meinem Büro", sagt Raul und macht eine ausladende Handbewegung.

Ich sehe mich um. Auf dem Schreibtisch liegt oder steht nichts. Kein Computer, keine Papiere. „Wozu brauchst du ein Büro?"

Raul zuckt mit den Schultern. „Keine Ahnung. Nora hat den Schreibtisch und den Kühlschrank hier reingestellt. Sie wollte mir einen Computer aufschwatzen, aber ich hasse die Dinger und habe mit Kündigung gedroht. Also gehe ich hier nur rein, um mich abzukühlen und ab und zu mal ein Bier zu trinken, wenn es zu heiß wird."

„Verstehe." Ich fühle mich wie zu Hause und gehe zum Kühlschrank hinüber. Darin befinden sich Bier, Wasserflaschen, Süßigkeiten und ein einsamer Apfel. Ich nehme ein Bier und ein Wasser heraus und schließe die Tür mit dem Fuß.

Raul lässt sich auf einem Stuhl nieder und verzieht schmerzhaft das Gesicht. Ich frage mich, was ihm wohl wehtut. Wahrscheinlich mehr als eine

Stelle, wenn man in seinem Alter noch körperliche Arbeit auf einer Ranch verrichtet.

„Du hast gestern wirklich gut gespielt", sagt Raul und nimmt das Bier entgegen, das ich ihm reiche, bevor ich mich ebenfalls setze. „Sogar mit dem verdammten Gips an der Hand."

„Ich kann es kaum erwarten, ihn loszuwerden." Ich öffne die Flasche und trinke einen großen Schluck.

„Du hast ziemlich geschmeidig auf den Beinen gewirkt und auch selbstsicher."

Ich lächele. „Ich fühle mich um Tonnen leichter. Das scheint man auf dem Eis zu merken."

„Das freut mich." Er hebt das Bier zu einem stummen Prost.

Irgendwie ist es gemütlich in diesem alten Stallbüro mit der röhrenden Klimaanlage. Raul trinkt sein Bier und betrachtet mich mit seinen gealterten Augen. Bei ihm habe ich nicht das Gefühl, mich verschließen zu müssen, und ich frage mich, warum. Sicher hat es damit zu tun, dass ich hart daran arbeite, generell offener zu sein, aber da ist noch mehr.

„Das ist nur Nora zu verdanken", sagte ich und wundere mich, dass ich darüber plaudere.

Raul nickt und sein Ausdruck spiegelt seine Zuneigung zu ihr wider. „Sie ist etwas Besonderes. Das wusste ich sofort, als ich ihr die erste Reitstunde gab."

„Wie alt war sie da?"

„Ungefähr zwölf. Helen brachte sie her und erzählte mir ihre Geschichte. Nora sprach etwas Englisch, weil die europäischen Länder es in der Schule lehren, aber weil sie auf dem Land gelebt hat, fehlte ihr die Übung. Die Kommunikation war am Anfang etwas holprig. Man merkte ihr an, dass sie etwas Schreckliches erlebt hat. Sie hatte einen schüchternen, verletzten Blick. Aber man sah ihren Augen auch ihre Entschlossenheit an."

Ich versuche, mir ein Bild von ihr zu machen. Vielleicht hatte sie Zöpfe. Probleme mit der Aussprache. Trauerte unfassbar und versuchte, sich an das neue Land und Zuhause zu gewöhnen. Trat einem riesigen Pferd entgegen, entschlossen, mit ihm fertigzuwerden.

Oh ja, Nora ist etwas Besonderes.

„Sie ist die am härtesten arbeitende Person, die ich kenne", fährt Raul fort. Er klingt in Gedanken versunken. „Sie war fest entschlossen, Amerikanerin zu werden. Sie wollte unbedingt fließend Englisch sprechen, wenn die Adoption genehmigt wäre, sodass wir während der Reitstunden viel redeten. Sie hat mich zu Gesprächen gezwungen, damit sie üben konnte."

Ich lache in mich hinein. Wahrscheinlich brauchte Nora nicht lange, um sich in Rauls Herz zu schleichen. Er behandelt sie wie eine Tochter.

„Und was ist mit deiner Familie?", frage ich.

Raul trinkt erst einen Schluck und blickt ins Leere. „Meine Frau Guadalupe ist vor neun Jahren gestorben. Unsere Kinder sind schon vor Langem in den Osten gezogen. Ich habe eine Handvoll Enkelkinder, die ich nie zu sehen bekomme, weil mich niemand besucht. Traurig, aber Nora ist mir mehr eine Tochter als meine eigene.“

„Du hast so ein Glück, sie zu haben.“ Ich senke den Blick und denke darüber nach. „Oh Mann, *ich* habe Glück, sie zu haben.“

Raul hebt die Augenbrauen.

„Äh … als Therapeutin, meine ich.“

„Klang nicht so, als ob du an sie als Therapeutin gedacht hast.“

Er sagt das nicht vorwurfsvoll. Es klingt sogar eher erfreut. Ich runzele die Stirn. Was geht in ihm vor? Ist er beschützerisch? Muss ich bei ihm aufpassen und sollte lieber zurückrudern?

„Gestern Abend hätte ich Nora beinahe geküsst“, plaudere ich aus. Ich muss den Drang unterdrücken, mir spontan den Mund zuhalten zu wollen, weil ich das soeben dem Mann gegenüber zugegeben habe, der ihr Vater sein könnte.

Raul weitet die Augen. „Wie bitte?“

„Wir haben getanzt, uns unterhalten und … na ja, ich wollte es, aber habe es nicht getan. Mir ist bewusst, dass wir das nicht dürfen.“

„Sie hat moralische Regeln zu beachten, Tacker.“ Sein mitfühlender Ton beruhigt mich etwas. „Ihre Lizenz steht auf dem Spiel. Bei dir steht ja nichts im Weg.“

„Ich weiß.“ Ich höre mir selbst die Frustration an. „Und ich habe kein Recht, auf diese Weise an sie zu denken. Meine Verlobte ist bei einem Flugzeugabsturz umgekommen. Ich stecke tief in Trauer und Schuldgefühlen und sollte eigentlich nicht an andere Frauen denken …"

„Halt, stopp!" Raul setzt sich aufrechter hin und hält seine Hand hoch. „Hör sofort auf damit. Mal abgesehen von Noras moralischen Verpflichtungen als Therapeutin – du darfst dir nicht von deiner Vergangenheit diktieren lassen, an wem du interessiert bist."

Ich lasse das einen Moment sacken. „Das verwirrt mich jetzt. Willst du mir sagen, ich soll mich für Nora interessieren?"

„Ich sage dir, wenn du so weit bist, wieder eine Beziehung zu haben, dann tu es. Egal, ob es Nora ist oder eine andere."

„Egal, ob es Nora ist?", bohre ich nach. „Du sagst also, dass ich ganz speziell an ihr interessiert sein darf?"

Raul verdreht die Augen. „Bist du immer so begriffsstutzig? Lass mich es dir erklären. Du verdienst es, glücklich zu sein. Wenn du bereit bist, einen Schritt in diese Richtung zu machen, dann mach den größten, den du kannst. Was Nora angeht, so ist sie deine Therapeutin und du darfst dich nicht mit ihr einlassen. Wenn sie nicht deine Therapeutin ist, dann schon. So einfach ist das."

Ach, einfach, ja?

Eine Idee gärt in mir.

„Will sie sich denn überhaupt mit dir einlassen?", fragt Raul zögerlich.

„Ich glaube, sie wollte mich gestern auch gern küssen, aber ich weiß es nicht mit Sicherheit. Es war nur ein flüchtiger Moment, aber ich glaube, ihr ging es genauso wie mir."

Raul schüttelt den Kopf. „Himmel noch mal", murmelt er. „Ich kann nicht fassen, dass ich hier sitze und dir Ratschläge zu deinem Liebesleben mit Nora gebe."

Mehr sagt er nicht, auch wenn das klang, als würde er gerade erst so richtig loslegen wollen. Erwartungsvoll lehne ich mich vor.

Rauls Blick ruht auf seinem Bier und er scheint nachzudenken. Dann seufzt er und sieht mich an. „Wie ich schon sagte, wenn du bereit bist, dein Glück zu finden, dann mach den größten Schritt, den du kannst."

Ich warte, doch mehr kommt nicht.

Plötzlich begreife ich, dass es darauf ankommt, was er *nicht* sagt. Er warnt mich nicht, besser Nora fernzubleiben. Bringt nicht die Gefahr ins Spiel, sie könnte ihre Lizenz verlieren.

Raul sieht mich nur an, hat mir die Herausforderung wie einen Fehdehandschuh vor die Füße geworfen.

Jetzt ist nur die Frage, ob ich bereit bin, den nächsten Schritt zu tun.

Ich erhebe mich vom Stuhl. „Weißt du, wo Nora gerade ist?"

„Im Haus." Er nickt in diese Richtung.

Ich grinse. „Okay. Vielen Dank für das Gespräch."

Raul nickt und ich eile zur Tür.

„Mijo?"

Ich weiß nicht, was das heißt, aber es muss wohl eine Art Kosewort sein. Ich drehe mich zu Raul um.

„Wenn du ihr wehtust, bringe ich dich um. Auch wenn ich dich mag, wirst du sehr tot sein. Ich werde dich in der Wüste vergraben und niemand wird dich je finden."

Ich lache nicht. Er meint es todernst und ich respektiere ihn. „Ich werde mir alle Mühe geben."

Raul nickt, trinkt von seinem Bier und akzeptiert mein Versprechen.

Ich lasse ihn allein und gehe zum Haupthaus.

An der Tür halte ich kurz inne, atme durch und frage mich, ob ich wirklich bereit für eine neue Frau bin.

Das bin ich.

Aber nur, wenn es sich um Nora handelt.

Da bin ich ganz sicher.

Ich klopfe an der Tür und höre sofort ihre Schritte.

Sie ist nicht überrascht, mich zu sehen, und begrüßt mich mit Wärme. „Ich habe deinen Pick-up neben dem Stall parken sehen." Sie tritt zur Seite. „Raul hat gesagt, dass du ausgemistet hast. Das ist echt nett von dir."

Jetzt oder nie!

Nicht zu viel nachdenken!

Ich trete ein und umfasse ihr Gesicht. Wegen des verfickten Gipses kann ich sie nur mit den Fingerspitzen berühren. Doch das genügt. Ich beuge mich hinab und drücke den Mund auf ihren.

Überrascht schnappt sie nach Luft, zuckt zusammen, und ich warte darauf, dass sie sich zurückzieht.

Doch das tut sie nicht.

Sie öffnet den Mund und lässt zu, dass ich den Kuss vertiefe. Sie schmeckt nach Sonnenschein und Träumen, genau wie ich es mir vorgestellt habe.

Ich nehme, was sie mir zugesteht, doch ich dehne es nicht lange aus.

Es gibt zu viel zu besprechen.

Als ich mich zurückziehe, wirkt Nora leicht benebelt. Eine Mischung aus Freude und Bestürzung. Ich kann nur raten, was in ihr vorgeht.

„Hat dir das gefallen?", frage ich zögerlich.

Sie nickt und berührt wie abwesend mit den Fingern ihre Lippen.

„Schön", sage ich triumphierend. „Du bist gefeuert."

Jetzt zuckt sie zusammen und hebt die Augenbrauen. „Du feuerst mich?"

„Genau", sage ich grinsend. „Ich beende die Therapie. Nichts gegen deine therapeutischen Fähigkeiten, die übrigens fantastisch sind, aber wenn du nicht meine Therapeutin bist, kannst du auch nicht deine Lizenz verlieren."

„Aber Tacker", sagt sie besorgt. „Du darfst nicht einfach deine Therapie abbrechen."

„Das werde ich nicht", versichere ich ihr. Denn das kommt nicht infrage, weil mein Vertrag es fordert. „Ich werde wieder zu Dr. Dummfick gehen."

„Aber den kannst du nicht leiden." Sie klingt leicht panisch. „Es ist nicht gut, wenn …"

Ich umfasse erneut ihr Gesicht und küsse sie. Genauso sanft wie vorhin, doch diesmal länger. Ich küsse sie, bis ich spüre, dass sie dahinschmilzt.

Zögerlich beende ich den Kuss. Sie öffnet die Augen. Ich genieße, dass sie jetzt noch berauschter wirkt.

„Wenn sich das anfühlt, als ob es dir etwas bedeutet", sage ich langsam, damit sie meine Entschlossenheit spürt, „dann gib der Sache eine Chance."

„Welcher Sache genau?", fragt sie sanft.

Ich höre heraus, dass sie sich jetzt um mehr sorgt als nur um ihre Lizenz. Ich bin so etwas wie beschädigte Ware. Ein Risiko für ihr Herz.

„Ich weiß es nicht, Nora. Ich weiß nur, dass ich mich sehr lebendig fühle, wenn ich bei dir bin, mit dir rede oder dich küsse. Du bist der erste Mensch, der mich die Welt wieder in Farbe sehen lässt, und auch wenn du eine tolle Therapeutin bist, hat das mehr mit dir als Mensch zu tun."

Sie blickt zur Seite und nimmt die Unterlippe zwischen die Zähne. „Der Kuss bedeutet mir etwas", gibt sie zu. Erleichterung durchfließt mich. „Aber ich weiß nicht, ob das eine gute Idee ist, Tacker."

„Wenn ich zu einem anderen Therapeuten gehe, bekommst du keine Schwierigkeiten ...“

Sie hebt eine Hand. „Ich mache mir keine Sorgen um mich. Sondern um dich.“

Ich halte inne. Natürlich sorgt sie sich um mich. Als Therapeutin ist das ihre Aufgabe. Aber ich sehe ihr an, dass ihre Sorge tiefer geht, in die persönliche Ebene.

Vielleicht sollte ich mir auch Sorgen machen.

„Hör zu“, sagt sie und tritt einen Schritt zurück. „In fünfzehn Minuten habe ich einen Termin und das geht den ganzen Nachmittag so weiter. Unser regulärer Termin ist morgen, also lass uns dann weiterreden.“

„Das geht bei mir nicht“, sage ich sanft.

„Warum nicht?“

„Weil ich unsere Sitzungen beendet habe. Wenn ich jetzt gehe, werde ich bei Dr. Dummfick einen neuen Termin machen. Aber heute Abend komme ich wieder her und hole dich um sieben zum Dinner ab. Und dann können wir weiterreden.“

„Ich kann nicht zu einem Date mit dir gehen“, sagt sie verzweifelt.

Ich gehe auf sie zu, lege eine Hand in ihren Nacken, ziehe sie an mich und küsse sie. Sie stemmt die Hände an meine Brust, doch dieser Widerstand dauert nur zwei Sekunden, bevor sie sich an mich schmiegt.

Fuck, sie schmeckt so gut. Ihre Lippen sind so weich.

Ich sehe sie an. „Wenn du dich besser fühlst, nenne es kein Date. Bis dann, um sieben.“

Ich drehe mich auf dem Absatz um und verlasse das Haus.

Ich habe keine Ahnung, was zum Geier ich da tue.

Doch tief in mir weiß ich, dass ich auf dem richtigen Weg bin.

KAPITEL 21

Nora

Meine Handflächen schwitzen, mein Magen muckt auf. Noch nie war ich vor einem Date nervös. Aber das ist ja gar keins, mache ich mir selbst klar.

Aber irgendetwas ist es schließlich.

Noch nie habe ich bei einem Mann gefühlt, was ich bei Tacker allein durch seine Nähe empfinde. Wir haben über ernste Themen und schreckliche Trauer gesprochen, aber auch viel gelacht. Unterhielten uns wie Freunde. Kommunizierten außerhalb der Sitzungen per Telefon und Chats, besonders in der Woche, in der er mit dem Team auswärts war.

Allein das ist schon ein Bruch meiner moralischen Regeln, also kommt es auf das Date auch nicht mehr an. Ich darf nicht nur keine intime Beziehung mit ihm haben, sondern nicht mal eine Freundschaft. Denn da ist zu viel Raum für gegenseitige Ausnutzung. Deshalb gibt es diese Regel.

Allerdings ist das heute gar kein Date, egal, wie es sich anfühlt.

Es klopft an der Haustür, und ich schwöre, dass meine Hände gleich anfangen zu tropfen. Schnell wische ich sie an meiner hübschen Jeans ab. Solche trage ich bei der Arbeit auf der Ranch nicht. Es sind Skinny-Jeans mit ausgefransten Enden. Ich rede mir ein, dass es trotz der schönen Bluse und der sexy Sandalen kein Date ist.

Ich atme tief durch, bete zum Himmel, dass er mich bitte führen möge, und öffne die Tür.

Man kann es nicht anders sagen … Tacker ist ein gut aussehender Mann. Als ich ihn das erste Mal gesehen habe, fand ich ihn schon toll. Und während ich zusah, wie er sich veränderte, wieder Freude empfand, wurde er immer schöner.

Erst bemerke ich nicht, dass er eine Hand hinter dem Rücken hat, bis er sie vorzieht und mir einen Blumenstrauß reicht.

Oh Gott.

Wann hat mir das letzte Mal ein Mann Blumen geschenkt?

Noch nie.

Aber das ist kein Date.

„Ich kann die Blumen leider nicht annehmen", sage ich traurig und betrachte die wunderschönen Blüten.

Tacker lächelt. „Die sind für Raul. Kannst du sie bitte in eine Vase stellen, bis er morgen früh kommt?"

Schmetterlinge tanzen in meinem Bauch bei seinem galanten Versuch, mir etwas zu schenken, das ich nicht annehmen darf. Lächelnd nehme ich den Strauß entgegen. „Natürlich."

Ich trete zurück und bitte Tacker mit einer Handbewegung herein. Ich gehe zur Küche und Tacker schließt die Tür und folgt mir.

„Ich kann nicht mit dir essen gehen", sage ich im Gehen und traue mich nicht, Blickkontakt herzustellen. Er soll meine Enttäuschung nicht sehen.

„Was möchtest du dann tun?", fragt er viel zu fröhlich und entgegenkommend.

Ich nehme eine Vase aus dem Schrank, gehe ans Spülbecken und fülle Wasser ein. „Wir müssen reden. Und wieder an den Punkt kommen, an dem wir mit der Therapie waren. Wahrscheinlich sollten wir dafür ins Büro gehen, damit wir in einer professionelleren Umgebung sind."

Ich zucke zusammen, als Tacker um mich greift und den Wasserhahn abdreht. Er packt mich an den Schultern und dreht mich zu sich um.

„Stopp", sagt er leise. „Komm bitte kurz aus dem Therapeutenmodus heraus, ja?"

Ich sehe ihn an, und mir ist klar, wenn ich meine Rolle ablege, begebe ich mich in Gefahr. Dennoch nicke ich zustimmend.

„Lassen wir mal die Tatsache beiseite, dass wir eine geschäftliche Beziehung haben." Er drückt leicht meine Schultern. „Stell dir vor, wir würden uns seit ein paar Wochen in einem Café treffen. Jedes Mal haben wir uns mehr voneinander erzählt. Mit jedem gemeinsamen Kaffee sind wir privater geworden. Irgendwann habe ich den Mut gefasst und dich nach einem Date gefragt. Würdest du Ja sagen?"

Da muss ich nicht lange nachdenken. Ich nicke.

„Dann verstehe ich nicht, wo das Problem ist, Nora. Hätten wir uns zufällig getroffen, würdest du mit mir ausgehen. Und ich habe meine Therapie bei dir aufgehört. Ich habe schon einen Termin bei Dr. Dummfick …“

„Dumfries“, korrigiere ich mit strafendem Blick. „Wenn du schon einen anderen Therapeuten wählst, musst du ihn wenigstens ernst nehmen.“

„Dumfries“, sagt er grinsend. „Ich habe morgen einen Termin bei ihm. Also haben wir beide keine Therapeut-Klient-Beziehung mehr. So einfach ist das. Warum kannst du das nicht akzeptieren?“

Ich senke den Blick und denke an alle Gründe, die ich habe, warum wir das nicht tun sollten. Davon gibt es zu viele, um sie aufzuzählen, doch der wahre Grund hat weniger damit zu tun, dass ich seine Therapeutin bin, sondern damit, dass ich mich in einen Mann verliebe, der schlimm traumatisiert ist. Tacker geht möglicherweise zu schnell vor. Irgendwann mag ihm das bewusst werden und er wird es abbrechen.

Kurz gesagt, ich könnte verletzt werden.

Ich versuche, es ihm klarzumachen. „Ich mache mir Sorgen, dass du vielleicht noch nicht so weit bist.“

Er denkt kurz nach und zuckt dann mit den Schultern. „Wofür genau?“

Ich öffne den Mund. „Wofür? Woher soll ich das wissen? Gestern hast du gesagt, dass du mich gern küssen würdest. Heute willst du mich zum Dinner ausführen und hast die Therapie abgebrochen. Und jetzt fragst du mich, wofür? Siehst du, genau darüber mache ich mir Sorgen. Hast du dir das auch wirklich gut überlegt?“

„Verstehe.“ Er nimmt die Hände von mir und

steckt sie in die Taschen seiner dunkelgrauen Anzughose. Dazu trägt er ein blaues Oberhemd. „Ja, ich habe es mir gut überlegt. In den letzten Wochen habe ich überraschende Dinge erlebt. Ich habe viel gelacht. Ich habe Arbeit für andere getan und mit den Frauen meiner Teamkameraden Kekse gebacken, während die Jungs Eishockey spielten. Ich habe mit meinen Freunden herumgealbert. Ich war wieder auf dem Eis und es fühlte sich verdammt wunderbar an. Ich war in Hochstimmung und hatte vollkommen vergessen, wie es ist, Dinge schön zu finden. Wütend und schlecht drauf zu sein war so normal geworden, dass ich mich damit wohlfühlte, und ich hatte einfach vergessen, wie man glücklich ist.“

Er macht eine Pause, ist aber noch nicht fertig. Er atmet durch und lässt alles heraus. Sein Ausdruck ist ernst, doch entschlossen. „Fünfzehn lange Monate habe ich nicht darüber nachgedacht, dass es ein schöneres Leben für mich geben kann, aber jetzt habe ich es begriffen. Es ist da und wartet auf mich.“

Eine schöne Rede. Offensichtlich hat er schwer darüber nachgedacht und Selbstreflexion betrieben. Doch ich mache mir immer noch Sorgen. „Aber was, wenn du Dankbarkeit darüber, dass ich dir meine Geschichte erzählt habe, mit echter Zuneigung verwechselst? Denn das hat dir geholfen, dich zu öffnen. Und vielleicht bist du einfach nur dankbar und interpretierst mehr hinein? Immerhin kennst du mich gar nicht wirklich. Ich kann auch zickig sein. Und stur. Ich arbeite zu viel und rieche die meiste Zeit nach Pferd. Seien wir ehrlich, ich bin nicht gerade ein guter Fang."

Tacker lacht leise, nimmt eine Hand aus der Hosentasche und ergreift meine Finger. Spielerisch schwingt er unsere Arme hin und her. „Ich würde das gern alles selbst herausfinden, Nora. Das ist der Sinn der Sache, wenn man miteinander ausgeht."

Ich sehe die Vase mit den Blumen an. Diese süße Geste berührt mich tief. Ich würde gern mehr davon erleben. Würde gern das Risiko eingehen.

„Außerdem", sagt Tacker in meine Gedanken hinein, „kenne ich dich sehr wohl."

Bei der Sicherheit in seiner Stimme hebe ich die Augenbrauen. „Ach ja?"

„Du bist liebevoll, mutig, stark, robust, witzig und sanft. Du respektierst die Menschen und bist großartig. Versiert. Ein wahres Wunder. Zusammen mit der Tatsache, dass du superheiß bist, was den Gestank nach Pferd wieder wettmacht, finde ich, dass du ein verdammt guter Fang bist."

„Was, wenn es schiefgeht?"

Zum ersten Mal heute Abend sehe ich Sorge in seinen Augen aufblitzen. „Besteht dieses Risiko nicht immer, wenn man sich für jemanden interessiert?"

„Doch", gebe ich zu.

„Sieh mal", sagt er und zieht an meiner Hand, sodass ich näher trete. Er legt die andere Hand an meinen Hals und beugt sich zu mir. „Ich habe auch keine Ahnung, was auf uns zukommt. Ich weiß auch nicht, ob es funktioniert. Ich hatte so lange kein Date mehr, dass ich gar nicht mehr weiß, wie das geht."

„Na ja", sage ich verschämt, „geküsst hast du mich bereits, also ist dieser peinliche Teil schon erledigt."

Tacker lacht und zieht mich dicht an seine Brust. Ich liebe das Geräusch seines Lachens, das in ihm vibriert. Er legt den anderen Arm um meinen Rücken und umarmt mich platonisch, und mir wird innerlich warm.

„Siehst du, Nora, ich möchte doch nur mit dir schäkern. Ich würde mich freuen, wenn du zu meinen Spielen kämst und mir zusiehst. Ich würde von dir gern das Reiten lernen, damit wir zusammen zu einem Picknick ausreiten können."

Ich schmiege mich an ihn und schlinge die Arme um ihn. Ein Lächeln umspielt meine Lippen. Er hat mich an der Angel. „Und dafür bist du wirklich bereit?" Ich brauche immer noch ein bisschen mehr Gewissheit.

Tacker sieht mir in die Augen. Sein Blick ist stürmisch und entschlossen. „Ich habe eine scheiß Angst, Nora. Auch wenn es mir in der Dunkelheit nicht gut ging, hatte ich mich doch an sie gewöhnt. Und jetzt weiß ich nicht, was auf mich zukommt. Alles ist neu. Aber ich weiß, dass ich mich vorwärtsbewegen muss. Und ich bin ziemlich sicher, dass ich das mit dir tun sollte."

„Als ein Paar?"

„Als ein Paar", antwortet er lächelnd. „Oder als Freunde, falls es denn so sein soll. Aber mehr als Freundschaft wäre mir lieber."

Mir auch. Glaube ich. Aber ich traue mich nicht, es auszusprechen.

KAPITEL 22

Wir beenden das Teamtraining mit Torangriffen. Jeweils zu zweit führen wir einen Zweikampf vor dem Tor. Einer als Angreifer und einer als Verteidiger laufen wir aufs Netz zu, rempeln uns dabei an und versuchen Täuschungsmanöver. Der jeweils nur fünf Sekunden lange Drill bringt uns mächtig ins Schwitzen. Danach skaten wir ans Ende der Schlange und warten darauf, es zu wiederholen. Heute Morgen wurde mir der Gips abgenommen, sodass mein Partner Aaron mich etwas schonender behandelt.

„Gehen wir heute Abend zusammen etwas essen?", fragt Aaron und stößt mein Bein mit dem Schläger an. „Da du mich gestern versetzt hast."

Stimmt. Gestern war ich mit ihm verabredet, weil ich doch meine Freundschaft zu ihm wieder aufnehmen will. Aber dann war es mir wichtiger, zu Nora zu fahren und mit ihr zu reden. Ich wusste nur zu gut, dass sie nicht mit mir ausgehen würde, bevor ich ihr die Sorge nehmen würde.

Nachdem sie mich angehört und zugegeben hatte, es mit mir versuchen zu wollen – Freundschaft, Dating oder was auch immer –, sind wir zu einem Taco-Truck gefahren und haben an einem von der Sonne ausgeblichenen Picknicktisch gegessen. Nora trank Bier und ich Orangenlimo. Das brachte uns zu einem Gespräch über die Lieblingssüßigkeiten unserer Kindheit. Bei mir waren das Hot-Tamales-Zimtbonbons, und Nora liebte Snickers, als sie nach Amerika kam.

Ich erfuhr, dass es in Noras Kindheit in Albanien und später im Kosovo kaum Süßigkeiten gab. Sie konnten es sich nicht leisten, weshalb Besjanas Kuchen an Noras Geburtstagen so eine große Sache waren.

Nora fragte mich nach meiner Familie und diesmal klang das Gespräch ganz anders. Sie war nicht im Therapeutenmodus, sondern an mir persönlich interessiert, und wollte mich besser kennenlernen. Ohne zu zögern, fragte ich sie nach ihrer Familie.

„Was ist nach dem Massaker mit ihnen geschehen?"

„Helen hat gesagt, dass sie in ein Massengrab gekommen sind", sagte Nora. Zwar hörte ich ihre Traurigkeit heraus, doch sie sagte das recht sachlich. „Später hat die NATO sie exhumiert und identifizierte sie anhand ihrer DNA. Helen hatte meine zur Verfügung gestellt und so konnten sie alle gefunden werden. Jetzt sind sie auf einem Friedhof in Drenica begraben."

„Warst du jemals wieder dort?"

Sie schüttelte den Kopf und verzog den Mund. „Ich weiß nicht, ob ich das will. Wahrscheinlich ist es irgendwie böse, es nicht zu tun, aber ich habe dieses Leben hinter mir gelassen. Ich bin jetzt Amerikanerin. Sogar nach all den Jahren noch sind die Erinnerungen schrecklich. Ich weiß nicht, ob ich mich dem wieder aussetzen will."

Das traf mich hart. Es war eine Erinnerung daran, dass der Absturz und MJs Tod ewig ein Teil von mir sein werden, auch wenn ich aus dem Dämmerzustand der Depression erwacht bin.

„Aber du willst das bestimmt gar nicht hören." Nora lachte angespannt. „Es ist deprimierend und …"

Spontan griff ich nach ihrer Hand. „Nein, ich möchte alles über deine Familie wissen. Ich möchte, dass du mir alles anvertrauen kannst. Eines Tages, aber nicht unbedingt heute, möchte ich auch gern über deine Schwester reden und darüber, wie hilflos du dich gefühlt hast, denn ich habe dasselbe gefühlt, als ich MJ sterben sah. Das haben wir gemeinsam, Nora, und das will ich nicht ignorieren. Du sollst wissen, dass du in mir jemanden hast, der dich wirklich versteht."

Sie streichelte meine Hand mit ihrem Daumen. „Ich will dir aber keine Bürde aufhalsen."

Noch nie hat die Berührung einer Frau eine solche Wirkung auf mich gehabt. Es war, als ob sich sämtliche Nervenenden meines Körpers in meiner Hand versammelt hätten. Das friedlichste, tröstendste Gefühl, das ich je gehabt habe.

„Wäre es belastend für dich, wenn ich dir erzählen würde, dass ich an dem Tag meiner geplanten Hochzeit zum Flugzeugwrack gewandert bin?"

Nora weitete schockiert die Augen und sah mich dann mitfühlend an.

Ich nickte und lächelte traurig. „Keine Ahnung, ob ich mich selbst bestrafen wollte oder ob ich einfach eine Verbindung fühlen wollte zu dem Ort, an dem ich das letzte Mal mit MJ gesprochen habe. Aber ich saß einfach stundenlang an der Stelle und dachte darüber nach, was passiert war und was ich hätte tun können, um es zu verhindern. Das Wrack war immer noch dort. Die Gegend ist sehr abgelegen, sodass niemand sich die Mühe machte, es zu bergen."

„Das tut mir so leid", wisperte Nora.

„Muss es nicht." Ich sah ihr in die Augen. „Ich bin froh, dir diese Dinge erzählen zu können. Niemand sonst weiß, dass ich das getan habe."

„Dann freue ich mich, dass ich dir das bieten kann." Ihre Stimme war süß und aufrichtig. „Und wie auch immer es mit uns weitergeht, ob wir ein Paar werden oder nur Freunde bleiben, du kannst immer mit mir darüber reden."

Es war ein Versprechen, das sie halten würde, und es gab mir eine Sicherheit, die ich schon lange nicht mehr gehabt habe.

Fast drei Stunden blieben wir an dem Tisch sitzen und redeten. Manches war harter Tobak, manches nicht. Als ich sie nach Hause fuhr, fiel mir auf, dass es in unseren Gesprächen nie ein peinliches Schweigen gab, egal, ob es um Tod und Trauer ging oder ob wir lachten und uns über unsere Lieblingsfernsehserien unterhielten.

Es war ein großartiges erstes Date.

„Alter", sagt Aaron und stößt mich fester an. „Essen? Heute Abend?"

„Ähm, ich kann nicht." Ich wünschte, die Schlange würde sich schneller bewegen. Vier Spielerpaare sind noch vor uns und es wird abwechselnd gespielt.

„Warum nicht?", fragt er misstrauisch.

Erik und Bishop legen los, Bishop hat den Puck. Sie rammen sich mit den Schultern und bewegen sich mit schnellen Zügen auf das Netz zu.

„Warum nicht?", wiederholt Aaron und gleitet direkt vor mich. „Alles in Ordnung mit dir?"

Ich habe ein schlechtes Gewissen. Er macht sich Sorgen um mich, dabei ist alles mehr als okay. Ich räuspere mich und wispere ihm zu: „Ich hatte gestern ein Date."

„Du hattest ein Date?", ruft er so laut, dass alle ihre Köpfe nach uns umdrehen. Er grinst mich breit an.

„Du Arsch", murmele ich. Ich schubse ihn, nur um meinen Ärger zu zeigen, nicht, um eine Schlägerei anzufangen.

Die Spieler trainieren weiter, das nächste Paar beginnt.

Aaron wirkt leicht verlegen. „Sorry, aber ich bin gleichermaßen schockiert wie begeistert. Wo hast du sie kennengelernt und …"

Coach Perron pfeift das Training ab. „Okay, Männer, das war's für heute. Morgen Teammeeting und danach leichtes Training."

Die Männer gehen auseinander und unterhalten sich dabei.

Alle, außer meine Reihe. Bishop, Erik, Legend und Dax bilden einen Kreis um mich.

„Du hattest ein Date?", fragt Bishop.

„Mit wem?", will Dax wissen.

„Wo hast du sie kennengelernt?", kommt von Erik.

„Oder ist es ein Mann? Das wäre auch cool", wirft Legend ein.

Ich verdrehe die Augen und skate aus dem Kreis, halb genervt und halb erfreut, dass es sie überhaupt interessiert. Sie folgen mir und bohren weiter.

„Komm schon, Bro, spuck's aus", sagt Aaron. „Wir lassen dich sowieso nicht in Ruhe, bis du es uns gesagt hast."

Ich drehe mich auf den Schlittschuhen zu ihnen um und schnaube. „Wenn ihr neugierigen Säcke es unbedingt wissen wollt … es ist Nora."

Sie starren mich an, während die anderen Spieler um uns herum die Eisfläche verlassen.

Bishop findet als Erster seine Stimme wieder. „Ist das nicht irgendwie verboten?"

„Wäre es, wenn sie meine Therapeutin wäre. Aber ich habe die Therapie bei ihr erst beendet und sie dann ausgeführt."

Bishop sieht mich besorgt an. „Tacker, du musst aber die Therapie machen. Sonst kannst du nicht im Team bleiben."

Ich könnte beleidigt sein, bei der ungeschönten Direktheit. Aber ich bin viel zu gerührt von der Sorge meiner Kameraden. Ich halte eine Hand hoch. „Entspannt euch. Ich gehe zu einem anderen Therapeuten. Da war ich heute Morgen. Es ist alles okay. Christian weiß auch schon darüber Bescheid."

Alle wirken erleichtert und Erik stößt mich grinsend an. „Nora also, ja?"

Ich versuche, es mit einem Schulterzucken herunterzuspielen. „Wir haben eine Art Verbindung."

„Wie sehr verbunden seid ihr denn schon?", fragt Erik und wackelt mit den Augenbrauen.

„Schnauze, Mann, werd erwachsen", knurre ich. „Gestern hatten wir unser erstes Date. Und heute Abend treffen wir uns wieder."

„Das bedeutet also eine Absage für mich, ja?", sagt Aaron übertrieben genervt.

„Nora ist einfach hübscher als du", antworte ich.

Die Jungs lachen, doch Dax wird ernst. „Bist du für so etwas wirklich schon bereit, Mann?"

Ich sollte mir blöd vorkommen, diesen Männern mein Seelenleben anzuvertrauen, aber ich tue es dennoch. „Sie hat Licht in meine verdammte Dunkelheit gebracht. Sie hat den Schalter umgelegt. Mir ist egal, ob als meine Therapeutin oder als die schöne Frau, an der ich interessiert bin, aber sie hat die Änderungen verursacht, die ihr Jungs alle seht. Also ja, ich bin bereit, den nächsten Schritt zu tun und zu sehen, wie sich das zwischen uns entwickelt."

„Mehr brauche ich nicht zu wissen", sagt Aaron und klopft mir auf den Rücken. „Außer … ich hätte gern auch mal was von meinem Freund in naher Zukunft, wenn's recht ist."

„Wir haben bald vier Auswärtsspiele hintereinander, da kann ich ja mit dir kuscheln.“

Aaron lehnt den Kopf an meine Schulter und klimpert mit den Wimpern. „Oooh ja! Ich kann es kaum erwarten!“

Lachend schiebe ich ihn von mir.

„Also …“, sagt Legend. Bei dem zögerlichen Klang dieses einen Wortes verstummen wir alle. Legends Wangen sind gerötet. „Ich habe auch Neuigkeiten zu verkünden.“

„Pepper ist schwanger“, rät Erik.

Legend winkt ab. „Nein, nicht schwanger.“ Ich weiß nicht, wer alles davon weiß, aber Pepper kann keine Kinder bekommen. Legend hat es mir erzählt, als ich Weihnachten bei ihm eingeladen war. Das scheint den beiden jedoch nichts auszumachen. Sie ziehen Charlie gemeinsam groß und denken an Adoption. „Aber wir … ähm … wir haben vor ein paar Tagen geheiratet.“

Stille.

Wir starren Legend an, nicht sicher, ob wir richtig gehört haben, und falls ja, was wir dazu sagen sollen.

„Heilige Scheiße, Alter, das ist der Hammer!“, sagt Dax schließlich.

Ein paar der anderen Jungs schauen in unsere Richtung, nähern sich aber nicht.

„Das ist ja großartig“, sagt Bishop, reicht ihm die Hand und umarmt ihn halb. Sie schütteln sich die Hände und wir gratulieren ihm nacheinander.

„Warum die Eile?“, fragt Erik. „Besser gesagt, warum ohne große Feier mit viel gutem Essen und

Alkohol für uns alle?"

„Hat nichts mit Eile zu tun", sagt Legend und bewegt sich langsam auf den Ausgang zu, der zur Spielerkabine führt. Wir begleiten ihn. „Nach der Verlobung waren wir uns einig, dass wir keine große Hochzeit wollen. Da legen wir einfach keinen Wert drauf."

„Glückspilz", murmelt Bishop leicht neidisch.

Er und Brooke werden im Sommer eine große Hochzeit feiern, wie es sich für die Tochter des Coachs gehört. Aber auch wenn er das sagt, weiß ich, dass er Brooke nichts abschlagen kann. Außerdem freut er sich, von ihr für immer vom Markt genommen zu werden.

Ich erinnere mich genau an das Gefühl dieses Wunsches, doch bin nicht sicher, ob ich das je wiederholen werde. Meine schlimmen Erinnerungen werden mir das wohl verderben.

„Also, ich wollte es euch nur wissen lassen", spricht Legend weiter. „Dem Team werde ich es bald auch sagen."

„Vergiss es", sagt Erik und öffnet die Tür zum Ausgang. „Das werden wir bei mir ordentlich feiern. Das kannst du echt nicht machen, ohne Pepper zumindest eine Hochzeitsparty zu schmeißen."

„Ich glaube nicht …", beginnt Legend, doch Bishop unterbricht ihn.

„Wir werden auf jeden Fall feiern", sagt er im Tonfall seiner Funktion als Captain, sodass man nicht zu widersprechen hat.

„Ganz genau", wirft Aaron ein. „Es bringt Unglück, eine Hochzeit nicht zu feiern."

„Aber nur im kleinen Rahmen, okay?", fragt Legend besorgt.

Erik hat schon ein paar legendäre Partys veranstaltet, die stets außer Kontrolle gerieten.

„Versprochen", sagt er und kreuzt die Finger über seiner Herzgegend.

Ich glaube ihm kein Wort.

„Okay", sagt Legend mit einem dankbaren Lächeln. „Dann nehmen wir an."

„Das wird geil", sagt Erik ein bisschen zu enthusiastisch.

„Keine Stripperinnen", warnt Bishop.

Erik wirkt entsetzt. „Alter, ich bin ein verheirateter Mann. Ich brauche keine Stripperinnen, ich habe Blue. Davon abgesehen ist das eine Familienangelegenheit. Und Billy wird dabei sein. Stripper wären so was von out für mich."

Das mag sogar die Wahrheit sein. Seit er mit Blue zusammen ist, hat er seine Playboyart bei Partys extrem zurückgeschraubt. Was okay ist. Sein Platz als Frauenheld wird nun von Aaron eingenommen, der bei jeder Party so viele Frauen anbaggert, wie er nur kriegen kann. Die sogenannten Puck-Häschen werden ganz sicher nicht vernachlässigt werden.

Lachend und herumalbernd laufen wir in die Kabine, als gäbe es keine Sorgen auf der Welt. Ein weiterer Beweis dafür, wie gut ich mich in letzter Zeit fühle und wie dankbar ich bin, dass Nora in mein Leben getreten ist.

KAPITEL 23

Nora

Meine Nervosität hat sich gelegt, und ich genieße sogar Eriks und Blues Party, die sie zu Ehren von Pepper und Legends Eheschließung veranstalten. Es ist die erste Gelegenheit, bei der Tacker und ich als Pärchen auftauchen. Denn nur so kann man uns jetzt bezeichnen.

Es ist zehn Tage her, seit er die Therapie bei mir beendet hat und wir begonnen haben, zu daten. Und vier Tage davon war er bei Auswärtsspielen. An den restlichen sechs trafen wir uns täglich. Manchmal kam er, um Raul bei der Arbeit zu helfen, und danach saßen wir auf der Terrasse und unterhielten uns. Einmal aß er mit Raul und mir zu Abend. Manchmal führte er mich zum Essen aus und gab mir die Gelegenheit, mich dafür schick zu machen. Vorgestern sah ich mir ein Vengeance-Spiel an. Danach waren wir beide zusammen essen.

Blumen bekam ich keine mehr, aber einmal brachte er Raul einen Kasten Bier mit und mir ein Snickers und Gourmet-Kaffeebohnen. Tacker ist wirklich ein aufmerksamer Mann, ohne damit zu protzen. Er ist einfach, wie er ist.

Wenn wir nicht zusammen waren, chatteten wir oder telefonierten. Die Schleusen unserer Unterhaltungen haben sich anscheinend geöffnet. Wie jedes normale Paar wollen wir am Anfang der Beziehung alles vom anderen wissen, weil die gegenseitige Faszination so stark ist.

Die Gespräche wandten sich von MJs Tod und dem Massaker an meiner Familie den schönen Dingen unseres Lebens zu. Beruhigend ist, dass Tacker Wort hält und zu Dr. Dumfries geht, sodass er weiterhin Hilfe bekommt, was sein Trauma angeht.

Und da sollte man ganz ehrlich sein, es ist immer noch da. Wie erwartet hat er noch Unsicherheiten und unterschwellige Schuldgefühle. Aus Erfahrung weiß ich, dass das nicht einfach verschwindet, wenn man nicht daran arbeitet. Glücklicherweise ist Tacker mir gegenüber offen, wenn er einmal einen schlechten Tag hat. Er versteckt seine Traurigkeit nicht und versucht auch nicht, seine Frustration zu verbergen, wenn es mal nicht so gut läuft.

Wir reden darüber. Zwar bin ich nicht mehr seine Therapeutin, aber das hält mich nicht davon ab, ihm zuhören, ihn zu beraten und für ihn da zu sein.

Ja, innerhalb von zehn Tagen ist die Beziehung ein Stück weitergekommen. Auf jeden Fall hat sie sich vertieft.

Als Tacker mich zu der Party einlud, hätte es kein Zögern geben müssen. Es war eine natürliche Entwicklung, dass er mich zu seinen Teamfeiern mitbrachte und dem Team zeigt, dass wir ein Paar sind. Dennoch habe ich die Befürchtung, dass man mich dafür verurteilen könnte, mich mit einem

Patienten einzulassen. Man könnte meinen Ruf als Therapeutin infrage stellen. Das zeigt mir, dass ich mich anscheinend noch nicht ganz wohl dabei fühle. Doch auf der anderen Seite mag ich Tacker.

Ich mag ihn sehr.

Ich bin bereit, das Risiko einzugehen, denn er ist etwas Besonderes.

Tacker versicherte mir, dass das Team über uns Bescheid weiß und dass sich alle für uns freuen. Er hat es seinen engen Freunden im Team erzählt und nach ein paar Tagen hat es sich im Team herumgesprochen. Trotzdem war ich aufgeregt, als wir zur Party kamen, und das Herz schlug mir bis zum Hals. Das war vor einer Stunde und inzwischen ist alles okay. Alle waren sehr nett zu mir, auch wenn ich ein wenig aufgezogen wurde.

Erik hat mich mit der Schulter angestoßen, Tacker zugenickt, der eine Hand auf meinem Rücken hatte, und herumalbernd gesagt: „Nora, du scharfes Weib, hast unseren Großen um den Finger gewickelt."

Ich wurde rot, Tacker knurrte, und Erik zwinkerte uns frech zu, bevor Blue dazukam und mich umarmte. Sie flüsterte mir zu: „Ich kann es kaum abwarten, dass du mir alle Details erzählst, wie ihr euch verliebt habt."

Etwas in ihrer gehauchten Stimme, der romantische Unterton, verursachte mir Schmetterlinge im Bauch. Ja, wir haben uns verliebt, und das ist aufregend.

Tacker und ich betreten das große Haus der beiden und unterhalten uns mit den Gästen. Einige kenne ich von dem Besuch auf der Ranch, einige nicht.

Die Stimmung ist festlich und ausgelassen, alle wollen Legend und Peppers Hochzeit feiern. Nachdem sie bereits herzlich im Team aufgenommen wurde, ist sie nun ein offizielles Mitglied der Familie.

Ja, sie alle sind wie eine Familie.

Es ist faszinierend, wie sie miteinander umgehen. Man sieht die Zuneigung in ihren Gesichtern und hört sie in ihren Stimmen, selbst wenn sie sich gegenseitig aufziehen.

Zielstrebig geht Tacker mit mir in den Keller. Dort spielen Billy und Dax Videospiele auf einem großen Flachbildschirm.

Tacker wartet geduldig ab. Als das Spiel zu Ende ist, tauscht er mit Dax den Platz auf der Couch. Lächelnd sehe ich zu, wie Tacker Billy Faust an Faust begrüßt. Billy grinst ihn mit Bewunderung in den Augen an. Zweifellos ist Tacker sein Lieblingsfreund und Tacker hat ein besonderes Band zu ihm. Er hat ja auch Erfahrung darin. MJ hatte einen behinderten Bruder im Rollstuhl und Tacker hat ihm sehr nahegestanden. Tacker hat die Gabe, sich mit jenen zu verbinden, die besonders viel Hilfe brauchen.

Dax stellt sich neben mich, und wir schauen zu, wie die beiden ein neues Spiel starten. Tacker macht witzige Bemerkungen während des Spiels und Billy lacht.

„Also, du und Tacker?" Er grinst mich an. „Wie kommt es, dass du dich mit diesem Arsch einlässt?"

Tackers Blick ist auf das Spiel gerichtet, als er an meiner Stelle antwortet: „Sie hat eben einen ausgezeichneten Geschmack."

Dax lacht lauthals. Er legt eine Hand auf Tackers Schulter. „Das stimmt."

Ehe ich mich versehe, nimmt Dax mich am Ellbogen und führt mich weg. Er ruft Tacker zu: „Ich nehme deine Frau mit, bringe sie aber unversehrt wieder zurück."

„Das will ich hoffen", antwortet Tacker und behält weiterhin das Spiel im Auge, doch der warnende Ton ist nicht zu überhören. „Oder du wirst es bitter bereuen."

Dax führt mich die Treppe hoch und durch das Wohnzimmer auf die Terrasse, wo einige Pärchen sind, die sich unterhalten, essen und trinken.

Ich begleite ihn zu einer Gruppe Frauen. Ich sehe Blue, Brooke und Regan, die ich schon vom Besuch auf der Ranch kenne. Nur eine der Frauen, die klein ist, umwerfend aussieht und deren dunkle Haare kurz geschnitten sind, kenne ich noch nicht.

„Nora", sagt Dax und lässt meinen Arm los. „Ich glaube, du kennst alle bis auf Pepper."

Ah, natürlich. Das ist Pepper. Die heutige Hauptperson.

Sie breitet die Arme aus und wir umarmen uns. „Herzlichen Glückwunsch", sage ich.

„Danke. Ich freue mich, dass du und Tacker gekommen seid. Ich konnte es kaum erwarten, dich kennenzulernen.“

Plötzlich hält mir Dax ein Glas Wein vor die Nase. „Bitte schön.“

Ich nehme es, auch wenn Tacker nicht trinkt. Er hatte bisher kein Problem damit, wenn ich Wein oder Bier zum Essen trank. Manchmal mag ich das, manchmal nicht, je nach Laune. Tacker versicherte mir, dass es ihm nichts ausmacht, da er noch nie viel getrunken hat, sodass ihm das Alkoholverbot des Managements egal ist. Das klappt gut, denn ich trinke auch nicht oft.

„Und damit“, sagt Dax und lächelt Regan an, „mache ich mich vom Acker. Im Gegensatz zu Tacker hänge ich nicht mit euch Mädels rum.“

Alle lachen, bis auf mich, denn ich verstehe den Insider-Witz nicht. Regan merkt es mir an und erklärt: „Um Tacker unter Leute zu bringen, hat Dax ihm eine Falle gestellt.“

Brooke kichert. „Er hat Tacker gebeten, nach Regan zu schauen, und dabei wusste er nicht, dass wir alle zusammen waren und für ein Wohltätigkeitsevent Kekse backten. Wir haben ihn sozusagen hereingezerrt und ihn nicht wieder weggelassen. Also musste er ein paar Stunden mit uns ertragen.“

Mir klappt der Mund auf und ich sage bewundernd: „Das ist gemein, aber brillant.“

„Total.“ Pepper kichert. „Aber wir mögen Tacker alle so sehr, dass wir mit dem Team dafür gesorgt haben, dass er sich der Welt wieder öffnet.“

„In euch hat er eine unglaubliche Unterstützung", sage ich zu den Frauen.

„Und in dir", sagt Blue. „Du bist genau zum richtigen Zeitpunkt in sein Leben getreten. Ein glücklicher Zufall."

Das kann ich nicht abstreiten, nur hinzufügen: „Oder er kam zum richtigen Zeitpunkt in mein Leben."

Blue strahlt. „Ich liebe das. Ich glaube echt, wenn die Liebe kommt, gibt es immer einen bestimmten Grund dafür."

Bei dem Wort Liebe blinzele ich leicht irritiert, denn so weit sind wir noch lange nicht. Wir haben uns erst ein paarmal geküsst. Noch kann ich auf keinen Fall behaupten, ihn zu lieben.

Von den Doppeltüren der Terrasse her ruft jemand: „Alle mal herhören!"

Erik steht dort mit einem Glas Champagner in der Hand und macht sich wichtig.

„Er muss immer so ein Gedöns machen", murmelt Blue, wirkt aber entzückt.

„Wenn bitte alle ins Wohnzimmer kommen würden …" Er macht eine einladende Handbewegung und wirft Blue einen verführerischen Blick zu.

„Alberner Kerl", murmelt sie und macht sich auf den Weg zu ihm. „Aber er ist meiner und ich liebe ihn."

Alle schieben sich Richtung Wohnzimmer und Brooke plaudert derweil mit mir. Sie lädt mich ein, mir ein paar Heimspiele mit ihr anzusehen. Drinnen sehe ich Tacker neben Billys motorisiertem

Rollstuhl stehen. Erik hat im Haus einen Fahrstuhl installieren lassen und es behindertengerecht umgebaut. Obwohl Billy lieber in einer Wohngruppe bleibt, ist er oft hier, wie Tacker mir erzählte.

Die Frauen der First-Unit-Männer gesellen sich alle zu ihren besseren Hälften, sodass ich mich auch zu Tacker begebe.

Erik stellt sich vor den Kamin, und Blue tritt neben ihn. Nun sind alle da und warten auf Eriks Verkündung.

„Wie ihr wisst, feiern wir heute Legend und Peppers Hochzeit."

Leute pfeifen und klatschen. Legend zieht seine Frau an sich und sieht sie so liebevoll an, dass es mir den Atem verschlägt.

„Ja, ja", sagt Erik mit einem Lachen und macht eine Handbewegung, um alle zum Schweigen zu bringen. „Wir feiern die beiden Turteltauben, aber Legend hat angedroht, mir den Hals umzudrehen, wenn ich eine große Sache daraus mache. Vor allem hat er Geschenke und Reden verboten."

Lachend warten alle darauf, dass Erik sich seinem Freund widersetzt.

„Also werde ich keine Rede über die beiden halten", sagt er, sieht kurz Bishop an und dann Blue. „Stattdessen werde ich von dieser Frau hier reden."

Blues Gesicht wird feuerrot, was noch deutlicher auffällt, weil sie hellblonde Haare hat. Sie tritt einen Schritt zurück, als hätte er eine Bombe oder so etwas in der Hand.

Erik lässt sie jedoch nicht entfliehen, greift nach ihrer Hand und zieht sie wieder zu sich. Er reicht sein Champagnerglas an die nächststehende Person weiter und geht dann vor Blue auf die Knie.

„Dazu gehören dicke Eier", sagt Tacker neben mir.

Ich muss kichern, sehe ihn an und er sieht ebenfalls belustigt aus.

Erik öffnet eine schwarze Schmuckschachtel. Ich kann keine Details erkennen, aber darin funkelt ein Ring.

Erstaunt schnappt Blue nach Luft.

„Blue, manche mögen sagen, dass es hierfür noch zu früh ist, aber ich sage, dass ich ein Leben lang darauf gewartet habe. Manche mögen sagen, ich hätte es nicht genug durchdacht, aber ich sage, dass ich nichts anderes getan habe, als darüber nachzudenken. Noch mehr würden sagen, ich hätte das nicht gut genug geplant, aber ich sage, dass ich mit der Planung fertig bin. Was bedeutet, dass ich mit Billy darüber gesprochen habe. Oft sogar, denn ich wollte sichergehen, dass er mich auch als Schwager akzeptiert, wenn ich dich bitte, meine Frau zu werden. Glücklicherweise ist dein Bruder unglaublich klug und gut aussehend, so wie ich …"

Erik unterbricht sich, sucht in der Menge Billy und sieht ihm in die Augen. Dieser nickt und lächelt strahlend. Offensichtlich wusste Billy von diesem Antrag und ist ganz aufgeregt.

Erik zwinkert ihm zu und sieht wieder Blue an. „Wie du siehst, ist alles in Ordnung. Du, ich und Billy werden ein wunderschönes Leben haben, wenn du Ja sagst und meine Frau werden willst."

Erik nimmt den Ring aus der Schachtel und schiebt ihn auf Blues Finger, was nicht so einfach ist, denn ihre Hände zittern heftig.

Blue antwortet nicht verbal, sondern wirft sich in Eriks Arme, kippt ihn dabei nach hinten um und küsst ihn, was wohl *Ja, ja, ja!* bedeutet.

Alle jubeln. Erik und Blue erheben sich wieder und nehmen die Glückwünsche entgegen. Tacker und ich bleiben im Hintergrund und warten, bis der Ansturm vorbei ist. Tacker legt einen Arm um mich und zieht mich an sich, während wir dem glücklichen Paar zusehen. Ich muss ihn nicht erst ansehen, um seine Freude zu spüren. Verlobungen und Hochzeiten stelle ich mir schwierig für ihn vor, doch jetzt hat er einen Punkt erreicht, an dem er sich aufrichtig über Dinge freuen kann, die seine Freunde haben und er nicht mehr.

***

Es war ein wunderbarer Abend. Die Party wurde etwas wilder, als der Alkohol literweise floss. Erik hat sich irgendwann Blue geschnappt und ist mit ihr völlig bekleidet in den Pool gesprungen. Das schien ihr jedoch nichts ausgemacht zu haben, denn man sah die beiden fast den ganzen Abend sich küssend. Billy hatte man längst wieder ins Heim gebracht, sodass er die Ausschweifungen nicht mitansehen musste.

Später bringt mich Tacker nach Hause, genau wie nach jedem unserer Dates. Hand in Hand gehen wir die Treppe zur Haustür hoch und stehen unter der gelblichen Verandabeleuchtung.

Genau wie an jedem anderen Abend habe ich bei dem Gedanken an den Abschiedskuss Schmetterlinge im Bauch. Wie immer küsst er zart meine Lippen.

Außer, dass wir heute den Mund etwas weiter öffnen. Der Kuss wird inniger und Tacker legt eine Hand in meinen Nacken. Ich liebe es, wenn er das tut. Es ist besitzergreifend und dominant.

Ich kann nicht anders, als mich an ihn zu schmiegen, denn der Kuss ist die reinste Magie. Berauschend und mitreißend. Tackers Zunge berührt meine und mich durchflutet pulsierend die Lust. Stöhnend erwidere ich den Kuss, umfasse seinen Kopf und ziehe ihn noch näher an mich.

Tacker entkommt ein raues Stöhnen und er schiebt mich an die Tür. Er klemmt mich mit seinen harten Muskeln und starken Beinen fest und hält mich immer noch im Nacken fest.

Wenn er mich küsst, verlässt mich das Denkvermögen, daher merke ich erst mit Verzögerung, dass er sich leicht zurückzieht und mich dann unergründlich ansieht.

„Ich rufe dich an, wenn ich zu Hause bin", sagt er rau.

„Oder du könntest mich einfach weiter küssen", sage ich hoffnungsvoll und hebe vielsagend die Augenbrauen.

Tacker lächelt sanft und schüttelt den Kopf. „Ich will dich nicht drängen."

Sein Tonfall ist dominant. Anscheinend ist es ihm sehr ernst damit. Er will es langsam angehen lassen.

Das ist auch gut so.

Irgendwie.

„Ich fühle mich nicht bedrängt", sage ich. Sondern wahnsinnig zu ihm hingezogen und will mehr von ihm. Er will es auch. Ich habe es gespürt, als er sich an mich presste. Würde ich nach unten sehen, würde ich eine massive Wölbung in seiner Jeans vorfinden.

„Ich weiß", antwortet er zögerlich. „Aber … ich bin nicht sicher, wann der richtige Zeitpunkt gekommen ist. Zwar weiß ich sehr viel, wenn es um dich geht, aber ich will es nicht vermasseln. Ich will, dass es absolut perfekt wird."

Es ist überwältigend, dass er unser erstes Mal perfekt haben will, und es wärmt mir das Herz, dass er unsicher ist, wie er das anstellen soll. Ich glaube allerdings, dass es ganz von allein perfekt wird, wenn wir uns einfach weiter küssen, aber ich kann nur nicken und lächeln. „Der perfekte Zeitpunkt wird kommen."

„Das wird er", sagt er und sein Blick ruht verlangend auf meinen Lippen. „Gute Nacht, Nora."

„Gute Nacht", wispere ich.

Ich bleibe an der Tür stehen, während Tacker zu seinem Wagen geht. Er winkt mir, und ich hebe die Hand, bevor er den geschotterten Weg entlangfährt.

Ich schließe die Tür und lehne mich dagegen, lasse Revue passieren, was eben passiert ist. Zwei Menschen, die gar nichts gesucht haben, haben trotzdem etwas gefunden. Ob es etwas Dauerhaftes ist, wissen wir nicht, aber das Tägliche ist wunderbar. Wir wissen nur, dass die gegenseitige Anziehung mehr betrifft als nur die emotionale, geistige und intellektuelle Ebene. Zwar haben wir dem außer mit ein paar heißen Küssen noch nicht nachgegeben, doch das werden wir irgendwann. Ich weiß nur noch nicht, wann.

Tacker will mich nicht bedrängen. Er will es nicht vermasseln. Er will, dass es perfekt wird. Doch plötzlich wird mir klar, dass Tackers Sorgen auch morgen und übermorgen noch dieselben sein werden. Nach allem, was er durchgemacht hat, muss ihm dieser Schritt wahnsinnig schwerfallen. Es ist eine Sache, sich für eine Frau zu interessieren, nachdem man gerade die tiefe Trauer um die Frau überwunden hat, mit der man sein Leben hatte verbringen wollen. Aber eine ganz andere, wieder mit einer Frau intim zu werden. Immerhin ist das die tiefste Verbindung, die zwei Menschen eingehen können, und ich kann mir vorstellen, falls irgendetwas Tacker Zweifel aufgibt, dann das.

Doch egal, wann es dazu kommen wird, ich werde mich nicht bedrängt fühlen. Tacker könnte es unmöglich irgendwie vermasseln. Ich glaube, dass es so oder so perfekt sein wird.

KAPITEL 24

Tacker

Als ich meine Apartmenttür aufschließe, fühle ich diese seltsame Mischung aus Erschöpfung und Aufregung. Irgendwie ist es, als hätte ich eine Kerze von beiden Seiten angezündet bei dem Versuch, meine Eishockey-Karriere und mein Liebesleben unter einen Hut zu bekommen.

Das klingt so merkwürdig … mein Liebesleben.

Merkwürdig, dass ich überhaupt eins habe.

Ich kann mich noch daran erinnern, wie ich damals die ersten Male mit MJ ausging. Ich versuchte, das Daten mit meinen unregelmäßigen Spielterminen und den Auswärtsspielen zu vereinbaren, um so viel Freizeit wie möglich herauszuschinden. Unsere nächtlichen Telefonate konnten schon mal Stunden dauern.

Mit Nora ist es ähnlich, doch ehrlich gesagt ist alles mit ihr viel aufregender.

Und erfüllender.

Die Hochzeitsfeier meiner Freunde Legend und Pepper heute bei Erik und Blue … sie wäre ohne Nora nicht so schön gewesen. Für mich gehört sie bereits zur Vengeance-Familie.

Wahrscheinlich ist das so, weil ich aus der dunkelsten Finsternis gekommen bin und sich jetzt natürlich alles extremer anfühlt. Doch ich versuche, nicht so viel zu analysieren, sondern es einfach nur zu genießen.

Ich betrete mein spärliches Apartment. Da ich jetzt wieder zurück im Leben bin, habe ich alle guten Vorsätze, mir Möbel zu kaufen, vernachlässigt. Ich habe keine Minute Zeit mehr dafür gefunden.

Ich schließe die Tür und schiebe die Sicherheitsriegel vor. Um mich mache ich mir zwar wenig Sorgen, aber sicher ist sicher, da das hier keine gute Wohngegend ist.

Als ich damit fertig bin, klopft es plötzlich. Ich zucke erschrocken zusammen und schaue dann durch den Spion.

Erstarrt sehe ich Nora dort stehen.

Eilig öffne ich die Riegel wieder und schwinge die Tür auf. Nora grinst verlegen und wippt auf ihren Absätzen hin und her.

„Hi", sage ich dümmlich, begeistert, sie zu sehen, doch völlig baff, sie vor mir zu haben.

„Hi", antwortet sie unsicher.

„Was machst du denn hier?", frage ich und betrachte sie von oben bis unten. Es fühlt sich an, als hätte ich sie Wochen nicht gesehen, dabei ist es erst eine Stunde her. Es ist mir verdammt schwergefallen, den Kuss abzubrechen. Sie muss sich danach sofort ins Auto gesetzt haben und mir gefolgt sein.

„Na ja", sagt sie achselzuckend. „Ich habe darüber nachgedacht, was du gesagt hast, und ich glaube, dass heute der perfekte Zeitpunkt sein könnte."

In meinem Kopf dreht sich alles. Zwar weiß ich,

was sie meint, aber ich glaube, mich verhört zu haben. „Heute?"

Sie nickt leicht verschämt, doch in ihren Augen flammt Hitze auf. Dieser Gegensatz ist verdammt sexy. „Ich glaube, heute werden wir es perfekt hinbekommen."

Gott im Himmel.

Sie spricht von Sex.

Heute.

Jetzt.

„Lässt du mich rein?", fragt sie, und ihr Ausdruck zeigt, dass sie nichts anderes erwartet.

„Natürlich." Ich öffne die Tür weiter und bitte sie herein. „Aber du sollst nicht denken, dass ich irgendetwas von dir erwarte …"

Sie schneidet mir das Wort ab, indem sie ganz dicht vor mich tritt. Sie umfasst mein Gesicht, lässt die Hände zu meinem Hinterkopf gleiten und zieht mich zu sich hinunter. Direkt zu ihrem Mund. Sie gibt mir einen innigen, verflucht heißen, leidenschaftlichen Kuss, von dem meine Knie weich werden und mein Schwanz hart.

Himmel noch mal.

Es passiert wirklich.

Ich lege die Hände auf ihren Hintern und hebe sie hoch. Sie schlingt die Beine um mich, und ich schiebe sie an die Tür, an die ich sie presse. Unmöglich kann ihr meine volle Erektion zwischen ihren Beinen entgehen, was ihr Stöhnen bestätigt. Sie reibt sich an mir.

Wieder wird mir schwindelig im Kopf. Ich werde

von Empfindungen geflutet und bin überwältigt, nach sechzehn Monaten wieder eine warme, zarte Frau in den Armen zu halten. Und zwar nicht irgendeine. Sondern Nora.

Ihre Finger gleiten in meine Haare und ihr Mund verschmilzt mit meinem. Sie gibt leise Laute von sich und mich überkommt der Drang, ihr die Kleider vom Leib zu reißen und sie gleich hier an der Tür zu nehmen.

Doch dann fällt es mir wieder ein. Sie hat gesagt, es wird verdammt perfekt werden. Zwar habe ich nichts dagegen, sie irgendwann an der Tür, einer Wand, auf einem Tisch oder sonst wo zu nehmen, doch ich will langsam vorgehen, um es lange zu genießen.

Ich will ihr die Perfektion gönnen.

Ich ziehe den Kopf zurück und sehe sie an. Sie ist errötet, ihr Ausdruck ist leicht verschleiert. „Bist du dir auch sicher?"

„Ich habe unterwegs Kondome gekauft", antwortet sie.

Hitze steigt mir in den Nacken. Super Idee, denn ich habe keine.

Ich lehne die Stirn an ihre. „Ich muss mich gleich entschuldigen, denn ich habe nur eine Luftmatratze im Schlafzimmer."

Nora schnaubt. „Das ist egal, denn es wird sowieso perfekt sein, weißt du noch?"

„Ja", antworte ich leise. „Ich weiß."

Ich lege sanft die Lippen auf ihre und trage Nora durch mein kleines Wohnzimmer, an dem armseligen Fernsehsessel vorbei durch den Flur ins Schlafzimmer. Nora presst ihre Wange an mich.

Langsam lasse ich sie von mir abrutschen und genieße jeden Zentimeter von ihr an mir. Es fühlt sich gleichzeitig erleichternd und folternd an.

Nora steht auf dem Teppichboden und sieht sich in dem kleinen Raum um. Sie grinst. „Es ist … ähm … funktional.“

„Außer, wenn die Matratze unter uns beiden Luft verliert.“

Kurz sehen wir uns an und dann brechen wir in Gelächter aus. Es ist bereits perfekt.

„Komm her“, sage ich und locke sie mit dem Zeigefinger zu mir.

Nach nur drei Schritten ist sie wieder in meinen Armen und wir küssen uns. Mit langsamen, sinnlichen Bewegungen unserer Münder, Zungen, Hände, erforschen wir uns, streicheln und zerren. Bei diesem Vorspiel werden wir auf perfekte Weise unsere Klamotten los, ohne dass uns peinliche Unterbrechungen stören. Nora schafft es sogar, die Kondome aus ihrer Hosentasche zu nehmen, bevor ich ihr die Jeans ausziehe.

Ich lege Nora in die Mitte der Matratze. Diese ist glücklicherweise genug aufgepumpt, um uns beide zu tragen, während ich mich nackt auf Nora lege. Sie spreizt die Beine, und ich spüre die Hitze ihrer Pussy an meinem Schwanz, der dort ruht und so hart ist, dass ich das Pulsieren in der ganzen Länge spüre.

Ihre Brüste fühlen sich unter meiner Brust weich

an. Nora spielt mit meinen Haaren und sieht mich an.

„So an dich gepresst zu sein, fühlt sich gut an", sage ich.

Sie kreist leicht mit den Hüften und wegen der Reibung an meinem Schwanz stöhne ich auf. Ich erobere ihren Mund und erforsche ihn mit der Zunge. Nora schmeckt wunderbar.

Bestimmt auch zwischen ihren Beinen. Sollte ich es ausprobieren? Würde sie das wollen? Ich schon, aber ist es vielleicht zu früh für derlei Intimitäten?

Zum ersten Mal kommen mir Zweifel, und ich frage mich, ob ich überhaupt weiß, was ich da tue. Nora ist aktiv, windet sich unter mir, doch ich bin ziemlich unsicher. Ich sehe sie an und versuche, ihrem Gesicht abzulesen, was ich als Nächstes tun soll. Es ist lange her, seit ich Sex hatte, und jetzt scheine ich nicht mehr zu wissen, wie das geht. Ich habe mich immer für gut darin gehalten, aber vielleicht war ich es nur für MJ.

Nora umfasst mein Gesicht und stoppt mein Grübeln. Sie sieht mir in die Augen und redet sanft, doch selbstsicher. „Es wird perfekt werden", versichert sie mir. „Denk nicht darüber nach. Mach einfach, was sich richtig und natürlich anfühlt. Ich schwöre dir, Tacker, es wird perfekt, weil es wir beide sind."

Erleichterung durchspült mich, gefolgt von einer unglaublichen Begierde. Nicht wegen ihres sexy Körpers unter mir oder der heißen Küsse, sondern weil sie das glaubt.

An uns.

Das macht mich an.

Ich küsse Nora, diesmal zärtlich, fast als wäre es ein Abschied. Ich beginne, mich an ihr nach unten zu küssen. Über ihr Schlüsselbein, die Brüste, die Nippel. Sie bäumt sich auf und schnurrt fast wie eine Katze und vergräbt die Finger in meinen Haaren. Als ich an ihrem Bauch ankomme, spreizt sie die Beine, und ich weiß, dass sie recht hat. Es wird perfekt werden.

Ich dachte, ich könnte gar nicht noch härter werden, doch nach dem ersten Lecken fängt mein Schwanz an zu schmerzen. Ich achte nicht darauf und konzentriere mich auf ihren Geschmack und ihre Schreie, wenn ich an ihrer Klit sauge.

Sie reagiert sofort auf alles, was ich tue. Bäumt sich auf und gibt unglaublich sexy Laute von sich, sodass ich fast die Matratze ficke, kurz bevor Nora explodiert.

Sie ruft meinen Namen … das kommt einer Huldigung gleich. Ich fühle mich geehrt und streichele mit den Lippen ihre Innenschenkel.

Als sie meine Haare loslässt, schaue ich über ihren schönen Körper nach oben und sehe, dass sie mich intensiv ansieht. Habe ich etwas falsch gemacht?

„Ich will dich in mir. Sofort", schnurrt sie sexy.

Mehr Anfeuerung brauche ich nicht. Ich nehme mir ein Kondom, reiße die Verpackung mit den Zähnen auf und betrachte dabei Noras nackten Körper. Sie öffnet die Beine für mich und ich werde von ihrer Pussy abgelenkt, die nach meiner Behandlung feucht glitzert und auf mich wartet. Mit leicht zittrigen Fingern rolle ich das Kondom über meinen Schwanz. Vor ihrem Eingang positioniert, muss ich erst einmal tief durchatmen.

Nora legt eine Hand auf meine Herzgegend und mit der anderen führt sie mich in sich. Ich stöhne, als ich in ihr versinke. So verdammt warm und eng. Kurz befürchte ich, mich durch vorzeitiges Kommen zu blamieren.

Nora bewegt die Hüften und will mich dazu bringen, in denselben Rhythmus zu kommen. Mein Körper weiß noch, wie es geht.

Genau so.

Absolut verdammt perfekt.

Nora und ich werden zu einem Wirrwarr aus Körperteilen. Ich plündere ihre Süße, nehme mir, was ich brauche, und gebe ihr alles zurück. Wir keuchen, stöhnen und küssen uns wild zwischendurch, wispern atemlos Dirty Talk, um die Lust noch zu erhöhen.

Es ist kein Klischee, dass wir gleichzeitig explodieren.

Es ist auch kein blindes Glück oder Zufall.

Es ist, weil wir zusammen perfekt sind.

Als ich von meinem Hoch herunterkomme und Nora eng an mich drücke, wird mir klar, dass sie wahrscheinlich absolut perfekt für mich ist.

Und ja, das macht mir ein bisschen ein schlechtes Gewissen.

KAPITEL 25

Nora

Das erste Mal mit Tacker war wunderschön. Ich fühlte mich wie ein durch die Lüfte gleitender Adler. Wie erwartet, war es wirklich perfekt.

Süß, zärtlich und so intim, dass ich Tränen in den Augen hatte, als wir gemeinsam kamen.

Als mich Tacker jetzt von hinten nimmt, sein kraftvoller Körper mich dominiert, merke ich, dass ich noch viel über diesen Mann zu lernen habe. Ich habe mich an den schweigsamen Mann gewöhnt, der sanfter und einsichtiger geworden ist, aber ich habe nicht erwartet, dass Tacker im Bett zum Alphatier wird.

Sollte jemand denken, dass ich mich darüber beschwere … die beiden Orgasmen, die ich bereits hatte, sprechen eine andere Sprache.

Er hat eine Hand auf meiner Schulter und eine an meiner Hüfte und stößt so tief in mich, dass ich mich mit einer Hand an der Wand abstützen muss oder er rammt mich dagegen.

„Alles okay?", fragt er mit zusammengepressten Zähnen.

Zumindest glaube ich das. Er klingt, als ob er sie zusammenpresst. Ich kann es nicht sehen, denn mein Kopf ist gesenkt und ich presse selbst die Zähne zusammen, weil sie mir sonst aus dem Mund gerüttelt werden.

„Ja-a-a-a", bringe ich heraus und atme tief durch. Ich hebe den Kopf und schaue über meine Schulter. Gott, sein Gesichtsausdruck ist wild und schön in seiner Lust. Er sieht zu, wie er in mich eindringt. Als er merkt, dass ich ihn ansehe, richtet er den Blick auf mich, „Fester!", verlange ich.

„Verdammt, Nora", knurrt er und bei seinem Ausdruck von lustvoller Entschlossenheit spüre ich einen weiteren Orgasmus nahen.

Tacker fickt mich, als ob sein Leben davon abhinge. Ich stütze mich mit beiden Händen an der Wand ab und komme ihm mit dem Hintern so gut es geht entgegen, um es ihm leichter zu machen.

Mit zusammengekniffenen Augen lausche ich Tackers Atem. Er wird kürzer, und das bedeutet, dass er gleich kommt. Das ist unser drittes Mal und sein Orgasmus steht kurz bevor. Meiner braucht etwas Hilfe, denn ich hatte bereits zwei. Ich schiebe eine Hand zwischen meine Beine und helfe meinem Körper, mit Tacker mitzuhalten. Ich möchte gern wieder mit ihm zusammen kommen.

Aber plötzlich rutscht meine Hand von der Wand und meine Knie sinken in die Matratze, sodass sich meine Beine unfreiwillig schließen.

Tacker knurrt genervt über etwas und murmelt: „Was zum Geier?"

Dann begreife ich, dass wir sinken. Die Matratze sackt in der Mitte zusammen und wölbt sich um uns auf.

„Fuck", kommentiert Tacker unsere missliche Lage.

Wir haben die Matratze zerstört und er hat die stabile Unterlage verloren.

Im nächsten Moment steht er auf und zieht mich mit hoch. Er dreht mich um und drückt mich gegen die Wand. Tacker verschwendet keine Zeit. Er spreizt meine Beine, zieht meine Hüften an sich und dringt in mich ein.

„Oh Gott, ja!", rufe ich aus und kralle die Nägel an die Wand.

„Wer braucht schon eine blöde Matratze", knurrt er und schiebt eine Hand zwischen meine Beine.

Nach nur ein wenig Zwicken meiner Klit rast der dritte Orgasmus durch mich hindurch. Nicht so heftig wie die beiden anderen, doch stark genug, dass ich wieder Tackers Name schreie.

„Gut so", lobt er mich und rammt in mich hinein.

Beim dritten Mal zuckt sein Körper an mir, als er kommt. Tacker umarmt mich und richtet mich auf. Mit dem Kinn auf meiner Schulter genießt er seinen Höhepunkt.

Hart, schnell und … perfekt.

Ich werfe einen Blick auf die arme Matratze.

Tacker hebt den Kopf und überprüft seine akute Schlafzimmersituation. „Das bedeutet wohl, dass ich wirklich endlich ein Bett kaufen muss."

Lachend lehne ich den Kopf an seine Brust. „Auch wenn meine Beine wie Wackelpudding sind und ich mich liebend gern auf eine feste Matratze legen würde, finde ich, dass die Sache es wert war."

„Das stimmt. Aber ich habe eine Idee."

Tacker zieht sich zurück, gleitet aus mir heraus und hinterlässt ein Gefühl der Leere. Er nimmt meine Hand und führt mich in sein kleines Badezimmer. Für einen Männerhaushalt ist es erstaunlich sauber, wenn auch klein und schäbig, weil dieses Apartmenthaus schon bessere Zeiten gesehen hat. Ohne Scham entsorgt er das Kondom und befeuchtet dann einen Waschlappen. Erstaunt erlaube ich ihm, mich zwischen den Beinen zu waschen, bevor er dasselbe bei sich tut, gefolgt von einem zärtlichen Kuss.

Dann führt er mich ins Wohnzimmer. Außer einem kurzen Blick darauf, habe ich es noch nicht wirklich betrachtet. Dort stehen lediglich ein Fernsehsessel und eine Lampe. Auf der Lehne liegt eine Couchdecke. Bestimmt schläft er gelegentlich hier ein.

Tacker nimmt die Decke herunter, umfasst meine Hüften, legt sich auf den Sessel und zieht mich auf sich. Ich lege mich auf die Seite, kuschele mich eng an ihn und er kippt den Sessel komplett nach hinten und deckt uns zu.

Tacker umarmt mich. „Wenn du über Nacht bleiben willst, ist das alles, was ich anbieten kann."

„Ich werde wohl lieber nach Hause fahren", sage ich bedauernd, obwohl es auf diesem Sessel sicher schrecklich unbequem wäre. „Morgen habe ich früh den ersten Termin."

Er küsst mich auf den Kopf. „Morgen kaufe ich sofort ein Bett, versprochen."

Ein deutlicher Hinweis, dass er mich in Zukunft

öfter bei sich übernachten lassen will. Das freut mich und ich mache ihm daher ein Gegenangebot. „Und du kannst auch auf der Ranch schlafen, wann immer es in deinen Terminplan passt."

„Gern." Er drückt mich an sich.

Schweigend liegen wir eine Weile so zusammen und mir fallen langsam die Augen zu. Vielleicht ist so zu schlafen doch möglich.

„Stört es dich, wenn ich über MJ rede?", fragt Tacker plötzlich in die Stille hinein.

Überrascht sehe ich ihn an. Von allen Dingen ist dieses Thema das letzte, das ich erwartet hätte. Aber ich glaube, dass ich nie wirklich aus dem Therapeuten-Modus herauskomme. Denn ich bin ganz und gar nicht beleidigt oder brüskiert.

„Natürlich nicht", versichere ich ihm und hebe den Kopf, damit ich ihn besser ansehen kann. „Was ist los?"

„Ich habe ein schlechtes Gewissen."

Das überrascht mich nicht. Mit einer anderen Frau zu schlafen, musste das ja auslösen. „Bin ich die Erste, seit …" Ich muss es nicht aussprechen.

„Ja. Mir gefällt nicht, dass ich mich schuldig fühle, denn was wir getan haben, war mehr als fantastisch. Und ich will nicht, dass du denkst, meine Schuldgefühle werten unser Zusammensein irgendwie ab."

„Das denke ich nicht." Ich tätschele kurz seine Brust. „Aber ich habe das Gefühl, da ist noch mehr." Ich spüre immer, wenn jemand etwas verschweigt. Seit seinem Gefühlsausbruch auf dem

Rücken von Starlight war er zwar offen zu mir, doch ich merke, dass er noch nicht alles gesagt hat.

Tacker seufzt. „Als wir beide im Schlafzimmer waren und zur Sache kamen, hat ein Teil von mir gehofft, dass es mittelmäßig werden würde. Denn selbst das wäre mit dir immer noch fantastisch. Ich dachte mir, wenn der Sex nur durchschnittlich ist, kann ich immer noch etwas von MJ für mich behalten, was perfekt war."

„Und?" Ich brauche die Antwort nicht für mein Ego. Sondern er muss sich der Sache stellen, wenn er in der Lage sein will, eine gesunde neue Beziehung zu haben.

„Ich will euch nicht miteinander vergleichen, ich hasse das. Aber was wir beide getan haben, ist weiter entfernt von durchschnittlich als die Erde vom Saturn und …" Er stockt. Kann es nicht aussprechen.

Ich helfe ihm. „Und jetzt hast du das Gefühl, MJ im Stich zu lassen, weil es dir so gut gefallen hat und du es genossen hast?"

Er nickt. „Ziemlich blöd."

„Völlig normal", widerspreche ich. „Intime Partner müssen sich immer mit dem Thema Treue auseinandersetzen. Du bist da keine Ausnahme, Tacker. Und ich verstehe voll, dass du ein schlechtes Gewissen hast, MJ hinter dir zu lassen, wenn du mit mir etwas Neues anfängst. Aber das musst du gar nicht. Du kannst deine Erinnerungen an sie durchaus behalten. Sei dankbar für die Dinge, die mit ihr perfekt waren, auch wenn das mich etwas weniger toll aussehen lässt."

„Du bist auf jede Art perfekt."

„Ach, ganz bestimmt nicht. Irgendwann wirst du auch meine schlechten Seiten kennenlernen."

„Das kann ich ertragen." Er grinst mich an. „Du kannst es in Orgasmen wiedergutmachen."

„Ja, nicht wahr?" Ich stoße ihn verspielt an. „Ich habe jetzt schon das Gefühl, dir welche zu schulden. Ich hatte viel mehr als du."

Tacker verschränkt die Arme hinter seinem Kopf und grinst frech. „Ich hätte nichts dagegen, wenn du jetzt damit anfangen würdest."

Ich küsse ihn auf die Brust und gleite mit der Hand nach unten, auf der Suche nach seinem Schwanz. Weich und befriedigt liegt er in meiner Hand, regt sich allerdings sofort, als ich ihn bearbeite.

Tacker schließt die Augen und lächelt genüsslich. Vorsichtig bewege ich mich nach unten, sodass wir nicht vom Sessel fallen, und nehme ihn in den Mund.

„Nora", haucht er.

Ich muss zugeben, dass ich es liebe, wenn er meinen Namen sagt.

KAPITEL 26

Tacker

Es war eine lange Woche, und ich bin mehr als freudig erregt, Nora wiederzusehen.

Am Montag hatten wir ein Heimspiel, und ich war begeistert, dass Nora kommen wollte. Es ist nicht einfach für sie, extra die Dreiviertelstunde von der Ranch herzufahren, und es bedeutet mir etwas, dass sie unter den Zuschauern ist. Ich glaube, es bedeutet auch ihr etwas, dass ich mich freue, wenn sie da ist.

Nach dem Spiel sind wir nicht mit den anderen ausgegangen, sondern in mein Apartment, da ich am nächsten Morgen für vier Tage zu Auswärtsspielen weg bin. Wieder ein Entgegenkommen von Nora, bei mir zu bleiben, obwohl sie, genau wie ich, am nächsten Tag früh ihren Arbeitstag beginnen musste.

Allerdings hatte ich vorgesorgt. Nach der Luftmatratzenkatastrophe hatte ich ein anständiges Bett bestellt. Zwar dauert es ein paar Wochen, bis es geliefert wird, doch ich hatte schnell ein einfaches Boxspringbett mit meinem Pick-up nach Hause gebracht. Wenigstens ist das bequemer als der Fernsehsessel.

Montagnacht fand allerdings nicht viel Schlaf statt. Die Aussicht, dass wir uns tagelang nicht würden treffen können, gab uns eine Menge Energie, die unbedingt ausgelebt werden musste.

Sex mit Nora ist nicht von dieser Welt. Unsere Verbindung ist nahezu perfekt, als wäre Nora nur für mich erschaffen worden. Abgesehen von kurzen Meldungen meines Gewissens, weil ich MJ für eine andere Frau hinter mir lasse, ist es mit Nora schöner als ich je erwartet hätte. Und es fühlt sich weiterhin gut an. Als wäre ich auf dem richtigen Weg.

Meine Beziehung zum Team wird auch immer besser. Das Lachen fällt mir leicht und die Augenblicke der Trauer und Schuld werden immer seltener. Ich habe das Gefühl, ein Recht auf Freude zu haben. Dr. Dumfries, den ich immer noch zweimal die Woche konsultiere, hat tatsächlich auch etwas damit zu tun. Er macht mir Mut, mein Leben weiterzuleben, und bringt mich dazu, auch die traumatischen Aspekte des Absturzes zu betrachten. Ich muss dem Mann zugestehen, dass er überhaupt nicht der Arsch ist, für den ich ihn gehalten habe.

Zwar bin ich offen ihm gegenüber, doch bei der Erklärung, warum ich wieder zu ihm zurückgekommen bin, habe ich glatt gelogen. Natürlich konnte ich ihm nicht die Wahrheit sagen, ohne Noras Reputation zu gefährden. Also erzählte ich ihm, dass mir der Weg zur Ranch zu weit gewesen wäre.

Glücklicherweise bespricht er mit mir nicht meine Offenheit für eine neue Liebesbeziehung. Da mir die Therapie vom Team verordnet wurde, geht es hauptsächlich um die Beziehung zu meinen Mitspielern und den Coaches, was mir mehr als recht ist.

Die Beziehung mit Nora entwickelt sich gut. Mehr als das, Nora ist einfach unglaublich. Ich habe sie diese Woche sehr vermisst.

Von Dienstag bis Freitag war ich an der Ostküste. Noch ein Auswärtsspiel nächste Woche in Dallas gegen mein altes Team und dann starten die Play-offs. Gestern Abend landete unsere Maschine spät, aber ich war trotzdem früh auf den Beinen. Nora hat sich heute freigenommen und wir werden den Tag miteinander verbringen. Sie musste nicht viel Überzeugung leisten, mich zu einem Ausritt zu überreden, und danach wollen wir uns überlegen, was wir als Nächstes tun.

Keine Ahnung, ob das irgendwie gegen meine Männlichkeit spricht, aber mir wird warm ums Herz, als Nora auf der Veranda steht und mich schon erwartet, während ich mich dem Ranchhaus nähere. Sie lächelt strahlend, als ich den Pick-up parke.

Sie wartet bereits vor meiner Autotür, und als ich sie öffne, steigt Nora zu meiner Freude auf das Trittbrett und umarmt und küsst mich sofort. MJ hätte das nie getan. Sie war mehr der zurückhal-tende Typ. Sehr liebevoll und zärtlich, aber mehr reaktiv als aktiv. Für diesen Vergleich fühle ich mich nicht schuldig. Nora hat mich überzeugt, dass es normal ist. Auch ist sie nicht eifersüchtig, also erlaube ich mir solche Gedanken und erfreue mich an den Unterschieden.

Ich hätte nichts dagegen, wenn Nora mich besteigen würde. Ich lege eine Hand auf ihren Hintern und sie sieht mir in die Augen. Sie ist eine Frau, die keine Angst hat, ihre Gefühle auszudrücken.

„Du hast mir gefehlt", sagt sie.

„Du mir auch." Ich bin auf übertriebene Weise gerührt von den Emotionen in ihrer Stimme und nicht in der Lage, das zu erwidern. Nicht, dass ich es nicht will, aber es ist schwer, Gefühle auszusprechen.

Nora weiß das. Sie lächelt süß. „Bereit für den Ausritt?"

„Bereiter könnte ich nicht sein."

Sie springt vom Trittbrett, lässt mich aussteigen und plaudert weiter. „Ich dachte mir, danach mache ich uns ein Mittagessen. Ich habe leckeren Aufschnitt gekauft und kann uns ein Baguette belegen. Und danach …", sie zwinkert mir zu, „kannst du mir helfen, herauszufinden, was an meinem Bett kaputt ist."

Lachend greife ich nach ihrer Hand, stoppe Noras Absicht, loszulaufen, und ziehe sie an mich. Wir umarmen einander und Nora grinst zu mir hoch.

„Ich habe dich nachts an meiner Seite vermisst." Ihr Blick wird sanft, die Lippen sind entspannt, und ich weiß, dass ich das Richtige gesagt habe. Ich beuge mich bis zu ihrem Ohr hinab und flüstere: „Mir hat gefehlt, in dir zu sein." Nora stöhnt und schließt die Augen. Mit der Hand an ihrem Hinterkopf küsse ich sie auf die Stirn. „Und nur damit du es weißt, wir werden dein Bett erst noch richtig brechen, bevor wir es später reparieren."

Nora stöhnt erneut und schmiegt sich an mich. Mein Herzschlag erhöht sich bei dieser Nähe. Ich atme tief ein und lasse mich von ihrem Duft einnehmen. Vielleicht ist ein Ausritt jetzt eine blöde Idee.

„Komm." Nora tritt zurück und nimmt meine Hand. „Satteln wir die Pferde."

Ich behalte meine Gedanken für mich, denn ihre Vorstellung von einem Ritt ist gerade eine andere als meine.

Wir gehen in den Stall, und das freundliche leise Wiehern der Pferde, die ihre Köpfe aus den Boxen strecken, gilt allein Nora. Diese Tiere lieben sie unerschütterlich.

Ich streichele die Nase eines gescheckten grauen Pferdes, das besonders freundlich ist.

Nora lässt meine Hand los. „Was ist mit dir?"

Kurz bin ich irritiert, doch dann sehe ich Raul, der neben einer Holzbox kniet, in der sich Gerätschaften befinden. Er hat den Arm darauf aufgestützt und lässt den Kopf hängen. Sein üblicher Strohhut liegt auf dem Boden.

Nora eilt an seine Seite und ich folge ihr.

Raul hebt nur den Blick, nicht den Kopf. Leicht schüttelt er diesen und seine Stimme ist rau. „Alles okay. Mir ist nur ein wenig schwindelig. Es ist zu heiß heute, glaube ich."

Der Mann schwitzt stark, dabei ist es heute nicht besonders heiß.

Nora geht auf die Knie. „Raul, du machst mir

Angst.“

Er winkt genervt ab. „Schon gut. Mir ist nur heiß, das ist alles.“

„Und schwindelig“, wiederholt sie seine eigenen Worte. „Hast du sonst noch etwas? Schmerzen? Druck auf der Brust?“

Gut, dass sie diese Fragen stellt. Genau darüber mache ich mir auch Sorgen.

Raul stöhnt beim Aufstehen und schüttelt erneut den Kopf. Nora will ihm behilflich sein, doch er weicht ihr aus. „Mir geht es gut. Ich brauchte nur eine kurze Pause.“

Nora wirft mir einen Blick zu, und ich sehe, dass sie das nicht beruhigt. Auch wirkt sie ratlos, weil Raul sie so schroff abweist. Ich hingegen habe keine Hemmungen, ihn, wenn nötig, härter anzupacken.

„Du siehst blass aus“, sage ich und stelle mich neben Nora. Ich lege ihr unterstützend eine Hand auf den Rücken.

„Mir ist etwas flau“, gibt er zu. Nora rollt mit den Augen, weil er das mir gegenüber zugibt. „Vielleicht habe ich mir den Magen verdorben.“

Vielleicht aber auch nicht.

Mir entgeht die subtile Handbewegung zu seiner Brust hin nicht, die er dann reibt. Nora auch nicht.

„Hast du Schmerzen in der Brust?“, will sie wissen.

„Sodbrennen“, murmelt er. „Die Chorizo mit Eiern von heute früh rächt sich.“

Nora hebt eine Augenbraue, was bedeutet, dass

sie nicht weiß, ob sie ihm glauben soll. „Wie wäre es, wenn ich dich in die Notaufnahme fahre?“, schlägt sie sanft vor. „Vielleicht brauchst du nur ein Antibiotikum.“

„Ich brauche keinen verdammten Arzt“, knurrt er. Bei seinem Tonfall zuckt Nora zusammen und ich balle automatisch die Fäuste, doch dann rudert Raul zurück. „Entschuldige, Liebes. Ich bin nur bärbeißig, weil ich mich nicht gut fühle.“

„Legst du dich bitte wenigstens hin und ruhst dich aus?“, bittet Nora und legt einen Arm um seine Schultern. „Danach fühlst du dich bestimmt besser.“

„Ich habe zu viel Arbeit“, antwortet er, doch weicht Noras Arm wenigstens nicht aus. „Ich wollte gerade die Pferde füttern …“

„Das übernehme ich“, sagt Nora und unterbricht seine Ausreden.

„Und ich helfe ihr“, füge ich hinzu. Sieht so aus, als ob unser freier Tag mit Arbeit auf der Ranch ausgefüllt sein wird. Aber das macht mir nichts aus, solange ich bei Nora sein kann.

Nora blickt zwischen Raul und mir hin und her. „Tacker, würdest du Raul bitte mit dem kleinen Traktor zum Haupthaus fahren?“

Das entfacht eine fünfminütige Diskussion zwischen Nora und Raul, der sich dagegen wehrt, in ihrem Haus ins Bett gesteckt und von ihr verhätschelt zu werden.

Als der Streit zu laut wird, nehme ich die Sache in die Hand. „Komm schon, Raul“, sage ich und deute auf den Traktor. „Ich fahre dich zu dir nach Hause. Nora kann schon mit dem Füttern anfangen und ich kümmere mich um dich. Und dann kannst du uns anrufen, wenn du uns brauchst, okay?"

Nora öffnet den Mund, aber ich schüttele leicht den Kopf und signalisiere ihr, es gut sein zu lassen. Zähneknirschend schnaubt sie wütend und geht dann ans andere Ende des Stalls, wo sich das Futter befindet.

Raul wirkt sofort erleichtert und, falls das überhaupt möglich ist, noch blasser. Schweigend geht er zum Traktor und reibt sich erneut die Brust.

Ich springe auf den Fahrersitz und Raul dirigiert mich zum richtigen Pfad. Sein Haus habe ich noch nie gesehen, allerdings habe ich noch nicht viel von der gesamten Ranch erkundet. Ich habe gehofft, es heute mit Nora zu tun, aber das kann warten.

Raul ist schweigsam, auf seinem Sitz zusammengesunken und leicht grün im Gesicht.

„*Mano e mano*", sage ich, während wir über den Pfad holpern. „Was ist wirklich los mit dir?"

Raul hebt eine Augenbraue. „Erst mal hör auf, mich mit Spanisch einwickeln zu wollen."

Ich schnaube und grinse.

„Und zweitens", sagt er etwas leiser, „weiß ich es nicht. Mir geht's beschissen, okay? Aber ich will nicht, dass Nora sich Sorgen macht. Wahrscheinlich wirklich nur ein Magenvirus, wie sie vermutet. Ich werde mich hinlegen und mich gesundschlafen. Danach ist es bestimmt weg."

„Sodbrennen, ja?", bohre ich nach. Wieder sehe ich, wie er sich die Brust reibt. Stur weigert er sich, mir zu antworten.

Ein kleines einstöckiges Ranchhaus kommt in Sichtweite, mit derselben Stuckverzierung und demselben roten Dach wie Noras. Es ist niedlich. Blumenampeln hängen davor und der Garten ist gut gepflegt und voller Kakteen und anderen Wüstenpflanzen.

„Das mit euch beiden ist etwas Ernstes?", fragt er.

Das überrumpelt mich. Ich sehe zu ihm hinüber. Entschlossen sieht er mich an. Ich werde seine Neugier und Befürchtungen nicht vom Tisch wischen. „Ich glaube schon", antworte ich vage, sodass er nachfragen muss, wenn er mehr wissen will. Zwar bin ich dieser Tage offen Nora und Dr. Dumfries gegenüber, aber ansonsten bin ich bei anderen Menschen weiterhin eher verschlossen. Aaron habe ich ein bisschen über meine Gefühle für Nora erzählt, doch ich bewege mich immer noch durch die trüben Gewässer der Schuldgefühle, sodass ich nicht oft darüber reden will.

„Sie ist anders geworden", sagt er und schweigt erneut.

Der Mistkerl spielt dasselbe Spielchen wie ich und lässt mich nachbohren, wenn ich mehr wissen will. Was definitiv der Fall ist.

„In welcher Beziehung?" Ich parke vor dem Haus.

Er sieht mich streng an. „Sie bewegt sich unbeschwerter. Lächelt grundlos und all so'n Scheiß."

Ich grinse automatisch und stelle das schnell ab. „Echt?" Für meinen Geschmack klinge ich wie ein Teenager, aber das kann ich nicht ändern.

„Sie mag dich, Tacker", sagt er ernst. „Sehr. Vermassel es nicht, okay?"

„Diesen Vortrag hast du mir schon mal gehalten, schon vergessen?"

„Sicher ist sicher", murmelt er und steigt vom Trecker. Er dreht sich um und schaut noch mal mit seinem blassen, verschwitzten Gesicht in die Fahrerkabine. „Ich liebe diese Frau mehr als alles andere. Dich mag ich auch. Ich will nicht, dass einer von euch verletzt oder enttäuscht wird."

„Das wird nicht passieren", versichere ich ihm. „Du hast sicher gemerkt, dass mir sehr viel an ihr liegt, oder?"

„Glaube schon. Und jetzt schaffe ich meinen Hintern ins Bett."

„Wir sehen später nach dir und bringen dir etwas zum Mittagessen, falls du etwas runterbekommst."

„Ich brauche kein verdammtes Mittagessen."

Ich streite mich nicht mit ihm. Nora wird ihn auf keinen Fall in seinem Haus allein lassen, ohne nach ihm zu sehen. Raul ist wie ein Vater für sie. Und sie wie eine Tochter für ihn. Ich verstehe, was hier auf dem Spiel steht und die Tiefe der Zuneigung zwischen diesen beiden Menschen. Und ja, es berührt mich, dass Raul sagte, dass er mich auch mag. Es bedeutet mir viel, sein Einverständnis wegen Nora zu haben.

KAPITEL 27

Nora

„Ich kann nicht mehr", keuche ich und senke mich auf Tackers Schaft ab. Er füllt mich bis zum Anschlag aus, und ich glaube nicht, dass ich den welterschütternden Orgasmus ertragen kann, der sich anbahnt.

Tackers große Hände umfassen meine Hüften. Seine Armmuskeln treten hervor, als er mir hilft, ihn schneller zu reiten.

„Doch, du kannst", knurrt er.

Ich stemme mich mit den Händen auf seiner Brust ab, neige den Kopf zurück und schließe die Augen, spüre ihn tief in mir. Das gibt mir das Gefühl, komplett zu sein, was mir gleichzeitig Angst einjagt. Noch nie habe ich mich so erfüllt beim Sex gefühlt.

Ich hatte bereits Beziehungen. Ernste sogar. Jedenfalls hielt ich sie dafür.

Aber jetzt … ich kann es nicht einmal beschreiben. In all den Jahren als Therapeutin, bei all meinen Beobachtungen und in den gelesenen Büchern über Liebe und Beziehungen kam keine Beschreibung dieser Gefühle vor. Dieses unbestreitbare Zusammenpassen, als wären wir Teile, die sich zu einem komplexen Puzzle vereint haben.

Ich spüre das Kribbeln, das sich zwischen meinen Beinen ausbreitet. „Tacker, ich werde gleich kommen.“

Er stöhnt und zuckt mit den Hüften hoch, dringt noch tiefer ein. Dann legt er seinen Daumen auf meine Klit und es ist um mich geschehen. Ich scheine in eine Million Teile zu explodieren, und er hilft mir, mich wieder zusammenzusetzen, nachdem ich von dem Hoch heruntergekommen bin.

„Verdammt, ja“, lobt mich Tacker, der mein Pulsieren an seinem Schaft spürt.

Noch einmal stößt er nach oben, umklammert meine Hüften und stöhnt bei seinem Höhepunkt. Seine kurzen, rhythmischen Zuckungen, so als ob er versucht, jedes letzte bisschen Gefühl aus uns herauszuholen, machen es noch lustvoller.

Ich sinke flach auf seine Brust, kann mich nicht mehr halten. Es ist unglaublich, wie ich so erfüllt und gleichzeitig so erschöpft sein kann.

Tacker legt eine Hand auf meinen Rücken. Sanft streichelt er mich, während wir beide keuchen und die orgastischen Nachbeben genießen.

Als wir uns beruhigt haben und er wieder zu Kräften gekommen ist, dreht er mich sanft auf die Seite. Wenn er aus mir herausgleitet, fühlt es sich immer wie ein schwerer Verlust an, doch das geschieht natürlich hinterher immer.

Tacker steht auf, geht ins Bad und entsorgt das Kondom. Kurz darauf ist er wieder da. Er umarmt mich, ich lege den Kopf an seine Schulter und er zieht mich eng an sich. In solchen Momenten führen wir die besten Gespräche. Obwohl nicht mehr viel von seinen seelischen Mauern übrig ist, schafft die Intimität der Sexualität es immer wieder, sämtliche Hemmungen zu vertreiben.

„Meinst du, wir sollten noch mal nach Raul sehen?", fragt Tacker.

Kurz fühle ich mich schuldig, weil ich immer noch in dem unglaublichen Sex schwelge, während Tackers Gedanken bereits bei Raul sind. „Ja."

Zwar hat Raul sich am Abend besser gefühlt, als ich ihm Suppe zum Abendessen brachte, doch ich mache mir immer noch Sorgen. Ich sah, dass er wieder seine Brust rieb. Zusammen mit seinem Schwitzen und der Übelkeit mache ich mir Gedanken, ob er einen Herzanfall haben könnte. Beim Mittagessen hatte ich ihn nicht mit Samthandschuhen anfassen oder mich verbal zurückhalten können. Ich hatte zu viel Angst um ihn. Ich hatte ihm direkt gesagt: „Wenn es dein Herz ist, dürfen wir das nicht auf die leichte Schulter nehmen."

Raul hatte abgewunken. Er erzählte mir, dass es in seiner Familie kein erhöhtes Herzrisiko gäbe. Er sei gesund wie ein Pferd, stark wie ein Ochse und stur wie ein Esel. Er versicherte mir, er habe nur Sodbrennen und sich wahrscheinlich etwas eingefangen. In dem Moment glaubte ich ihm das sogar. Da er abends etwas besser aussah, ließ ich ihn in Ruhe. Doch jetzt kann ein letzter Check nicht schaden. Ich setze mich auf und bitte Tacker, mir mein Handy zu reichen, das auf dem Tisch neben ihm liegt. Schnell schreibe ich Raul eine Nachricht.

Ich: *Wie geht es dir?*

Es ist fast zehn, doch Raul ist eine Nachteule. Ich bin nicht überrascht, als er sofort antwortet.

Raul: *Gut. Bis morgen früh, frisch und munter.*

Ich antworte mit einem Herzchen-Emoji.

„Alles okay?", fragt Tacker.

„Zumindest behauptet er es." Ich gebe ihm das Handy zurück. „Er sagt, dass er morgen wieder arbeiten kommt."

Ich gehe davon aus, dass Tacker das Handy auf den Tisch legt und mich wieder in die Arme nimmt. Ich kenne ihn inzwischen. Er wird sich erholen und vor dem Einschlafen noch mindestens eine Runde Sex einlegen. Ich bin bereit.

Bis dahin kuscheln wir stets und unterhalten uns leise.

Doch Tacker setzt sich breitbeinig auf mich. Mit dem Handy in der Hand wischt er darauf herum und stellt irgendetwas ein, offensichtlich um ein Foto von mir zu machen.

„Hey!" Ich lege die Hände auf meine Brüste. „Du Ferkel."

Tacker verdreht die Augen. „Du kannst dir gern die Brüste bedecken, ich will nur dein Gesicht."

Oh Mann. Ich schmelze dahin.

Die Kamera klickt mehrmals, und ich liege einfach nur da, leicht beschämt, so entblößt zu sein. Nicht wegen meiner Nacktheit, sondern weil er an meinem Gesicht interessiert ist.

„Du siehst umwerfend aus“, sagt er und schließt noch ein Foto.

Unfreiwillig muss ich lächeln. Woraufhin er leicht nach Luft schnappt, was bei mir dasselbe auslöst. Er macht noch ein Foto und ist dann noch kurz mit meinem Handy beschäftigt. Konzentriert zieht er die Augenbrauen zusammen.

„So. Ich habe sie alle auf mein Handy geschickt.“

Dann richtet er die Kamera auf seinen Schwanz, der weich geworden, jedoch immer noch beeindruckend groß ist. Er schießt ein Foto und reicht mir grinsend mein Handy. „Damit du etwas zum Angucken hast, wenn ich nicht da bin.“

„Oh mein Gott, du hast doch nicht etwa ein *Dickpic* gemacht, oder?“

Er grinst. „Das wolltest du sicher schon immer mal haben.“

Irgendwie schon. Er legt sich neben mich und ich rufe das Foto auf. Es ist wirklich schön geworden. Natürlich finde ich alles an ihm schön. Ich scrolle durch die Fotos, die er von mir gemacht hat, und schäme mich. Es ist wirklich auf allen nur mein Gesicht zu sehen, aber mein Ausdruck ist … voller Verlangen. Mein Gesicht glüht. Man sieht deutlich, dass ich Tacker total verfallen bin.

Tacker liegt auf dem Rücken und hat nun sein eigenes Handy in der Hand. Er versucht nicht, das

Display vor mir zu verstecken, und sein Ausdruck ist ernst. Ich habe das Handy noch nie eingeschaltet gesehen. Das Hintergrundbild zeigt eine schöne Blonde.

Ohne sie je gesehen zu haben, ist mir klar, dass das nur MJ sein kann.

Er gibt sein Passwort ein und speichert die gesendeten Bilder von mir bei sich ab. Als er fertig ist, legt er das Handy weg und grinst lüstern. „Jetzt habe ich Vorlagen, wenn ich unterwegs bin.“

Ich rümpfe die Nase. „Du bist widerlich.“

„Nein, du betest mich an.“ Er zieht mich an sich, umarmt mich und ist eine Weile still. „Ich habe viele Fotos von MJ, und es ist seltsam, jetzt auch welche von dir dabeizuhaben.“ Er verstärkt den Griff um mich. „Bitte sei deswegen nicht böse.“

„Bin ich nicht“, versichere ich ihm und hebe den Kopf, sodass er in meinen Augen sehen kann, dass ich nicht lüge. „Ich bin nicht eifersüchtig auf das, was du mit MJ hattest. Versprochen.“

„Die meisten Frauen wären das aber.“

„Empfindest du wegen der Erinnerung an sie weniger für mich?“ Das frage ich nicht für mich, sondern damit es ihm klar wird.

Er schüttelt den Kopf und sieht mich direkt an. Seine Wangen erröten leicht. „Manchmal empfinde ich sogar viel mehr für dich. Nicht wegen der Erinnerungen an sie, sondern allein deinetwegen.“

Als ich diese Worte höre, spüre ich, wie ein Gewicht von meiner Brust verschwindet. Anscheinend haben mich die Fotos von MJ auf seinem

Handy doch gestört. Sofort schäme ich mich dafür, aufgrund meines beruflichen Wissens die Situation nicht professioneller betrachtet zu haben. Meine ganzen beruflichen Erfahrungen bedeuten anscheinend einen Scheiß, wenn es um mein eigenes Herz geht.

„Nächste Woche werde ich ihre Eltern besuchen gehen", sagt er.

Erneut zucke ich innerlich zusammen. Diesmal wegen des Themenwechsels. „Du stehst ihnen nah", merke ich an. Das weiß ich bereits aus unseren Sitzungen. Er hat eine innigere Beziehung zu ihnen als zu seinem eigenen Vater und seiner Stiefmutter. Doch auch von ihnen hatte er sich nach dem Absturz distanziert. Er hat zugegeben, dass er die Schuldgefühle nicht ertragen konnte, denn er glaubte ja, dass er deren Tochter umgebracht hat. Allerdings hatten sie ihm nie die Schuld daran gegeben. Sie wollten lediglich ihre Trauer mit ihm teilen.

Seither besuchte er sie gelegentlich, zwang sich dazu, für sie da zu sein. Nur für diese beiden Menschen hat er sich zusammengerissen. Ich freue mich, dass er sie nun freiwillig besuchen will.

„Ich möchte ihnen von dir erzählen", fährt er fort und streichelt meine Wange. „Ich glaube, sie würden es gern wissen."

Ich streichele sein stoppeliges Kinn. „Du bist ein erstaunlicher Mann, Tacker. Die beiden können sich glücklich schätzen, dich immer noch in ihrem Leben zu haben."

„Ich glaube, dass eher ich der Glückspilz bin." Er berührt meine Lippen mit seinen.

Der zarte Kuss aus Dankbarkeit wird schnell heiß, als sich unsere Zungen treffen. Dann spüre ich seine Finger in mir und schmelze wieder einmal dahin.

KAPITEL 28

Tacker

Es ist die letzte Woche der regulären Saison. Noch zwei Auswärtsspiele, ein Heimspiel und dann beginnen die Play-offs. Wir haben so gut gespielt, dass wir zum Tabellenführer wurden.

Dieses Spiel sollte leicht werden. Wir spielen gegen mein früheres Team, die Dallas Mustangs, die nicht einmal in den Play-offs dabei sein werden. Aber ich darf nicht schadenfroh sein. Es hat nichts damit zu tun, dass ich sie verlassen habe. Ich war gut, sogar der Beste, den sie hatten, doch ein einzelner Mann macht noch kein Team aus.

Ich nehme den Mustangs nicht übel, mich abgegeben zu haben. Nach dem Absturz war ich nur noch eine Last für sie. Erst wegen meiner körperlichen Verletzungen und dann wegen der seelischen, was dazu führte, dass ich die letzte Hälfte der Saison ausfiel.

Also ja, es sollte ein leichtes Spiel werden.

Außer, dass es das nicht ist.

Die Mustangs konnten im letzten Moment Lars Nilsson von den L.A. Demons bekommen. Er und ich haben eine Vergangenheit, und zwar keine schöne. Im November hat er mich in die Mangel genommen und versucht, mich herauszufordern. Das ist die übliche Taktik von Verteidigern gegenüber Topspielern. Normalerweise bleibe ich unter

Druck cool. Kann diesen Scheiß emotionslos wegstecken. Ich weiß, dass Ruhebewahren besser ist, um Tore zu machen. Doch Lars spielte dreckiger als normal. Er sagte Dinge wie, dass ich genauso Eishockey spiele, wie ich Flugzeuge fliege.

Im ersten Moment konnte ich nicht glauben, dass er so etwas Herzloses wirklich gesagt hat. Die Trauer von jemandem gegen ihn einsetzte. Gegen mich.

Danach verlassen mich die Erinnerungen.

Keine Ahnung, was genau passiert ist. Ich weiß nur noch, dass man mich vom bewusstlosen Lars Nilsson gezerrt hat. Tief in mir wusste ich, dass ich ihm irgendetwas angetan haben musste.

Noch tiefer in mir war ich sauer, dass er immer noch atmete. Allerdings habe ich dieses dreckige Geheimnis nie jemandem erzählt.

Man sagte mir, ich hätte ihm mein Knie an den Kopf gerammt. Ich habe mir sogar das Video angesehen und fühlte eine tiefe Genugtuung, als er schlaff zusammenbrach.

Rückblickend tut es mir leid. Mit Kopfverletzungen ist nicht zu spaßen und ich hätte dem Kerl einen ernsthaften Langzeitschaden zufügen können.

Und ich hasste, was ich damit meinem Team angetan habe, denn ich wurde für zehn Spiele gesperrt. Ich hasste mich selbst, weil es so befriedigend war, dem Kerl wehzutun.

Doch heute bin ich nicht mehr derselbe Mann.

Jetzt bin ich wieder zurück im Leben und auf den

Sieg konzentriert. Ich lasse mich nicht von einem Spieler mit einem gekränkten Ego ablenken, der auf Rache aus ist.

Wie in diesem Moment, als Nilsson mit dem Schläger an mein Bein schlägt, während er so tut, als ob er nur an den Pass heranwill, den mir Bishop zugespielt hat.

Mit gesenkter Schulter ramme ich ihm in die Brust und führe mit dem Schläger den Puck. Ich wende mich nach rechts, Nilsson folgt, dann nach links und umfahre ihn.

Zurückgelassen versucht Nilsson noch einmal, mir ans Bein zu schlagen, verfehlt mich aber. Aaron verfehlt sein Ziel allerdings nicht. Er kommt wie aus dem Nichts wie ein Schnellzug angerast, nach vorn gebeugt, um seinen Schwerpunkt zu senken. Er rammt Nilsson mit der Schulter gegen die Brust, und ich sehe nur noch kurz, wie dessen Beine in die Luft fliegen. Ich spiele den Puck in Dax' Ecke, aber das spielt keine Rolle mehr.

Aaron bekommt eine Strafe aufgebrummt.

Es war ein brutaler Angriff und absolut verboten, denn der Puck befand sich nicht in Nilssons Nähe.

Logischerweise wird Aaron wegen des groben Fouls für den Rest des Spiels vom Eis geschickt.

Egal.

Es sind nur noch weniger als drei Minuten zu spielen und wir liegen mit drei Toren in Führung. Den Rest des Spiels lässt mich Nilsson in Ruhe.

***

„Du hast heute echt eine gute Figur auf dem Eis gemacht", sagt Charles Schmidt mir gegenüber am Tisch. Er hat ein Fassbier vor sich.

MJs Vater Charles ist ein Schwiegervater, wie man ihn sich nur wünschen kann. Er war vernarrt in seine Tochter und beschützte sie, drohte mir aber nie. Von Anfang an behandelte er mich wie einen erwachsenen Mann und wir kamen uns immer näher. Es berührt mich, dass er heute bei dem Spiel war und ein Arizona-Vengeance-Trikot trug, mit meinem Namen und meiner Nummer auf dem Rücken.

Seine Frau Patty sitzt neben ihm und hat ein Glas Prosecco vor sich. Sie und MJ haben das Blubberwasser immer geliebt, und so würde ich Patty auch beschreiben. Eine blubbernde Persönlichkeit. Sprudelnd und überschäumend.

Stets war sie der Antrieb jeder Party, doch momentan wirkt sie verhalten und unsicher. Das kann ich ihr nicht übel nehmen. Schließlich war ich nicht gerade offen und freundlich zu den beiden. Ich war auch nicht gemein zu den Leuten, die mich wie einen Sohn behandelten, bevor ich ihr Schwiegersohn werden konnte, doch ich habe mich zurückgezogen, als ich ihnen in ihrer Trauer hätte beistehen sollen. Ich ließ auch nicht zu, dass sie mich trösteten. Stattdessen trafen ihre Beteuerungen, dass ich nicht an dem Unfall schuld sei, bei mir auf taube Ohren.

Ich habe ihnen meine Liebe entzogen.

Das muss ich wiedergutmachen. Daher habe ich

sie gefragt, ob sie sich nach dem Spiel mit mir treffen wollen.

In dieser ruhigen, doch schicken Bar in der Nähe des Stadions sehe ich erst Charles an und dann Patty und entschuldige mich. „Es tut mir leid, dass ich nach MJs Tod nicht für euch da war."

Beide zucken leicht zusammen und weiten die Augen. Patty schüttelt den Kopf und Charles' Augen schimmern feucht.

Ich mache weiter. „Ich war egoistisch. In meiner Schuld und Trauer gefangen, habe ich nicht gesehen, dass ihr beide tiefer getroffen wart als ich. Noch schlimmer … ihr habt versucht, mir mit eurer Liebe zu helfen, aber ich habe euch ignoriert. Das muss euch noch mehr belastet haben, und es tut mir aufrichtig leid. Ich kann nur hoffen, dass ihr mir verzeihen könnt."

Patty weint und betupft sich mit ihrer Serviette die Augen. Charles blinzelt mehrmals und hüstelt.

Ich muss aber noch mehr loswerden, und zwar, bevor ich die Kraft dazu verliere. „Ich habe mich lange Zeit selbst verloren. Wollte nicht weitermachen, wusste aber auch nicht, wie ich es beenden sollte. Also zog ich mich zurück und behandelte meine Mitmenschen wie ein echtes Arschloch. Ich traf schlechte Entscheidungen und fühlte mich beschissen. MJ wäre sehr enttäuscht von mir gewesen. Eure Tochter hätte mir in den Hintern getreten und mir gesagt, dass ich mich zusammenreißen soll. Ihr habt eine wunderbare Frau aufgezogen und ich habe mit meinem Verhalten ihr Andenken beschmutzt. Wenn sie …"

„Stopp", sagt Charles und zeigt mit dem Finger auf mich. „Hör auf, Tacker. Nichts davon ist nötig."

„Doch", sage ich ruhig. „Denn ihr zwei müsst wissen, wie viel ihr mir bedeutet. Mein Verhalten hat das Gegenteil gespiegelt, also ist es wichtig, dass ich es euch sage."

„Aber das wissen wir doch", sagt Patty und greift über dem Tisch nach meiner Hand. Ich fasse zu und wir lassen uns nicht mehr los. Sie lächelt zittrig. „MJ hat sich den besten Mann als Partner ausgesucht. Wir könnten nicht stolzer auf dich sein oder dich mehr lieben. Du warst immer wie ein Sohn für uns, egal was passiert."

Verdammt. Jetzt muss ich meine Tränen fortblinzeln.

Charles hüstelt erneut und trinkt einen Schluck Bier. „Jetzt, wo wir das sentimentale Zeug hinter uns haben, was denkst du über die Play-offs?"

Patty stößt ihrem Mann mit dem Ellbogen in die Rippen. Er stöhnt auf und sieht sie entschuldigend an.

Patty wendet sich wieder mir zu. „Und wie geht es dir? Ganz ehrlich?"

Es ist erleichternd, ihr etwas Positives antworten zu können. „Jetzt wieder gut. Wirklich."

Patty strahlt. „Das ist schön, Tacker. Wir wollen nur, dass du glücklich bist."

„Ich glaube, ich bin auf dem besten Weg", sage ich und sehe die beiden abwechselnd an. „Es hat

lange gedauert, über die Schuldgefühle hinwegzukommen."

„Wir haben dir nie …", beginnt Charles, aber ich
hebe die Hand und unterbreche ihn.

„Ich weiß." Ich sehe ihn direkt an. Nicht ein Mal
hat er mich beschuldigt, seine Tochter im Flugzeug
mitgenommen zu haben. Nicht ein Mal hat er mir
vorgeworfen, dass ich es nicht sicher landen konnte. „Und ich kann euch gar nicht genug für euer
Vertrauen und eure Liebe danken."

„Sag uns, wie du das geschafft hast", sagt Patty.
„Was hat dich am Ende vernünftig denken und
erkennen lassen, dass es nicht deine Schuld war?"

Ich schnaube und grinse. „Ich habe gesoffen, fuhr
mit dem Pick-up gegen eine Mauer vor dem Stadion und wurde suspendiert."

„Ja, das haben wir in der Zeitung gelesen", sagt
Charles in tadelndem Ton.

„Ich war total fertig, aber das Team wollte mich
nicht aufgeben. Es war allerdings eine Menge Arbeit. Sie haben mich zu einer Therapie gezwungen,
und das war genau das, was ich brauchte. Profes-
sionelle Hilfe, um die Dinge aus einer anderen
Perspektive zu sehen. Ehrlich gesagt, wünschte ich
heute, dass ich das schon viel früher getan hätte."

Patty drückt meine Hand. „Es kommt darauf an,
dass du es jetzt getan hast. Ich freue mich so, das
zu hören. Du verdienst es, wieder glücklich zu
werden."

Ich senke den Blick und will, nein, muss ganz
ehrlich zu ihnen sein. Jetzt kommt der schwerste

Teil. Ich hebe den Kopf und sehe die beiden wieder an. „Ich habe jemanden kennengelernt. Und … nun ja, werde eine Beziehung mit ihr eingehen." Ich halte die Luft an und habe keine Ahnung, wie sie darauf reagieren werden. Verletzt? Traurig? Wütend?

Doch ich bekomme nur Lächeln.

Verdammtes Lächeln von beiden. Voller Freude für mich. Mir wird warm ums Herz. Ich hätte wirklich nicht gedacht, ich könnte die beiden noch mehr lieben. Das bedeutet, dass sie darauf vertrauen, dass ich MJ nie vergessen werde und dass ich sie sehr geliebt habe, als sie noch auf Erden weilte. Es sagt mir, dass sie nie erwartet haben, dass ich für immer allein bleibe und MJ auf ein Podest stelle, wo sie niemals von einer anderen ausgetauscht werden kann.

Ich seufze und lache unsicher auf. „Ich muss gestehen, dass ich Angst hatte, euch das zu sagen."

Aufgeregt beugt sich Patty vor. „Du musst uns alles über sie erzählen. Lass nichts aus. Wie habt ihr euch kennen- und lieben gelernt?"

Bei dem so locker dahingeworfenen L-Wort zucke ich innerlich zusammen, jedoch nicht aus Ablehnung. Es ist nur überraschend, dass Patty gleich annimmt, dass ich Nora liebe.

Was die Frage aufwirft, ob ich das tue.

Ich hole mein Handy hervor und entsperre es. „Ich zeige euch ein paar Fotos von ihr."

Noras Gesicht erscheint auf dem Display. Auf dem Flug nach Dallas habe ich das Hintergrundbild von MJ durch eins von Nora ersetzt. MJs Foto erschien mir symbolischer, als es sein musste, und ich habe ja zur Sicherheit noch MJs Fotos auf dem Handy, sodass ich sie mir immer ansehen kann und niemals vergesse, was sie mir bedeutet hat.

„Oh, sie ist eine Schönheit." Patty seufzt und betrachtet Noras Gesicht genau. Es ist wirklich ein schönes Gesicht.

„Hätte MJ sie gemocht?", fragt Charles, was mir einen kleinen Stich versetzt.

Ich sehe ihn an. „Ja, sie hätte sie bestimmt gemocht."

„Das reicht mir schon." Er hebt sein Bierglas zu einem stummen Prosit auf MJ und Nora.

Lachend lehne ich mich auf dem Stuhl zurück und lege das Handy auf den Tisch. „Also … Nora war am Anfang meine Therapeutin."

„Oh!", ruft Patty aus und klatscht in die Hände. „Eine verbotene Liebesgeschichte."

Ich grinse. „Könnte man so sagen."

KAPITEL 29

Tacker

Ungeduldig trommele ich mit den Fingern auf dem kleinen Tischchen vor mir und schaue auf meine Uhr am anderen Handgelenk. Das Management hat ein kurzfristiges Meeting angesetzt, was sich mit meiner Zeit mit Nora überschneidet. Ich war schon auf dem Weg zur Tür hinaus, als der Anruf kam und uns alle ins Auditorium des Stadions berief, in dem die Meetings stattfinden und die Videoaufzeichnungen unserer Spiele diskutiert werden.

Ich bin gerade erst aus Texas zurückgekommen. Erst waren wir in Dallas, dann in Houston und eigentlich haben wir heute einen freien Tag. Es findet nur noch ein Heimspiel in der regulären Saison statt. Nächste Woche beginnen die Playoffs. Also ist heute die perfekte Gelegenheit, bei Nora zu sein, die ich in den letzten Tagen unheimlich vermisst habe. Wir haben vor, endlich den Ausritt zu machen, den wir wegen dem kranken Raul verschieben mussten. Und falls ich irgendetwas zu sagen habe, bleiben wir den Rest des Tages im Bett. Vielleicht gehen wir auch essen oder bestellen etwas und essen im Bett.

So oder so wollte ich den ganzen Tag und die Nacht mit Nora verbringen. Doch mit jeder Minute länger hier wird kostbare Zeit verschwendet.

„Magst du heute ein paar Golfbälle mit mir

schlagen?", fragt Aaron und stößt mich am Arm an.

Während wir warten, spielt er irgendein Spiel auf dem Handy und hat sich auf dem Sitz lang ausgestreckt. Seine Augen sind gerötet und seine Haare ein einziges Chaos. Das verrät, dass es bei ihm gestern Nacht spät geworden ist und er wahrscheinlich gesoffen hat. Der Anruf wegen dem Meeting wird ihn aufgeweckt haben.

„Ich kann nicht", antworte ich und schaue erneut auf meine Uhr. Seit ich das letzte Mal nachgesehen habe, sind ganze zwanzig Sekunden vergangen. „Bin mit Nora verabredet."

„Natürlich", murmelt er.

Ich sehe ihn an und habe ein schlechtes Gewissen. „Sorry, Mann. Ich weiß, dass ich dir mehr Zeit versprochen habe."

Aaron grinst reuevoll. „Sosehr ich mir auch wünsche, dass du wieder zum Partygänger wirst, wie damals, als wir in Dallas gespielt haben und du noch nicht mit MJ zusammen warst, Bro, so froh bin ich auch, dass du Nora gefunden hast. Lieber sollst du tun, was dich am glücklichsten macht, als mit mir lahmem Arsch abzuhängen."

„Du bist kein lahmer Arsch." Ein paar Spieler vor uns drehen sich mit hochgezogenen Augenbrauen kurz zu uns um. Ich ignoriere die Blicke. „Echt jetzt, lass uns einen Termin ausmachen. Wie wär's mit Sonntag? Nach dem Training? Wir spielen achtzehn Löcher und entspannen uns."

Ich muss jetzt sämtliche Verabredungen im Voraus planen, denn eigentlich gehört meine Freizeit Nora. Nicht etwa, weil sie das von mir verlangt, sondern weil ich es so will. Das bedeutet nicht, dass ich keine Freundschaften pflegen und nicht mit meinen Kumpels abhängen will, aber wenn ich das nicht vorplane, können sie sicher sein, dass ich bereits mit Nora verabredet bin.

„Okay, klar", sagt er und konzentriert sich wieder auf sein Spiel. „Können wir machen."

Ich überlege bereits, ob ich es schaffe, an dem Tag noch Zeit für Nora zu haben. Wenn wir um elf nach dem Training anfangen, Golf zu spielen, könnte ich am Abend zu Nora fahren und sie zum Dinner abholen. Das könnte klappen.

Bevor ich mich selbst ausschimpfen kann, so erbärmlich zu sein, dass ich versuche, so viel Zeit wie möglich mit dieser Frau in meinen Kalender zu quetschen, geht die Tür auf und das Geschnatter im Raum wird leiser. Coach Perron kommt herein, gefolgt von dem ganzen Coaching-Personal. Dann kommt Christian Rutherford. Und ich bin nicht überrascht, dass Dominik Carlson auch erscheint. Da dieser in Los Angeles lebt, hatte niemand erwartet, dass er oft beim Team sein würde. Er besitzt auch noch ein Basketballteam, das immer gut war. Wahrscheinlich ist es sein lukrativstes Geschäft. Doch in dieser Saison hat er uns immer wieder das Gegenteil bewiesen, erschien zu einigen Spielen und feuerte uns an und kam sogar zu Events, die keine Spiele waren. Er tauchte unerwartet bei einer Rookie-Party auf, was – soweit ich weiß – noch nie ein Besitzer getan hat. Und als er zu Nora auf die Ranch kam, wurde klar, dass er mehr ist als nur der Mann, der das Team besitzt.

Dominik geht sofort zum Podium, sodass offensichtlich wird, dass er das Meeting einberufen hat. Seine Stimme ist laut genug, um das Mikro gar nicht einschalten zu müssen.

„Danke, dass ihr alle so kurzfristig gekommen seid. Ich war auf dem Weg nach New York, entschied mich aber, hier einen Stopp einzulegen, also bitte ich noch mal um Nachsicht."

Klar. Ihm stehen alle möglichen Privatjets zur Verfügung. Einmal hat er sogar Bishop einen geborgt, damit er Brooke hinterherfliegen konnte.

Er lehnt sich mit einem Arm auf das Podium und grinst. „Es wird euch aufgefallen sein, dass ich ein bisschen anders bin als andere Teambesitzer. Etwas neugieriger, könnte man sagen."

Gelächter geht durch den Raum, nur Dax sieht angespannt aus. Dominik ist definitiv neugierig, was Dax' Schwester angeht.

Dominiks Lächeln verschwindet, als sein Blick ernst wird. „Ich werde nie einer dieser Besitzer sein, der sich nur zurücklehnt und das Geld zählt, das ihr einbringt. Ich möchte, dass ihr alle erfolgreich werdet. Dafür müsst ihr glücklich sein, euch gut einfügen und zufrieden sein. Deshalb stecke ich manchmal meine Nase in eure Angelegenheiten, um euch dabei zu helfen. Ich hoffe, daran habt ihr euch inzwischen gewöhnt."

Mehr Gelächter, und Erik und Bishop machen

dankbare Gesichter. Dominik hatte Blue schon einmal in einer rechtlichen Sache um das Vermögen ihrer Eltern weitergeholfen.

„Ich werde jetzt keine emotionale Rede halten, wie wir dieses Jahr den Cup gewinnen können. Und ich muss auch nicht ständig wiederholen, wie gut wir sind und dass wir Geschichte geschrieben haben, indem wir das beste Expansion-Team aller Zeiten wurden.“

„Ganz genau!“, ruft jemand von ganz hinten. Ein paar Leute stimmen mit ein und es wird wieder gelacht.

Dominik lacht ebenfalls. Als es wieder still ist, fährt er fort. „Die Presse konzentriert sich gerade auf die Cold Fury. Klar sind die Leute auch an uns interessiert, aber mehr daran, dass die Cold Fury zum dritten Mal hintereinander den Stanley Cup gewinnen.“

Jetzt herrscht eisiges Schweigen.

„Ich sage, vergesst das!“ Dominik schlägt mit der Faust auf das Podium und richtet sich auf. „Ich bin hier, um euch zu sagen, dass sie das nicht schaffen werden. Weil wir die verdammten Arizona Vengeance sind und ihnen im Weg stehen werden. An uns kommen sie nicht vorbei! Sie können sich nur von uns niedertrampeln lassen! Dasselbe erwartet die anderen Teams. Ich bin nur hier, kurz vor den Play-offs, um euch zu sagen, dass ich es kaum erwarten kann, wie ihr euch auf den Weg zum Sieg macht!“

Alle erheben sich von den Sitzen und applaudieren. Er hat gesagt, dass er uns nicht motivieren wolle, aber genau das hat er getan. Wir klatschen, stampfen mit den Füßen auf und jubeln.

Dankbar hebt Dominik eine Hand. Mit einem letzten Lächeln dreht er sich um und marschiert aus dem Saal.

Der Mann hat Klasse.

Coach Perron geht wieder zum Podium. Ihm ist klar, dass er mit dieser Rede nicht mithalten kann, also erinnert er uns nur noch mal an unsere Trainingstermine für nächste Woche.

Danach verlassen alle das Meeting und es wird über Dominik geredet.

Am Ende der Reihe treffen Aaron und ich Dax und Bishop.

„Habt ihr Lust, etwas zu unternehmen?", fragt Dax auf dem Weg zur Tür.

„Klar", antwortet Bishop.

„Ich auch", sagt Aaron.

„Ich nicht. Ich bin mit Nora verabredet."

Niemand zieht mich auf, doch alle grinsen dämlich.

An der Tür warten wir darauf, dass sich der Stau auflöst, der entstanden ist. Als Dax vor mir hinausgeht, sehe ich Dominik. Er sieht Dax an, der genervt die Augen verdreht. Dominik versteckt sein Interesse an Dax' Schwester kein bisschen.

„Kommt Willow zu einem der Play-off-Spiele?"

„Warum fragst du sie nicht selbst?", knurrt Dax.

„Würde ich gern, aber sie antwortet immer noch nicht auf meine Nachrichten und Anrufe." Dominik lacht und wirkt nicht verärgert. Es sieht sogar so aus, als ob er darüber amüsiert wäre.

„Tja", antwortet Dax und geht an ihm vorbei.

Ganz schön mutig, so mit dem Mann zu reden, der einen feuern könnte, doch Dax lässt sich von so etwas nicht einschüchtern. Er schützt seine Schwester, koste es, was es wolle.

Dominiks amüsierter Blick folgt kurz Dax und richtet sich dann auf mich. „Hast du einen Moment Zeit?"

„Klar", antworte ich, schaue jedoch trotzdem auf die Uhr und rechne aus, wie viel Zeit mir noch verloren geht, die ich mit Nora verbringen könnte.

Dominik geht mit mir durch den Flur und fort von den anderen Spielern. Er lehnt sich an die Wand und kreuzt die Arme vor der Brust. „Ich will mich nur nach dir erkundigen. Wie alles so läuft."

„Gut", antworte ich ohne zu zögern. „Sehr gut sogar."

Dominik nickt, als wäre das nichts Neues für ihn. „Dr. Dumfries hält mich auf dem Laufenden. Er ist sehr beeindruckt von deiner Arbeit an dir selbst."

„Man kann gut mit ihm reden", gebe ich zu. Zwar nicht so gut wie mit Nora, aber wer ist schon wie sie?

„Er hat gesagt, dass du so große Fortschritte gemacht hast, dass er dich gesundschreiben kann. Zumindest muss er mir nicht mehr berichten."

Ich bin überrascht, denn Dr. Dumfries hat mir gegenüber nichts erwähnt. „Ich glaube, ich gehe lieber noch eine Weile zu ihm", sage ich zögerlich. Zwar fühle ich mich besser als seit Langem, weiß aber auch, dass es gefährlich sein könnte, jetzt aufzuhören. Ich werde mein Glück nie wieder für selbstverständlich halten. Eigentlich erwarte ich ständig, dass mich die Trauer jeden Moment wieder überwältigen könnte.

Ich klopfe auf Holz, dass das nicht passiert.

„Oh, und außerdem darfst du auch wieder etwas trinken. Dr. Dumfries hat bestätigt, dass Alkohol nicht die Ursache deiner Probleme ist."

„Weil ich noch nie ein großartiger Trinker war", sage ich lächelnd. „Aber danke, dass das Verbot aufgehoben wurde."

Dominik nickt und will gehen, doch er zögert und sieht mich neugierig an. „Nora hat alles geändert, oder?"

Ich wundere mich nicht darüber, dass er von Nora weiß. Zwar habe ich ihm nie eine Erklärung gegeben, weshalb ich wieder zu Dr. Dumfries gegangen bin, aber dass ich Nora date, ist kein Geheimnis. Das ganze Team weiß es, also musste diese Info irgendwann auch ihn erreichen.

„Wenn sie nicht wäre, würde ich jetzt nicht hier stehen und mit dir reden."

Er sieht mich bohrend an. Dann nickt er, anscheinend mit meiner Erklärung zufrieden. „Dann freue ich mich für dich." Er reicht mir die Hand und ich schüttele sie. „Ich erwarte Großartiges von dir in den Play-offs."

„Ich werde abliefern", versichere ich ihm.

Dominik nickt, drückt mir fest die Hand und lässt mich los.

Als er sich umdreht, fällt mir ein, dass ich etwas Wichtiges vergessen habe. „Dominik!"

Er hält inne und sieht mich an.

„Danke, dass du an mich geglaubt hast. Mir die Chance gegeben hast, im Team zu bleiben. Und vor allem, mich zur Therapie gezwungen hast. Sonst hätte ich Nora nie kennengelernt."

Wieder nickt er.

„Und noch etwas", sage ich.

Er wartet geduldig.

„Willow kommt am Wochenende zurück. Dax sagt, sie bleibt ein paar Wochen bei ihm und Regan."

Etwas flackert in seinem Blick auf und er grinst wie ein Tiger auf dem Sprung. „Vielen Dank." Fast deutet er eine Verbeugung an. „Falls jemand fragen sollte, du bist wirklich mein Lieblingsspieler im Team."

Ich grinse und habe kein schlechtes Gewissen, ihm das verraten zu haben. Dominik hätte es sowieso herausbekommen, wenn er Willow bei den Spielen gesehen hätte.

Meiner Meinung nach ist er ein guter Mann. Ich sehe ihm hinterher, als er geht.

Dann zucke ich zusammen.

Nora!

Sie wartet auf mich, und ich kann es kaum erwarten, bei ihr zu sein.

KAPITEL 30

Nora

S ehr gut, Emily", sage ich zu der Neunjähri-
gen, die mit Starlight in perfektem Galopp
auf dem Reitplatz im Kreis reitet.

Erst seit vier Monaten nimmt sie Reitstunden,
aber sie ist ein Naturtalent.

Ich sehe zu Raul hinüber, der außerhalb des Plat-
zes steht, und betrachte ihn genauer. Er hat die
Arme auf dem Zaun liegen und einen Fuß auf die
untere Latte gestellt. Er lächelt und ist stolz auf
Emilys Fortschritte. Das Mädchen arbeitet mit uns
beiden, je nachdem, ob ich frei bin, da ich in letzter
Zeit sehr mit meinen Patienten beschäftigt bin.
Heute habe ich weniger zu tun, und ich liebe es,
Kindern das Reiten beizubringen. Das weckt viele
schöne Erinnerungen an die Zeit, als Raul mich
alles über Pferde lehrte. Wie man mit ihnen umgeht und sie liebt.

So vieles, was ich heute bin, beruht auf diesem
Mann dort am Zaun.

Ich schaue auf meine Uhr. Heute habe ich noch
sehr viel zu tun und Emilys Stunde ist gleich vorbei. Ihre Mutter wartet schon im Auto auf sie und
ist lieber mit ihrem Handy beschäftigt, als ihrer
Tochter zuzuschauen.

Nach der Reitstunde helfe ich Raul, den Lager-
raum umzuräumen, damit die Futterbestellung
Platz hat. Dann muss ich den Hühnerstall ausmis-

ten. Sonst übernimmt Raul diese Arbeit, doch seit er letzte Woche krank war, schone ich ihn ein wenig. Das muss ich allerdings heimlich tun, damit er es nicht merkt. Leider kann ich nicht einfach zu ihm sagen: „Ich werde den Hühnerstall für dich ausmisten, weil ich mir um deine Gesundheit Sorgen mache." Das würde ihn auf die Palme bringen. Also habe ich heute früh zu ihm gesagt: „Kannst du bitte meine Termine um zehn und elf Uhr übernehmen? Die haben beide Probleme mit der Position im Sattel. Egal, wie oft ich es ihnen schon gezeigt habe, sie kriegen es nicht hin. Irgendwas muss ich falsch machen."

Ich weiß nicht, ob er mir das abgekauft hat, aber er hatte nichts dagegen. Ich sagte ihm nicht, dass ich in der Zeit den Hühnerstall sauber mache. Lieber erzähle ich ihm später, dass ich nicht einfach sinnlos herumsitzen wollte.

Der Plan ist, nach dem Hühnerstall zu duschen und nach Phoenix zu fahren. Tacker hat nachmittags ein Spiel, das ich mir ansehen will. Danach wollen wir essen gehen.

Genauer gesagt, zu einem schicken Dinner.

Tacker bat mich, mich nett zurechtzumachen. Ich weiß gar nicht mehr, wann ich das zuletzt getan habe. Einen Profi-Eishockeyspieler zu daten, ist keine einfache Sache. Bei seinen vielen Auswärtsspielen und meinem vollen Terminkalender sind schicke Dinner fast unmöglich.

Nicht, dass ich mich beschweren will.

Mir reicht es schon, einfach nur mit Tacker zusammen zu sein, dem Mann, an dem mir so viel liegt, dass ich befürchte, er hat mir das Herz gestohlen.

„Okay, Emily", sage ich laut und deutlich. „Gehe jetzt in den Trab über."

Sie gehorcht und ich lasse sie eine Runde drehen. „Und jetzt zu Raul hinüber."

Sie verlangsamt das Pferd und dirigiert es zu Raul, der auf sie wartet.

Er hilft ihr, abzusteigen, und ich geselle mich dazu. Vor der nächsten Reitstunde wechselt Raul die Pferde aus, damit Starlight sich ausruhen kann.

Emily schlingt die Arme um mich. „Das war eine tolle Reitstunde. Den Galopp kann ich jetzt gut, oder?"

„Sehr gut", lobe ich sie und drücke sie an mich. Sie strahlt. Das bestätigt meine Ahnung, dass sie zu Hause keine großartige emotionale Unterstützung bekommt. Ihre Eltern scheinen kein Interesse an dem Kind zu haben.

Das macht mich noch dankbarer Helen gegenüber. Obwohl es gar nicht immer nötig gewesen wäre, ist Helen im ersten Jahr zu all meinen Reitstunden mit Raul gekommen. Nachdem sich eine innige Freundschaft zu Raul entwickelt hatte, brachte sie mich oft zu ihm und er fuhr mich wieder nach Hause. Doch auch nach Jahren noch sah mir Helen gern beim Reiten zu. Manchmal ritt sie mit, doch sie war nie so richtig pferdebegeistert. Genau wie Tacker es wohl nie sein wird.

Zwar hat er kein Problem mehr damit, die Pferde

aus dem Stall zu führen, und er findet ihre Größe nicht mehr bedrohlich, aber er wird sich im Sattel nie so richtig wohlfühlen.

Das spüre ich einfach.

Gestern sind wir nach seinem kurzfristig angesetzten Meeting ausgeritten, und obwohl es sehr schön war und Spaß machte – auch ihm –, wird er diese Tiere nie so lieben wie ich.

Aber das ist nicht schlimm. Wir müssen nicht alles gemeinsam haben, solange es andere Dinge gibt, die wir zusammen genießen. Manchmal spielt er gern mit den Hunden und Ziegen. Außerdem liebt er harte Arbeit und die Möglichkeit, etwas zu bewegen. Er liebt es, zu helfen, und er liebt Kinder. Ich habe gesehen, wie er hier mit ihnen interagiert und wie er mit Billy umgeht. Ich spüre, dass er tief innen ein gebender Mensch ist. Das liegt in seiner Natur.

Emily drückt mich noch mal und ich muss mich von den Gedanken an Tacker losreißen. Ich lächele verlegen über mein liebeskrankes Benehmen. Tacker beschäftigt mich ziemlich, und das jeden Tag.

Und ich habe nichts dagegen.

„Bis nächste Woche", sage ich zu Emily. Sie rennt los und steigt zu ihrer Mutter ins Auto. Als sie losfahren, wende ich mich an Raul, der Starlight in den Stall führt. „Ist es in Ordnung für dich, die Pferde zu wechseln?"

Er sieht nicht einmal über seine Schulter zu mir, hebt nur eine Hand. „Ja, alles okay."

„Gut. Dann bin ich jetzt im Hühnerstall." Ich gehe aus der Koppel. Dann fällt mir noch eine Frage zu der nächsten Reitstunde ein und ich drehe mich wieder um.

Mein Herz setzt fast aus.

Raul liegt am Boden.

Eben hat er noch mit mir gesprochen und Starlight geführt und im nächsten Moment befindet er sich am Boden.

„Raul!" Ich eile zu ihm.

Starlight steht neben ihm, etwas zu nah. Ich lege eine Hand auf ihre Brust und greife mit der anderen nach den Zügeln, um sie ein Stück wegzuführen. Sie ist so ein gehorsames Pferd und lässt es sich gefallen. Dann ist sie vergessen und ich knie mich neben Raul.

Er liegt auf der Seite, der Strohhut ist heruntergefallen, doch sein Gesicht ist gen Himmel gerichtet und von seinem Arm verdeckt.

Ich rüttele ihn leicht an den Schultern. „Raul!"

Er rührt sich nicht.

Panik erfüllt mich und Tränen steigen mir in die Augen. Er darf nicht sterben. Damit werde ich nicht fertig.

Doch dann beruhige ich mich, denn ich weiß ja gar nicht, ob er wirklich tot ist. „Verdammt", murmele ich und drehe ihn vorsichtig auf den Rücken.

Er ist bewusstlos und ich erinnere mich an mein Erste-Hilfe-Training. Da ich auf der Ranch mit Kindern arbeite, habe ich einen Kurs belegt. Ich habe sogar einen Defibrillator im Büro.

Mit den Fingern an seinem Hals suche ich den Puls. Doch ich finde keinen. „Oh Gott, Raul!"

Schnell hole ich das Handy aus der Hosentasche und wähle den Notruf. Ich klemme mir das Telefon zwischen Kinn und Schulter und beginne mit der Herzmassage.

Der Notruf meldet sich. „Was ist Ihr Notfall?", fragt mich ein Mann.

Meine Stimme bebt. „Ich bin auf der Shërim Ranch, 4811 Goose Camp Road, und mein Vormann ist kollabiert. Er hat keinen Puls. Ich brauche einen Krankenwagen."

Der Mann bleibt unaufgeregt und gesammelt und klingt beruhigend. „Okay. Krankenwagen ist unterwegs. Wissen Sie, wie man eine Herzmassage macht?"

„Ja, das tue ich gerade." Wieder gerate ich in Panik. „Aber fuck, ich weiß nicht, wie viele ich schon gemacht habe. Dreißig Mal soll man, oder? Dreißig und dann zwei Mal beatmen?"

„Ma'am, Sie machen das gut. Einfach weitermachen, nicht mehr als hundert pro Minute, bis der Krankenwagen da ist."

„Ich habe einen Defibrillator im Büro", sage ich mit einem panischen Kieksen in der Stimme.

„Ist jemand da, der ihn holen kann?"

„Nein." Ich schluchze auf. „Ich bin ganz allein hier."

„Okay, dann machen Sie mit der Herzmassage weiter. Der Krankenwagen müsste in vier Minuten da sein."

Vier Minuten? Das ist eine halbe Ewigkeit.

Gern würde ich noch einmal nach dem Puls suchen, aber ich habe Angst, mit der Herzmassage aufzuhören. Am liebsten würde ich zusammenbrechen und weinen, doch sein Leben hängt von mir ab.

Vier Minuten lang den bewusstlosen Raul anzustarren, ist fast das Schrecklichste, was ich je durchmachen musste. Nicht so traumatisch, wie zuzusehen, wie meine Familie erschossen und meine Schwester vergewaltigt wurde, doch es rangiert gleich an dritter Stelle. Nicht einmal Helen sterben zu sehen, war derartig furchtbar, denn ich war darauf vorbereitet. Sie hatte Schmerzen und es war eine Erleichterung für sie. Außerdem lief es sehr friedlich ab.

Sollte Raul unter meinen Händen hier im Dreck sterben, während mir Starlight über die Schulter sieht, weiß ich nicht, ob ich je darüber hinwegkommen werde.

Endlich höre ich den wunderbaren Klang der Sirene. Er wird immer lauter.

Der Krankenwagen kommt den Schotterweg entlang. Glücklicherweise ist Raul an einer Stelle umgefallen, wo man uns sofort sieht. Zwei junge Männer springen aus dem Wagen und haben Taschen dabei.

Ich höre mit der Herzmassage erst auf, als mir gesagt wird, dass ich zur Seite gehen soll. Dann sehe ich nur noch hilflos zu.

„Ich habe einen Puls", sagt einer.

Die Erleichterung haut mich um. Ich sinke neben Starlights Hufen auf die Knie.

Ich sehe zu, wie sie sich an Raul zu schaffen machen. Sie arbeiten effizient. Schließen ihn an einen Monitor an, legen einen intravenösen Zugang und hieven Raul auf eine Trage. Das alles in weniger als zwei Minuten.

„Ma'am, wir bringen ihn ins Lake General Hospital", sagt einer zu mir, während sie Raul in den Krankenwagen schieben. Ich blinzele irritiert. „Wollen Sie mitfahren oder nachkommen?"

„Scheiße", murmele ich und stehe auf. „Ich will mitfahren. Lassen Sie mich nur noch schnell das Pferd in den Stall bringen."

Ich muss die nächsten zwei Termine absagen und brauche jemanden, der später herkommt und die Pferde füttert. Ich eile in den Stall und Starlight folgt mir brav. In Höchstgeschwindigkeit habe ich sie in ihrer Box untergebracht, die Türen geschlossen und bin wieder beim Krankenwagen. Sie öffnen die Tür und ich steige ein. Einer der Sanitäter sagt, ich solle auf der Bank neben Raul sitzen. Erst habe ich gedacht, dass sie mich vorn mitfahren lassen, ich bin aber dankbar, dass ich hier hinten bei ihm sein darf. Ich nehme Rauls Hand und freue mich, dass sie noch warm ist.

Als der Krankenwagen fährt, hole ich mein Handy heraus. Die beiden Termine sage ich schnell durch kurze Textnachrichten ab.

Dann rufe ich Tacker an. Wahrscheinlich ist er gerade auf dem Weg ins Stadion.

Beim zweiten Klingeln geht er dran. „Was gibt's, schöne, heiße Frau?"

„Tacker", sage ich und meine Stimme bricht.

Sofort ist er alarmiert. „Was ist passiert?"

„Raul", sage ich und atme durch die Nase ein, um nicht zusammenzubrechen. Langsam atme ich aus. „Er ist zusammengebrochen. Wir sind im Krankenwagen auf dem Weg ins Lake General Hospital."

„Himmel", stöhnt er. Ich höre ihm die Betroffenheit an. Er hat sich mit Raul angefreundet. „Ich mache mich sofort auf den Weg und wir treffen uns dort."

„Okay", sage ich so leise, dass ich mich wundere, dass er es gehört hat.

Doch das hat er und seine Antwort ist zuversichtlich. „Er ist ein harter Kerl und wird wieder. Versprochen."

Mir ist unklar, woher er das wissen will, aber momentan entscheide ich mich dafür, ihm zu glauben. „Stimmt. Er wird schon wieder."

Nach dem Gespräch bete ich, dass wir recht haben.

KAPITEL 31

Tacker

Ich habe ihr gesagt, dass Raul es schaffen wird, und könnte mir jetzt dafür in den Hintern treten. Ich habe ihr ein Versprechen gegeben, das ich unmöglich halten kann, denn es liegt völlig außerhalb meiner Kontrolle.

Ich sage mir immer wieder, während ich den Weg zum Hospital einschlage, dass Raul eigentlich wirklich ein harter Knochen und kerngesund ist. Der Grund, warum er zusammengebrochen ist, ist bestimmt nichts Schlimmes und kann behandelt werden.

Hoffentlich.

Ich bete beim Fahren. Das habe ich lange nicht mehr getan, weil ich sicher war, dass Gott alles scheißegal ist. Witzig, wie schnell ich mich doch wieder an ihn wende. Doch nicht meinetwegen, sondern wegen Nora. Sie verdient nicht noch mehr Trauer. Natürlich wird er irgendwann sterben, aber nicht unbedingt schon heute. Alles läuft gerade so gut für Nora und mich, und ganz egoistisch will ich nicht schon wieder trauern müssen.

Nach fünfundzwanzig Minuten hat mich das Navi zum Hospital geleitet. Ich eile in die Notaufnahme und die automatischen Glastüren schließen sich hinter mir. Das Sicherheitssystem des Hospitals hält mich kurz auf. Ich muss durch einen Metalldetektor gehen und sehe mich dann im Wartebereich um. Fast alle Stühle sind mit Kranken oder Verletzten belegt, die darauf warten, an die Reihe zu kommen.

Nora kann ich nicht finden, also gehe ich an den Empfangstresen. Eine junge Frau lächelt mich hilfsbereit an. Sie scheint mich zu erkennen, macht aber glücklicherweise keine große Sache daraus. Wahrscheinlich sieht sie mir an, dass ich gerade andere Sorgen habe.

„Kann ich Ihnen helfen?", fragt sie.

„Mein Freund wurde im Krankenwagen hergebracht. Raul Vargas. Außerdem suche ich seine Begleiterin Nora Wayne."

„Einen Moment bitte." Sie tippt etwas in den Computer ein.

Bevor sie fertig ist, geht rechts eine Tür auf und Nora kommt heraus. Sie hat die Arme vor der Brust gekreuzt und ihr Blick geht ins Leere. Mir wird mulmig zumute. Ich rechne mit dem Schlimmsten, doch dann sieht sie mich. Erleichterung erweicht ihren versteinerten Ausdruck. Sie kommt auf mich zu und versteckt ihr Gesicht an meiner Brust.

Ich halte sie fest und mein Herz rast bei der Vorstellung, was sie über Raul sagen wird.

Endlich sieht sie mich an. „Sie versorgen ihn gerade. Ich soll hier warten, bis sie ihn stabilisiert haben."

„Was ist passiert?"

„Ich weiß es nicht", sagt sie hilflos. „Es schien ihm gut zu gehen und plötzlich lag er am Boden.

Ich konnte keinen Puls finden und habe mit der Herzmassage angefangen. Es war schrecklich."

Sie beginnt zu weinen. Ich führe sie in eine Ecke, wo zwar keine Stühle stehen, aber eine große Pflanze, sodass wir wenigstens ein bisschen Privatsphäre haben. Ich umarme Nora und lasse sie weinen. Jede Träne, die in mein Shirt sickert, trifft mein Herz mehr.

Als sie sich etwas beruhigt hat, klingt sie hoffnungslos. „Die Sanitäter haben dann seinen Puls gefühlt. Vielleicht war er die ganze Zeit da, aber in meiner Panik habe ich ihn nicht gefunden. Jedenfalls lebt er noch. Sie haben gesagt, es sieht aus, als hätte es etwas mit seinem Herzen zu tun. Aber ehrlich gesagt, habe ich höchstens die Hälfte gehört und verstanden von dem, was sie gesagt haben."

Ich reibe ihren Rücken. „Jetzt ist er in guten Händen."

Noras Augen sind gerötet und blicken panisch. „Ich kann das nicht. Ich habe wirklich meine Grenze erreicht, Tacker. Ich kann nicht noch jemanden verlieren."

Mir fehlen die tröstenden Worte. Ich weiß nicht, wie schlecht es wirklich um ihn steht, ich weiß nur, dass ihr Schmerz auch der meine ist. Ihre Angst ist fast greifbar und die drohende Trauer verursacht mir weiche Knie. Nora derartig fertig zu sehen, fast erstarrt vor Angst, bringt mich direkt zu meinem Absturz zurück. Als ich in dem Wrack feststeckte, absolut hilflos. Ich sah MJ, ihre Schmerzen, erstarrt vor Angst, und konnte nichts dagegen tun.

Nora so zu sehen, den Schmerz in ihrer Stimme zu hören, zu wissen, wie sehr sie leidet, durchfährt mich genauso scharf wie MJs Blick, als sie mich Hilfe suchend angesehen hat.

Vielleicht ist das wie Äpfel mit Birnen zu vergleichen, und doch ist es dasselbe. Zwei Frauen, die ich liebe, leiden.

Sofort denke ich, dass ich ebenfalls nicht mit seinem Tod umgehen könnte. Es hatte sein Gutes, mich von der Welt abgeschottet zu haben. Klar, ich wäre wieder isoliert und einsam, aber das Schmerzgefühl wäre extrem eingeschränkt.

Ich sehe Nora an. Ihr Leid schmerzt mich, und ich frage mich, warum ich das eigentlich will.

Vielleicht will ich es gar nicht.

Vielleicht bin ich einfach zu sensibel.

Vielleicht bin ich einfach zu kaputt.

Oder ich liebe zu sehr und gehe damit Risiken ein. Da steht diese Frau vor mir, kerngesund, doch leidend, weil ein geliebter Mensch sehr krank ist. Und ich fühle ihren gesamten Schmerz bis tief in die Knochen.

Dabei ist es nicht einmal Nora, die in Gefahr ist. Ich spüre lediglich ihre Traurigkeit, und allein das schmerzt, als hätte ich sie verloren.

Die ganze Zeit, während ich die beiden Frauen miteinander verglichen habe, habe ich den wahren Unterschied nicht gesehen. Bis jetzt.

Nora hat die Macht, mir viel mehr wehzutun als MJs Tod. Ich fühle mich jämmerlich, das zugeben

zu müssen, doch es ist so. Das Band, das zu Nora
entstanden ist, geht viel tiefer in meine Seele. Sie
zu verlieren, würde mich endgültig fertigmachen.

Flüchte!

Das ist sicherer.

Leichter.

„Entschuldige bitte", sagt Nora, schnieft und
wischt sich die Tränen ab. Sie entzieht sich meiner
Umarmung und macht ein tapferes Gesicht. „Ich
wollte jetzt nicht komplett zusammenbrechen."

„Du musst dich nicht entschuldigen", sage ich automatisch.

Nora schüttelt den Kopf. „Du brauchst dir das
nicht aufzuladen. Du hast genug durchgemacht.
Da muss ich dir nicht noch mehr aufhalsen."

„Tust du nicht." Mir wird schwindelig von der
Erkenntnis, die mich wie ein Schlag trifft. Nora ist
nicht das Problem und wird es nie sein. Sie ist
auch keine Bürde für mich. Natürlich sind meine
Gefühle für sie angsteinflößend, doch das ist eigentlich ein Segen. Ich umfasse ihr Gesicht. „Du
bist die Lösung."

Sie blinzelt. „Was?"

„Du warst die Lösung meiner Probleme." Plötzlich ergibt alles einen Sinn, da jetzt sie Unterstützung braucht. „Erst als meine Therapeutin, dann
als meine Partnerin und Geliebte. Du hast mir die
Kraft gegeben, über meine Ängste hinwegzukommen."

Nora schüttelt den Kopf und lächelt verlegen.
„Das warst du selbst, Tacker. Ich war nur der Kata-

lysator."

„Nein, du warst es. Du bist meine *Wahrheit*, Nora. Und ich bin verdammt beeindruckt. Du hast alles für mich riskiert. Deine berufliche Karriere. Du hast dich auf mich eingelassen, obwohl du weißt, dass ich dich wegen meiner Probleme verletzen könnte, aber das hat dich nicht abgeschreckt. Du bist der stärkste und mutigste Mensch, den ich kenne. Du weckst in mir den Wunsch, ein besserer Mensch sein zu wollen. Und nur deinetwegen bin ich das heute ein Stück weit schon."

Meine Worte dringen zu ihr durch und ihre Unterlippe bebt.

„Du bedeutest mir alles, Nora." Ich nehme ihre Hand in meine. „Du bist alles, was ich brauche. Ich verstehe das Gesamtbild immer noch nicht ganz – warum der Flugzeugabsturz sein und MJ sterben musste –, aber ich glaube, es hat damit zu tun, dass wir beide zusammenkommen mussten. Ich sage das nicht gern und bete zu Gott, dass MJ mir diese Gedanken verzeiht. Dieses Thema muss ich unbedingt mit Dr. Dumfries besprechen, aber ja … du bist für mich bestimmt. Du gehörst zu mir und ich zu dir. Da bin ich ganz sicher. Und auch wenn mir die Vorstellung, auch dich irgendwann zu verlieren, Panik verursacht, und ich heute mit dir mit leide, will ich es nicht anders haben. Ich würde kein bisschen etwas ändern wollen."

Wir sehen uns an und der Warteraum, in dem wir uns befinden, gleitet in den Hintergrund.

„Was ich zu sagen versuche … ich liebe dich. Ich

bin wahnsinnig, verrückt und Hals über Kopf in dich verliebt. Es macht mir Angst und tröstet mich gleichzeitig, aber ich werde mich nicht dagegen wehren. Mir ist klar, dass das der furchtbarste, unmöglichste Moment ist, das zu sagen, denn wir machen uns um Raul Sorgen und …“

Nora springt mich an, schlingt die Arme um meinen Hals, die Beine um meine Taille und küsst mich. Ich taumele nach hinten, auch wegen der Welle der Emotionen, die mich überrollt, und wegen des Kusses, mit dem sie mir deutlich zeigt, was sie fühlt.

Der Kuss ist der liebevollste und gleichzeitig explosivste, den wir je hatten. Er enthält tausend Worte, die wir momentan nicht aussprechen können.

Aber das ist okay. Wir haben ein Leben lang Zeit dazu.

Nora bricht den Kuss mit geschlossenen Augen ab, als ob sie noch weiter genießen will, was wir soeben miteinander geteilt haben. Dann sieht sie mich an und lächelt sanft. „Ich liebe dich auch.“

„Miss Wayne“, sagt jemand hinter uns.

Wir drehen uns um und sehen eine junge Ärztin, die sich nach jemandem mit dem Namen umsieht.

Ich lasse Nora auf den Boden ab und nehme ihre Hand.

„Hier“, sagt Nora.

Die Ärztin winkt uns zu sich. „Ich bin Dr. Mohan“, sagt sie und gibt Nora die Hand.

Nora stellt mich als ihren Freund vor.

„Bitte folgen Sie mir zu Mr. Vargas." Sie geht durch eine Doppeltür und spricht im Gehen weiter. „Laut EKG hatte Mr. Vargas einen Herzinfarkt. Wir werden also seine Arterien untersuchen. Aber momentan konnten wir ihn stabilisieren."

Nora drückt meine Hand fester und ich ihre. Auch wenn mir diese Frau gerade gesagt hat, dass sie mich liebt, was das Beste ist, das einem Kerl wie mir passieren kann, muss ich zugeben, dass sich die Nachricht über Raul noch besser anfühlt.

„Ist er wieder bei Bewusstsein?", fragt Nora.

„Ja. Und ein wenig mürrisch."

Mein Herz schlägt auch schneller, denn ich mache mir Sorgen um Raul. Ein Herzinfarkt ist etwas Ernstes, und da kommt sicher noch einiges auf ihn zu. Aber ich halte mich daran fest, dass er noch eine Menge Energie in sich haben muss, wenn er nach einem Herzinfarkt und einer Herzmassage noch herumnörgelt.

KAPITEL 32

Nora

„Das Essen anzustarren, lässt es nicht verschwinden", sage ich zu Raul, der seinen Teller anstarrt. „Soll ich es klein schneiden und dich füttern?"

„Ich will Huevos Rancheros", murmelt er und rührt lustlos in seinem Haferbrei herum.

„Kommt nicht infrage", antworte ich und setze mich auf den mit Vinyl bezogenen Sessel in seinem Krankenhauszimmer. Morgen wird Raul hoffentlich entlassen. Auf jeden Fall wäre ich dankbar, aus diesem Sessel zu kommen, in dem ich zwei Nächte übernachtet habe. Das hat meinen Rücken fast umgebracht.

Ich halte mein Handy hoch, sodass er das Display sieht. „Ich recherchiere gerade alle möglichen gesunden Rezepte für dich für zu Hause."

„Ich werde meine Essensgewohnheiten nicht ändern", knurrt er.

„Doch, das wirst du. Oder du wirst keinen Job mehr auf der Ranch haben."

Raul sieht mich finster an, doch ich gehe nicht darauf ein. Er ist schrecklich schlecht gelaunt, wenn es ihm nicht gut geht. Gott sei Dank wird er wieder gesund. Zumindest so gesund, wie jemand nach einem leichten Infarkt werden kann. Er hatte eine partiell verstopfte Ader. Sie haben ihm einen Stent gesetzt und gehen davon aus, dass er sich gut erholen wird.

Raul scheint zu glauben, dass er direkt wieder an die Arbeit gehen kann, doch diese Diskussion hebe ich mir für später auf. Gestern hat Tacker schon mit ihm darüber gestritten, bis Raul blau im Gesicht wurde, doch das hat nichts genützt. Raul ist zu stur, um vernünftig darüber zu reden.

Gut, dass ich sein Boss bin. Ich liebe den Mann wie einen Vater und er liebt mich, aber wenn es hart auf hart kommt, werde ich meine Macht ausspielen. Ich will ihn noch nicht verlieren. Er muss sich Zeit nehmen, sich zu erholen, damit so etwas nicht noch mal passiert.

Und er muss anfangen, gesünder zu essen.

Basta.

Doch Raul auf der Ranch zu verlieren, wenn auch nur vorübergehend, ist ein Problem. Ich musste Reitstunden verschieben und eine Hilfe für die Pferde einstellen, doch ich kann nicht ewig so weitermachen. Mein Geschäft schreibt monatlich kaum schwarze Zahlen, und Raul werde ich auf keinen Fall von der Gehaltsliste streichen.

„Wenn du mich durch jemanden ersetzen musst", sagt Raul, und ich nehme den Blick von dem Huhn-mit-Artischocken-Rezept, das ich mir für ihn ansehe, „dann verstehe ich das. Das weißt du, oder?"

Hat er meine Gedanken gelesen?

Ich reiße mich zusammen, meinen Gesichtsausdruck neutral zu lassen, aber meiner Stimme ist die Verzweiflung anzuhören. „Also bitte! Eben hast du noch gesagt, dass du gleich wieder an die Arbeit gehen willst."

„Nora", sagt er rügend und sieht mich mit seinen braunen Augen ernst an, „ich bin ein alter Mann. Und du hast ein junges Unternehmen. Ich verstehe, wenn du tun musst, was …"

„Sei still", blaffe ich ihn an. „Oder ich rufe Mary-Beth Henson an, damit sie den Nachmittag über bei dir bleibt, während ich die Pferde füttere."

Kurz spiegelt sich Furcht in Rauls Gesicht. Gestern ist sie da gewesen, hat sich mit ihren Stricksachen neben ihn auf einen Stuhl gesetzt und ihn ständig im Auge behalten, als ob sie davor warnen wollte, noch kränker zu werden. Das war amüsant und Raul hat sich vorbildlich benommen. Ich weiß immer noch nicht, warum sie gekommen ist. Bisher hat sie nichts als Ablehnung ihm gegenüber an den Tag gelegt.

Als Tacker und ich später in der Cafeteria des Hospitals zu Abend gegessen haben, lachten wir darüber. Er findet, dass Mary-Beth eigentlich recht nett zu Raul ist, aber nicht weiß, wie sie sich ihm gegenüber verhalten soll, und daher lieber bei ihrer gewohnt ruppigen Art bleibt.

Ich weiß nicht, wie ich die letzten Tage ohne Tacker überstanden hätte. Als er ins Hospital gekommen ist, fiel mir sofort ein Gewicht von den Schultern. Ich hatte ein furchtbar schlechtes Gewissen, mich bei ihm auszuweinen, denn ich wusste nicht, ob es nicht zu viel für ihn sein würde. Er hatte selbst lange genug seelische Belastungen und ich wollte ihm nicht noch mehr aufhalsen.

Doch seine Schultern sind wahnsinnig stark.

Und er liebt mich.

„Worüber lächelst du denn jetzt?", fragt Raul.

Ich erröte von oben bis unten. Er muss gesehen haben, welche Wirkung die Gedanken an Tackers schöne Worte auf mich haben.

Ich kann es immer noch kaum glauben, wie viel ich für ihn empfinde. Noch unglaublicher ist, was er für mich empfindet. Er ist so ein mutiger, angstloser Mann, sich der Liebe erneut zu stellen. Dass er sich wieder öffnet und sich dem Wagnis stellt, dass ich ihn verletzen oder enttäuschen könnte.

Ich bin nicht sicher, wie ich darüber denke, aber es kommt dem Gefühl nah, die Welt erobern zu können. Seine Stärke stärkt mich, und ich hoffe, ihm geht es genauso.

Es klopft an der Tür. Erst sehe ich nur einen riesigen Blumenstrauß und dann entdecke ich Tacker dahinter.

Ich stehe auf. „Was machst du denn hier?"

Eigentlich sollte er nicht hier sein. Er müsste sich auf das erste Play-off-Spiel heute Abend vorbereiten. Leider kann ich nicht dabei sein, denn mir ist wichtiger, bei Raul zu bleiben. Trotz Rauls Protest, dass er meine Bemutterung nicht brauche.

Tacker ist verständnisvoller und unterstützt meine Bemutterung.

Er umrundet das Bett und gibt mir einen Kuss auf den Mund. „Ich wollte schnell vorbeikommen, kann aber nur ein paar Minuten bleiben."

Er ist über eine halbe Stunde gefahren, an einem Play-off-Spieltag, nur um ein paar Minuten herzukommen?

Ja, ich liebe diesen Mann. Es scheint, dass diese Liebe minütlich stärker wird.

„Du musst mir keine Blumen bringen", motzt Raul.

„Die sind nicht für dich, alter Mann." Tacker grinst und reicht mir die Blumen. „Die sind für diese schöne Frau hier, die sich die letzten Tage mit dir abmühen musste."

Ich nehme den Strauß, stecke die Nase hinein und inhaliere den Duft. Lächelnd sehe ich Tacker an. „Vielen Dank."

„Du hast noch viel mehr verdient." Er küsst mich noch einmal.

Raul macht ein angewidertes Geräusch, was bedeutet, dass es ihm besser geht.

Tacker lacht leise und hält mir eine weiße Tüte mit Fettflecken hin. „Ich habe euch Frühstück mitgebracht. Ein Sandwich mit Chorizo und Ei."

Raul erstrahlt, als hätte man ihm einen Lottoschein geschenkt. Schnell nehme ich Tacker die Tüte ab. „Sorry, Raul, das steht nicht auf deinem Diätplan."

„Du bringst mich um, Nora", knurrt Raul.

„Nein, ich rette dich."

Wir starren uns gegenseitig nieder. Schließlich löffelt Raul seinen Haferbrei weiter und verzieht angewidert das Gesicht.

„Hey", sagt Tacker und legt eine Hand an meinen

Arm. „Kann ich dich kurz draußen sprechen?"

„Klar." Ich lege die Blumen auf meinen Stuhl. Die Tüte behalte ich in der Hand, denn ich traue Raul nicht über den Weg.

Tacker geht näher ans Bett und legt eine Hand auf Rauls Schulter. „Geht es dir gut?"

„Ja", antwortet Raul. „Mach dir keine Sorgen um mich. Nora und ich werden uns nachher dein Spiel im Fernsehen ansehen."

„Danke." Tacker drückt kurz Rauls Schulter. Dann spricht er leiser weiter. „Nächstes Mal bringe ich dir was Anständiges zu essen mit, wenn sie nicht hinsieht."

„Das habe ich gehört", sage ich im Singsang-Ton.

Die Männer lächeln einander an und mir wärmt es das Herz, dass die beiden sich so mögen.

Draußen auf dem Flur wundere ich mich, als Tacker mich innig küsst. Ich kann verstehen, dass er das nicht vor Raul tun wollte, aber die Krankenschwestern auf dieser Station direkt hinter uns scheinen ihn nicht zu stören.

„Mmm, du schmeckst gut", murmelt er.

Am liebsten würde ich mit ihm verschmelzen. Seit Raul kollabiert ist, waren wir nicht mehr auf intime Weise zusammen. Über Liebe und Hingabe zu reden, erhöht mein Verlangen nach ihm enorm.

„Aber deswegen wollte ich dich nicht hier draußen haben", sagt er.

„Weshalb dann?", frage ich neugierig.

„Ich wollte dir das hier geben." Er holt etwas aus seiner hinteren Hosentasche.

Ich nehme es entgegen und sehe, dass es ein Scheck ist. Auf die Ranch ausgestellt und über die Summe von zwanzigtausend Dollar. Ich sehe zu Tacker hoch. „Wofür ist das?"

„Um dir und Raul kurzfristig zu helfen. Alle Jungs aus dem Team haben etwas gespendet. Falls du einen Helfer einstellen musst oder Raul etwas braucht. Es ist ganz allgemein als Hilfe gedacht. Bishop hat das organisiert."

Mir wird ganz warm ums Herz. Nicht nur wegen der Großzügigkeit von Tackers Teamkameraden, sondern auch, weil sie uns überhaupt helfen wollen.

„Und wenn du sonst noch etwas brauchst", fährt Tacker fort und schiebt mir eine Haarsträhne hinters Ohr, „dann wende dich an mich. Ich greife dir unter die Arme, bis Raul sich erholt hat und die Ranch wieder auf den Beinen ist, sozusagen."

„Du musst aber nicht …"

„Ich helfe dir, Nora." Sein Ausdruck ist entschlossen und er lässt nicht mit sich reden. „Was auch immer du brauchst, finanziell, emotional, Dutzende Orgasmen zur Entspannung … wende dich immer an mich."

Ich grinse verlegen. „Verstanden."

„Besonders wegen der Orgasmen." Er grinst frech.

„Dafür wende ich mich sowieso nur an dich", sage ich nickend.

„Für alles", betont er erneut und nimmt mich in die Arme. „Ich liebe dich. Ich unterstütze dich. Ab jetzt musst du dich nicht mehr ganz allein allem stellen."

„Ich liebe dich auch." Auf Zehenspitzen küsse ich ihn. „Und ich bin so dankbar, dich zu haben."

„Und ich werde bleiben." Er küsst mich liebevoll auf die Stirn. „Außer jetzt. Ich muss leider los."

Tacker geht ein paar Schritte, betrachtet mein Gesicht, kommt zurück und küsst mich noch einmal. Und es ist ein sehr schöner Kuss.

Diesmal geht er wirklich. Er dreht sich um, schlendert den Flur entlang, völlig sorglos, obwohl er ein wichtiges Spiel vor sich hat. Er geht wie ein Mann, der ein verdammt schönes Leben hat, und genau das wünsche ich mir für ihn.

Ich werfe einen Blick zur Schwesternstation. Drei von ihnen sind am Tresen angelehnt. Zwei schauen Tacker hinterher und eine sieht mich an.

„Sie sind eine glückliche Frau."

Ich sehe meinem Mann hinterher, der nicht einmal merkt, dass er bewundert wird, und grinse die Schwester an. „Ich weiß."

BONUSSZENE

Nora

„Mary-Beth geht wieder", sagt Tacker, als er aus dem vorderen Fenster meines Hauses schaut.

Ich kichere und hebe den Blick von meinem Kindle.

Es hat sich herausgestellt, dass Mary-Beth wirklich nett zu Raul ist und dieser nicht so viel dagegen hat, wie er immer behauptet. Seit er vor drei Tagen aus dem Hospital kam, war sie jeden Tag bei ihm.

Tacker sieht mich an und betrachtet den digitalen E-Book-Reader in meiner Hand. „Gutes Buch?"

Ich zucke mit den Schultern. „Ich vertreibe mir nur die Zeit, bis du den Mut hast, mir zu sagen, was du mir sagen wolltest."

Verlegen grinsend schlendert er zu mir herüber. „Du kennst mich einfach zu gut."

Tacker setzt sich neben mich auf die Couch und zieht mich auf seinen Schoß. Ich sitze breitbeinig auf seinen kraftvollen Beinen und seinem noch kraftvolleren … Sie wissen schon … unter mir.

Doch darum geht es gerade nicht. Ich sehe ihm an, dass ihn etwas beschäftigt und er darüber reden will.

„Ich habe etwas getan." Er legt seine Hände auf meine Schenkel. „Und es handelt sich um etwas Ähnliches wie damals, als ich dir den Shendetlie zum Geburtstag gemacht habe und nicht wusste, ob ich eine Grenze überschreite.“

„Hast du nicht“, versichere ich ihm. „Ich glaube nicht, dass du je eine Grenze bei mir überschreiten könntest. Ich vertraue dir bedingungslos.“

Sein Ausdruck wirkt erleichtert. „Also … ich habe Willow gefragt, ob sie sich nach den Gräbern deiner Familie umsehen könne, als sie im Kosovo war.“

Damit habe ich nicht gerechnet. Das ist sicher das Letzte, worauf ich gekommen wäre, aber es stört mich nicht. Ich bin nur neugierig. „Warum denn?“

„Ich dachte mir“, beginnt er zögerlich, immer noch unsicher, ob er etwas Cooles getan hat oder nicht, „falls du sie gern hier auf der Ranch begraben haben willst, könnten wir das arrangieren.“

„Oh.“ Ich senke den Blick auf seine Brust. Eine wunderschöne Brust. Schon oft habe ich auf ihr gelegen und Tackers Herzschlag gelauscht.

„Das ist eine blöde Idee, was?“

Ich schüttele den Kopf. „Nein, gar nicht. Es hat mich nur überrascht. Ich habe nicht einmal an diese Möglichkeit gedacht.“

„Eigentlich habe ich etwas mehr getan, als sie nur zu finden.“ Er klingt immer noch unsicher, was ich davon halten werde. „Es ist schon alles arrangiert, wenn du sie herholen willst. Du musst nur noch zustimmen.“

Die Tragweite dessen, was er für mich getan hat, trifft mich. Ich werfe mich an diese massive Brust, die nun mir gehört. Tacker legt seine Arme um mich.

„Das ist viel zu viel", sage ich. „Das kann ich nicht annehmen. Allein die Kosten …"

„Ich kann es mir leisten."

„Das tut nichts zur Sache."

„Doch, genau das tut es." Er zieht mich von seiner Brust, damit er mich ansehen kann. „Ich liebe es, etwas für dich tun zu können, Nora. Es geht mir nicht ums Geld. Es geht darum, dir zu helfen, dein Trauma zu verarbeiten. Nach allem, was du für mich getan hast, und wie du mich jetzt liebst, erlaube mir bitte, das für dich zu tun."

Ich schaue in sein schönes Gesicht, das nur ein Echo seiner schönen Seele ist. Er schenkt mir so viel pure Liebe, dass ich ihm nichts abschlagen könnte, selbst wenn ich es wollte, doch das will ich gar nicht.

„Wie kann ich nur so viel Glück haben, dich zu haben?" Damit gebe ich ihm eine Antwort. Gern akzeptiere ich sein Angebot.

„Ich bin ziemlich sicher, dass ich hier der Glückliche bin." Er lacht in sich hinein.

Wir küssen uns.

Süß und erfüllend.

Später, wenn wir nackt sind, wird es genauso erfüllend sein, doch weniger süß. Absolut unglaublich und leidenschaftlich. Dieser Mann weiß genau, wie er mich anpacken muss. Er ist liebevoll und großzügig, offen und transparent. Er ging durch die Hölle und wieder zurück und landete direkt vor meiner Haustür.

Ich habe ihm nicht geholfen, seine Seele wieder zusammenzusetzen. Das hat er ganz allein geschafft. Ich bin nur dankbar, dass sein Blick in meine Richtung ging und er mich weiterhin an seiner Seite haben wollte, als er wieder komplett war.

Ich kann es nicht erwarten, zu sehen, wohin unsere Reise gehen wird.

AUTORIN

Seit ihrem Debütroman "Off Sides" im Januar 2013, hat Sawyer Bennett mehr als 30 Bücher von New Adult bis Erotic Romance veröffentlicht und es wiederholt auf die Bestsellerlisten der New York Times und USA Today geschafft.

Sawyer nutzt ihre Erfahrungen als ehemalige Strafverteidigerin in North Carolina, um mitreißende und sexy Geschichten zu schreiben.

Sie mag ihre Helden stark und mit Ecken und Kanten. Wenn sie nicht gerade die Figuren ihrer Romane zum Leben erweckt, ist Sawyer Chauffeurin, Stylistin, Köchin, Putzfrau und die persönliche Assistentin ihres lebhaften Kleinkindes sowie Vollzeitbetreuerin zweier niedlicher, aber ungezogener Hunde. Sie glaubt an das Gute im Menschen, und auch daran, dass ein schlechter Tag durch ein Workout oder ein Stück Kuchen – gerne auch durch beides – besser wird.